将军县的红色故事

安徽金寨干部学院
中共金寨县委党史和地方志研究室　编著

国家行政学院出版社
NATIONAL ACADEMY OF GOVERNANCE PRESS
·北京·

图书在版编目（CIP）数据

将军县的红色故事/安徽金寨干部学院，中共金寨县委党史和地方志研究室编著. —北京：国家行政学院出版社，2022.8
ISBN 978-7-5150-2648-0

Ⅰ.①将… Ⅱ.①安… ②中… Ⅲ.①革命故事—作品集—中国—当代 Ⅳ.①I247.81

中国版本图书馆 CIP 数据核字(2022)第 111773 号

书　　名	将军县的红色故事 JIANGJUNXIAN DE HONGSE GUSHI
作　　者	安徽金寨干部学院，中共金寨县委党史和地方志研究室　编著
责任编辑	陈　科　刘　锦
出版发行	国家行政学院出版社 （北京市海淀区长春桥路 6 号　100089）
综 合 办	（010）68928903
发 行 部	（010）68928866
经　　销	新华书店
印　　刷	北京盛通印刷股份有限公司
版　　次	2022 年 8 月北京第 1 版
印　　次	2022 年 8 月北京第 1 次印刷
开　　本	170 毫米×240 毫米　16 开
印　　张	13.5
字　　数	262 千字
定　　价	58.00 元

一寸山河一寸血，一抔热土一抔魂。回想过去的烽火岁月，金寨人民以大无畏的牺牲精神，为中国革命事业建立了彪炳史册的功勋，我们要沿着革命前辈的足迹继续前行，把红色江山世世代代传下去。革命传统教育要从娃娃抓起，既注重知识灌输，又加强情感培育，使红色基因渗进血液、浸入心扉，引导广大青少年树立正确的世界观、人生观、价值观。

（二〇一六年四月二十四日至二十七日在安徽调研时的讲话）

——习近平《论中国共产党历史》

前　　言

安徽省金寨县是中国革命的重要策源地、人民军队的重要发源地，是中国工农红军第一县、全国第二将军县，是红二十五军的初始诞生地、红四方面军的主要发源地、红二十八军的二次重建地，是鄂豫皖革命根据地的核心区。抗日战争初期，金寨是安徽乃至鄂豫皖地区抗日民主救亡运动的指挥中心；解放战争时期，金寨是刘邓大军千里挺进大别山的主要目的地和实施战略转移的重要后方根据地。

2016 年 4 月 24 日，习近平总书记亲临金寨调研指导工作时，不仅对老区人民为中国革命和建设作出的巨大牺牲和贡献给予了充分肯定和高度赞扬，而且对红色文化资源的开发利用、红色基因的传承弘扬作出了重要指示。习近平总书记满怀深情地说："一寸山河一寸血，一抔热土一抔魂。回想过去的烽火岁月，金寨人民以大无畏的牺牲精神，为中国革命事业建立了彪炳史册的功勋，我们要沿着革命前辈的足迹继续前行，把红色江山世世代代传下去。革命传统教育要从娃娃抓起，既注重知识灌输，又加强情感培育，使红色基因渗进血液、浸入心扉，引导广大青少年树立正确的世界观、人生观、价值观。"

为深入贯彻落实习近平总书记的重要讲话精神，扎实做好红色基因传承工作，我们特编辑了《将军县的红色之源》《将军县的红色征程》《将军县的红色记忆》《将军县的初心故事》《将军县的红色故事》《将军县的红色纪事》《将军县的脱贫攻坚》等一系列红色书籍。

这本《将军县的红色故事》主要由两个方面的内容构成：一是在金寨诞生或在金寨战斗过的部队的战斗故事；二是有关在金寨诞生或在金寨战斗过的部队的史实、史料。这些故事的主人公身上都很好地体现了坚贞忠诚、牺牲奉献、一心为民、永跟党走的革命精神。本书主题鲜明、内容丰富，情节曲折、语言生动，很多故事不仅鲜为人知，而且充满传奇和神秘色彩，展现给读者的是一幕幕浴血奋战、视死如归的壮烈场景，一曲曲惊天地、泣鬼神的壮丽凯歌，读起来催人泪下、令人震撼，听起来引人入胜、终身难忘……期盼大家能够喜欢这本《将军县的红色故事》。

由于水平有限，在编写过程中，难免还有疏漏或不妥之处，恳请读者批评指正。

胡遵远

2022 年 3 月

目　录

彪炳史册的立夏节起义

2019 年是著名的立夏节起义胜利 90 周年。1929 年 5 月 6 日（农历立夏节），在中共商罗麻特别区委的领导下，安徽金寨西部的汤家汇、南溪、斑竹园、吴家店等地区（当时属河南省商城县南乡）爆发了彪炳史册的立夏节起义（也称商南起义），并取得全面胜利。

立夏节起义在中国共产党和人民军队的发展史上具有重要的地位和突出的贡献。1929 年 5 月 9 日，立夏节起义后的第三天，各路起义武装会师在金寨斑竹园朱氏祠，成立了中国工农红军第十一军第三十二师。1930 年 2 月，中共中央决定将红三十二师和稍后同在金寨成立的中国工农红军第十一军第三十三师与先前湖北黄麻起义胜利后组建的三十一师合编为中国工农红军第一军，直属中央军委指挥。1931 年 1 月，红一军与红十五军又合编成为中国工农红军第四军。同年 11 月 7 日，红四军与同在金寨成立的红二十五军组建成中国工农红军第四方面军。可以这么说，立夏节起义所诞生的红三十二师是大别山区组建最早的红军队伍之一，是中国工农红军第十一军、第一军、第四军和红四方面军的重要组成部分，是八路军第一二九师的源头之一，是中国人民解放军第七十一、第七十七、第七十八集团军的重要源头之一。

立夏节起义和随后爆发的六霍起义胜利后，不仅迅速组建了红军队伍、建立了人民政权、开展了土地革命，而且先后创建了以金寨为中心的豫东南革命根据地和皖西革命根据地，是当时的全国六大革命根据地之一，金寨成了鄂豫皖革命根据地的中心区和苏区建设的典范。

立夏节起义的全面胜利是中国共产党正确领导的结果。1929 年 3 月 13 日，中共豫东南特委和鄂东区特委在河南柴山堡附近的南竹园举行联席会议，作出“积极准备，尽快发动商南起义”的决定。由于当时商城县委遭敌破坏，会议决定商南党组织暂归鄂东区特委领导，以便就近指挥。为加强鄂豫边区领导，鄂东区特委决定将商城的南部、罗田的北部、麻城的东部划为一个特别区，成立中共商罗麻特别区委，领导商城、罗田、麻城 3 个县边区的工作。

1929年4月，中共商罗麻特别区委在金寨吴家店太平山成立，徐子清任书记，徐其虚、李梯云、肖方、周维烔、廖炳国等为委员。5月初，鄂东北特委派红十一军军长兼红三十一师师长吴光浩率10余人，由柴山堡到商南，帮助那里的群众发动武装起义，但途中在罗田滕家堡遭当地反动民团包围，全部壮烈牺牲。这样，指挥商南起义的领导任务便由中共商罗麻特别区委独立承担。

随后，商城反动当局便加紧“清乡”，各地民团都在内部清查可疑分子，中共商罗麻特别区委认为：准备已久的武装起义如不适时发动，地方党组织和革命力量随时都有遭受破坏的可能。于是，5月2日在金寨吴家店太平山穿石庙召开紧急会议，研究举行起义问题。会议分析了当时的形势和举行起义的条件，一致认为党在商南的工作发展很快，已掌握了一定的武装，与其坐等敌人来收拾，不如利用现有力量先发制人。经过慎重地分析和研究，会议决定改变原定在中秋节举行起义的时间，提前到5月6日（阴历三月二十七日）立夏节的晚上，趁民团忙于过节、疏于戒备之机，举行立夏节武装起义。为此，专门成立了以徐子清、肖方为主要成员的起义指挥部，并制订了周密的起义计划。

5月4日，商城县委委员李梯云协助商罗麻特别区委书记徐子清，在金寨关庙墨园高氏祠召开商南各支部和农民武装负责人会议，传达特别区委的决定，具体部署起义行动。按照计划，起义采取统一指挥、分区域行动的方式进行。总指挥部设于斑竹园桥口的王家下湾，军事行动由徐其虚、周维烔负责；廖炳国、漆先棣负责同各地联络。各主要起义点的领导人和任务是：周维烔、肖方、毛月波等负责丁家埠、李家集、斑竹园等地的起义，解决杨晋阶民团；徐其虚、郑延青等负责领导沙河、禅堂一带的起义，解决郑其玉民团；徐子清、廖业麒、汪永金等负责吴家店、竹叶庵一带的起义，解决柯寿恒民团；詹谷堂、袁汉铭、漆禹源等负责领导南溪农民起义。其余各点的起义，均由当地党支部负责组织领导。起义时间统一定为5月6日午夜，并确定以丁家埠为主，采取“民团起义与农民起义协同配合，各处起义同时行动”的方法，一举歼灭商南和区、乐区两区的三股反动民团，夺取武装，开仓分粮。

5月4日傍晚，天还有点寒意，在丁埠大王庙的后山树林里，几个农民打扮的人坐在那里，好像是在休息。远处还有人在砍树枝，并不停地观察着周围的动静。

一个清瘦干练，目光炯炯、穿着民团军服的人坐在中间，不停地跟周围的人低声说着什么。这个年轻人就是周维烔，他正在秘密地召开党支部会议，传达上级会议精神。他扫了一眼同志们，说：“我们的任务就是夺取丁家埠民团的枪，全歼民团。行动直接影响到整个立夏节起义的成败，怎么个打法，同志们要好好地合计合计。”

年轻且性格急躁的严运生站起来，说道："我们可以趁其不备，夜袭民团，直接砸它个稀巴烂!"

言语随便的王玉田说："不就30来条枪吗？我看瞅准机会，悄悄地偷走算了。"

年龄偏大、沉着稳重的田继美说："丁家埠民团是杨晋阶的主力，不仅枪好，而且民团中还有他的亲信走狗。依我看，我们还是想一个稳妥的办法，最好是智取。"

"哎，这个主意好，咱们就来个智取大王庙!"周维炯赞赏地说。

立夏节的前一天，正好轮到周维炯"值星"。他找到民团中队长吴成格、副队长张瑞生出主意："队长、副队长，明天是立夏节，叫兄弟们把屋里屋外打扫打扫，整一下，好让弟兄们干干净净地过个痛快节。"二人一听，满口赞同："好好，周班长，一切由你安排。"

早饭后，周维炯吹哨子集合队伍训话："明天是立夏节，队长叫我们打扫房子，把床铺和一些零零碎碎的都清理一下，枪支弹药划块地方放在一起，不准随便乱放。"在周维炯的指挥下，团丁们七手八脚地干起来。平时，团丁们随便混日子，东西乱放，听到"值星"一吩咐，赶紧收拾起来。忙完一阵，里里外外收拾得干干净净，枪支弹药整整齐齐地挂在正屋的墙上。其实，这是周维炯为了在暴动时便于控制枪支想出的办法。这个办法还真把那些不知底细的团丁蒙在鼓里了。他们一个个高兴地咧着嘴笑，称赞道："整理一下，就比那个窝囊劲好!"

第二天，民团总头目杨晋阶派人给丁家埠民团送来了过节的薪饷，丁埠街上的商人士绅和附近的农户送来了摊派的鸡、鸭、鱼、鸡蛋、米酒。伙房里忙开了，一股股诱人的香味直往鼻子里灌。那些兵痞团丁早就等得不耐烦了，嘴里直流口水，恨不得立即把这些美味全都吞到肚子里去。我们的同志也在焦急地等待着夜晚的到来。

好不容易等到天黑，吃晚饭的时候到了。周维炯吹起了集合哨，点名时发现团丁田继美没到，生气地责问道："田继美，吊儿郎当的，到哪去了？吹哨子集合没听到？弟兄们等着过节，你净耽误时间!"田继美一面系裤子，一面跑过来，嘴里嘟噜着："我在撒尿，哪能听到哨子响?"周维炯听到田继美顶嘴，便发了脾气："来晚了，你还敢顶嘴！眼里还有没有我？耽误过节，罚你今晚站三根香的岗。"田继美很不情愿地站岗去了。晚上过节，团丁们都想多喝几盅，谁也不愿站岗，这下见站岗有人了，心里不由得高兴起来。其实，这是周维炯为了在暴动时把大门哨掌握在自己人手里，故意在敌人面前演的一场"戏"。

晚饭开始了。5张圆桌上摆满了鸡、鱼、肉、酒等，团丁们围了上去，一个个狼吞虎咽地吃了起来，而我们自己的同志也按原定计划分布在各个桌子旁。席间，周维炯抓过一把酒壶，说："弟兄们，今天过节，为了祝队长今后官运亨通，步步高升，我们敬他一杯酒，好不好?"话音刚落，一片赞成声。紧接着一些团丁也跟着起哄，起来敬酒，一会儿就让队长吴成格喝得摇摇晃晃，醉得站不住脚，进屋休息去了。

周维炯又把矛头指向副队长张瑞生，这个家伙不上当，死活不接受敬酒，并说："别敬，别敬，会猜拳的我们划几个。"严运生卷起袖子："我陪副队长来几拳。"张瑞生自恃划拳技术高，傲慢地说："来者不拒。"两人就划起来了。开始严运生输了，张瑞生赢了几拳更加得意，严运生仍满不在乎地跟他来。这并不是严运生的酒量大，而是事先就准备了两把壶，一把壶装酒，一把壶装水，严运生杯里是水，张瑞生杯里是酒。时间一分分地过去了，张瑞生拳好赢得多，输得少，这局面叫人心急。慢慢地，周维炯发现张瑞生老出"三""五"的规律，就向严运生发了个暗号。经这一指点，严运生反手连胜张瑞生。这家伙输了酒不服输，硬撑着比，不一会儿，就醉成了"一摊泥"。

酒喝到这会儿，那些团丁一个个喝得烂醉，有的呕吐，有的发酒疯，有的又哭又笑……洋相百出。周维炯见时机已到，喊了声动手，同志们立即收了墙上的枪支，把张瑞生捆个结结实实，并叫醒了吴成格。这时外面接应的同志已到，严运生朝天空打了几枪，大声叫着："共产党来了!"那些团丁一听可慌了，酒也吓醒了，一个个乖乖地当了俘虏。周维炯向民团士兵讲话："弟兄们，不要惊慌!我们就是共产党，我们共产党是专门打富济贫的，是给穷人出力撑腰的，有愿意干的就留下，不愿意干的可以回家。"民团士兵大多数都是些没办法生活被骗来当兵的，又加上平时受到周维炯的影响，见周维炯就是共产党，又听到共产党是打富济贫的，大多数都愿意留下来。

丁埠民团暴动成功后，周维炯立即派了 4 个同志连夜去汤家汇杨晋阶家取枪。4 人抄近路翻山越岭，直奔汤家汇。到了杨晋阶家，叫开了门。杨晋阶的大少爷在家，问："什么事?"我们的同志说："李集发现了共产党，炯爷叫我来取枪，好去打共产党。"大少爷听说是打共产党，就让人把枪交给了我们的同志。我们的同志正要离开，国民党的一个清乡委员住在杨家，听说打共产党，非要跟着一块去，我们的同志满口答应。刚翻过一个山头，那家伙累得走不动了，又改变主意要回去，我们的同志说："好！送你回老家吧!""叭"的一枪，把这个罪大恶极的家伙干掉了。

立夏节之夜，吴家店包畈、斑竹园、沙堰、沙河、西河、丁家埠、李集、南溪等 10 多个地方在丁埠民团暴动的同时，都举行了暴动，并取得了全面胜利。

吴家店竹叶庵驻有罗志谦民团 30 多人（原系柯寿恒的一部）。立夏节午夜，徐子清、廖业麒、汪永金、周世党等带领农民武装 50 多人，将竹叶庵围住，由民团中的共产党员周厚玉、林树生作内应，顺利端掉敌人的岗哨。农民武装冲进去，敌人全部投降。

沙堰徐王庙驻有岳正富民团一个班。在解决斑竹园的文昌宫民团的同时，李梯云、林英谷等带领沙堰农民自卫军30多人在打入敌人内部的共产党员徐先甫配合下，以给岳正富送信为名，喊开了大门，包围了敌人寝室。李梯云大喊："我们是农民自卫军，你们要不投降，都休想活命！"团丁们听说岳正富已经投降了，自己又被包围，只得缴械投降。接着，农民自卫军又连夜奔袭长岭关附近的大屋湾，活捉了国民党河南省党部委员、大恶霸罗维楚。

沙河卢银冰民团20多人驻在沙河佛缘庵里。徐其虚、郑延青率领隐蔽在太平山上的张贻志等30多名农民武装人员，经柏树冲直奔沙河。午夜赶到后，和白天已埋伏在山上的共产党员杨珂领导的20多名农民自卫军一起，将佛缘庵包围。在打入民团内部的共产党员阮绍宏等人的密切配合下，用事先准备好的煤油火烧民团营房。从梦中惊醒的团丁仓皇外逃，徐其虚、郑延青率领农民自卫军乘势猛攻，打死4人，卢银冰逃跑，其余团丁全部当了俘虏。接着又在当地农会会员葛海洲等人的配合下，攻打恶霸地主漆继堂的庄园，行动成功后开仓分粮。

南溪是商南的一个较大集镇，豪绅势力较大，商城反动政府认为统治有力，因此没有派民团驻扎。立夏节前一天，共产党员詹谷堂、袁汉铭、漆禹源等召开了南溪各支部书记会议，决定组织农民武装和农协会员，立夏节晚上到南溪火神庙集会。

立夏节午夜，洪学智、闵鸿友、陈伯禄等200多名联庄队员、农协会员和陈党民率领的明强学校一部分师生，举着红旗，拿着火把、大刀、土铳，在火神庙集会。

詹谷堂在会上宣布南溪农民暴动胜利，建立农民政权——农民委员会，鸣枪、放爆竹庆祝胜利。詹谷堂还即兴写了一副对联，贴在火神庙大门上。上联是：红军初暴动，应教普天赤化。下联是：政权新建立，喜看遍地红花。暴动队伍当夜又将碾子湾陈玉丰、黄鹤湾林亚东等10多户土豪家的粮食分给了当地群众。

我们党领导的立夏节起义成功了！在党组织的正确领导和精心组织下，各个暴动点捷报频传，起义人员无一人伤亡，十分顺利。一夜之间，杨晋阶民团被基本瓦解，柯寿恒、郑其玉两民团大部被歼，余者皆逃往麻城和罗田。整个吴家店、斑竹园、南溪地区基本上为党组织领导的革命武装所控制。

5月9日，各路起义大军从四面八方汇集到斑竹园朱氏祠，宣布成立中国工农红军第十一军第三十二师，周维炯任师长，徐其虚任师党代表，中国共产党在鄂豫皖地区的第二支红军队伍诞生了！

立夏节起义的成功经验应该倍加珍惜并不断发扬光大。立夏节起义是鄂豫皖边区首次取得全面胜利的革命武装起义。它沉重地打击了商南地区的反动势力，极大地鼓舞了鄂豫皖边区党组织和人民群众开展武装斗争的信心和决心，为创建红一军、红四军、红四方面军和豫东南、鄂豫皖革命根据地奠定了坚实基础、作出了重要贡献。它的成功经验主要是：发展党员，建立党组织，团结广大人民群众，凝聚斗争合力；坚定理想信念，发扬牺牲奉献精神；及时地从失败中吸取教训，坚持在斗争中积累经验；实现兵运农运结合，把敌人统治较薄弱的山区作为开展武装斗争的突破口；切实加强党的领导，深入一线，靠前指挥作战；认真谋划，统一领导，精心组织，协调作战；及时组建革命武装，建立红军队伍，夺取政权，开辟革命根据地；等等。这些宝贵的经验在今天仍然具有重要的现实意义和很强的指导作用，我们应该倍加珍惜并发扬光大。

（作者：胡遵远，原载《铁军纵横》2019年第5期。）

六霍起义

——不朽的历史丰碑、永远的红色记忆

2019年是著名的六霍起义胜利90周年。六霍起义是继黄麻起义、立夏节起义（商南起义）之后，在鄂豫皖边区爆发的又一次大规模的革命武装起义。起义从1929年5月拉开序幕，到11月上旬进入全面爆发阶段，最后取得全面胜利。起义的爆发地，主要集中在当时的安徽六安、霍山、霍邱3县的部分地区。1932年设置立煌县（金寨县的前身）时，部分地区划入了立煌县，如白塔畈、张冲、古碑、燕子河等。因此，今天的金寨实际上也是六霍起义的重要爆发地。

一、六霍起义爆发的历史背景

1928年夏，六安、霍山、霍邱3地遭受大旱，农业严重歉收，加上连年军阀混战、兵匪掠夺和地主豪绅的疯狂逼租追债，广大农民饥寒交迫，挣扎在生死边缘。在这种情况下，中共皖西党组织根据广大农民的强烈意愿和要求，积极领导农民协会扛起斗争的大旗，组织农民群众普遍开展了抗捐、抗税、抗租、抗债、抗粮、抗丁斗争，并且引导农民群众从经济斗争走向政治斗争。

1929年3月下旬，六安、霍山两县的中共县委组织发动了大规模的春荒斗争。在当地党组织周密部署和指导下，农民协会组成侦察队、纠察队、宣传队，确定斗争对象，开始强行“借粮”，进而开仓放粮，得来的粮食由农民协会统一分配给缺粮的贫困农户。

金家寨、古碑冲等地灾荒严重，山上的榆树叶子、葛藤根都被当地老百姓吃尽。区委书记桂伯炎和区委委员桂杰生、袁继安等找到青帮首领桂海洲、桂绍堂、袁成翥等人，请他们出面同金家寨大商号朱鼎元、吴致和商量借一部分粮食给挨饿的农民。朱鼎元、吴致和非但不借，反而以“卖青苗”等形式，高利放债。1929年1月13日，300多名农协会员和50多名青帮会众向朱鼎元、吴致和买青苗。朱、吴两家以为发财机会到了，谁知粮仓一开，农协会员、青帮会众

300多人一拥而进，顷刻之间，分掉了朱、吴两家1000多担粮食。

5月初，金寨西部汤家汇、南溪、斑竹园、吴家店等地爆发的立夏节起义胜利后，成立的中国工农红军第三十二师首次东进皖西来到六霍地区，极大地鼓舞和支援了这里的春荒斗争。这场斗争持续两个多月，不仅壮大了农民协会的力量，而且严惩了罪大恶极的土豪劣绅，为举行革命武装起义打下了较好的基础。

二、六霍起义的主要经过

随着农民运动的高涨，六霍地区分散的武装起义开始爆发，拉开了六霍地区革命武装起义的序幕。

1929年5月初，中共霍山县委领导了诸佛庵民团起义。5月17日，中共六安西北区委领导了武陟山农民起义。随后，在金寨境内南庄畈、金家寨、流波䃥等地接连爆发武装起义。

南庄畈与丁家埠邻近，驻有六保联络自卫团30多人。1928年春，中共六安县委委员桂伯炎和六安六区区委负责人袁继安利用关系，选派共产党员袁皋甫、何子凡打入六保联络自卫团。后来袁皋甫担任了自卫团团长，何子凡担任军事教练。他们在士兵中发展汪庆植、胡家林、袁成林加入共产党，成立了党支部，袁皋甫任支部书记。

1929年5月6日立夏节起义胜利后，中共六区区委即派袁继安、袁成林前往商南邀请红三十二师支援六保自卫团起义。5月18日晚，周维炯师长率领红三十二师九十七团首次东征皖西，在南庄畈和六区农民自卫军包围了六保保董汪建青的住宅，将汪建青活捉，要他命令自卫团缴械。汪建青见大势已去，只得老老实实命令自卫团向红军缴械。自卫团30多人除少数几人外，全部起义。起义人员和六区自卫军100多人一分为二，一部分编入红三十二师补充团，袁皋甫、何子凡分任正、副团长；一部分编成了六区游击队，桂伯炎任队长，袁继安任党代表，桂杰生任副队长。

金家寨是当时皖西的商贸重镇。5月20日，周维炯和肖方率红三十二师九十七团和六区游击队进攻金家寨守敌汪东阁的商团，袁成翥率农协会员1000多人在金家寨东南两侧配合进攻。经过半小时激战，活捉了敌副团长余传宗和汪东阁之弟汪三少，汪东阁率残部溃逃麻埠。在立夏节起义中潜逃到金家寨的丁家埠民团团总杨晋阶也被抓获。攻打金家寨取得胜利，红军缴获了大量物资和银圆。

莲花山是皖西的名山，位于金家寨东部。红三十二师攻打金家寨后，周维炯师长拨50人给共产党员毛月波，并派毛月波的胞弟、红军战士毛习之作为他的助手，命他重返起义前从事革命斗争的莲花山，发展革命武装，扩大根据地。毛月波兄弟二人率领队伍来到莲花山，宣传革命真理，动员农协会员和贫雇农开展打土豪斗争，组织建立了“收契委员会”，没收了地主的田产，焚烧地契，整个莲花山方圆几十里，革命斗争如火如荼地开展起来，革命武装也很快发展到近200人。1929年12月，经上级批准在陈家祠堂正式成立了混成团，毛月波任团长，毛刁之任副团长，汪济平任党代表，下辖3个营。混成团和六区游击队遥相呼应，开创和保卫六安六区根据地。

流波疃是当时皖西大别山区的又一商贸重镇。1929年5月20日，周维炯率红三十二师和六区游击队攻克金家寨后，21日凌晨，与张冲、吴江、黄安仁、陶光明等共产党员组织的农民赤卫军汇合。接着，兵分两路，南北夹攻，中午将流波疃朱孟功团匪30多人包围。经过短暂战斗后，毙伤敌10余人，缴枪10多支。5月22日，在流波疃召开有千余人参加的群众大会，公审后枪决了反动头目陈云德，成立了流波疃农民协会和流波疃游击队。陶光明任农会主席，吴江任游击队长，下辖3个分队，共60余人。

（一）组建中心县委，加强党的领导

为了加强对六霍地区武装起义的统一领导，1929年5月，中共霍山县委书记舒传贤以安徽省临委巡视员的名义，指导六安、霍山2县成立了中共六霍军事委员会，切实加强对六霍起义的组织与协调。

当月下旬，中共中央作出了建立六安中心县委的决定，8月5日，在六安、霍山两县边界的豪猪岭召开了六安、霍山、霍邱、寿县、英山、合肥6县党的负责人联席会议，参加会议的有40多人。会议的主题是研究六安、霍山2县党组织建设及发展农民运动等问题。会议要求各地党团组织积极发展农民运动，积极做好秋收起义的各项准备。为了统一领导各地农民暴动，大会还根据党中央的指示成立了中共六安中心县委，选举舒传贤为中心县委书记，报请中共中央批准。

豪猪岭会议以后，皖西各地加快进行全面武装起义的准备工作。六安、霍山2县的农协会员已迅猛发展到5000余人，全面发动六霍起义的条件日趋成熟。

10月初，根据中共中央指示，中央巡视员方英在六安县郝家集再次主持召开六安、霍山等6县党的代表大会，正式成立中共六安中心县委，舒传贤任书记，桂伯炎任组织部部长兼宣传部部长。六安中心县委取代六霍县委，直接指导六安县的7个区委、3个特支，并负责指导霍山、霍邱、寿县、英山、合肥5个县委的工作。这次会议检查和讨论了举行秋收革命武装起义的准备工作，进一步分析和研究了全面发动六霍起义的主客观条件。会后，六安中心县委成员即分赴各地，全力投入全面发动秋收起义的紧张工作。

（二）独山暴动、西镇暴动形成了六霍起义的高潮

1929 年 11 月 7 日傍晚，驻六安独山镇的敌六安第三区自卫团魏祝三部，突然逮捕了六安三区二乡农民协会常委兼秘书何寿全等人，搜出该区农民协会名单及秘密文件，使该地党组织和农民协会面临破坏的危险。六安中心县委接到报告后，连夜召开紧急会议，当机立断地作出决定：立即举行起义。

11 月 8 日晨，独山周围 15 个乡的数千农民，手持大刀、长矛、土枪，从四面八方涌向独山镇，将敌人驻地马家祠堂团团包围，夺取了敌人哨兵枪支。敌人慑于起义队伍的声威，被迫释放何寿全等人，交出了 10 多支枪。起义队伍占领了独山镇。

独山暴动胜利后，六安中心县委于 9 日通知六安各区和邻近各县立即举行武装起义。由此，六霍起义掀起了全面爆发的高潮。在此期间，金寨境内的麻埠、金家寨、七邻湾、古碑、西镇、白塔畈等地都爆发了革命武装起义。

麻埠是皖西一个历史悠久的名镇，以产茶麻而著称。11 月 17 日下午，由总指挥鲍益三率领六安三区游击队和赤卫队 2300 余人，分三路围攻麻埠。起义军与敌激战 4 小时，后因驻六安之敌陈旅向麻埠增援，红三十二师未能及时赶到，起义军被迫于 21 日撤出战斗。攻打麻埠的战斗，虽然未取得胜利，但数千农民起义军凭着土枪、大刀、长矛向敌围攻达 4 天之久，显示了农民起义军的巨大威力。

金家寨时属六安六区，接到中共六安中心县委关于立即组织大规模农民武装暴动的通知后，六安六区游击队和农民自卫军在六安县委委员桂伯炎、袁继安领导下，准备再次攻打金家寨汪东阁商团，同时发动金家寨、古碑冲、七邻湾一带的农民举行武装起义，建立苏维埃政权。

11 月 16 日晚，汪东阁商团住在龚家祠堂的消息被六区游击队探知。队长桂伯炎集中六区游击队和农民赤卫军 300 多人，冒雨向龚家祠堂进军，午夜将敌人包围。住在龚家祠堂里的 80 多名敌人全部被俘，缴枪 60 多支。11 月 17 日，中共六区区委在金家寨镇中心的帝王庙召开群众大会，区委书记袁继安宣布六区农民暴动胜利，成立六安六区农民协会，主席袁继安（化名汪洪涛），改六区游击队为六区游击大队，大队长为桂伯炎，党代表为桂杰生。

18 日，七邻湾在共产党员朱盛元、王立贵等领导下，农民自卫军宣布起义，在帝王庙召开群众大会，成立了农民委员会，朱盛元任主席，王立贵、刘平荣、王大章为委员。会后，开展清理地主财产和分配地主浮财的斗争。与此同时，古碑冲的农民也进行了暴动。

西镇区原属霍山县管辖，包括现在金寨县的燕子河地区和霍山县的漫水河地

区一部分。在党组织积极准备武装暴动之际，敌人也准备向党组织和农民协会进攻。反动西镇事务所秘密召开西镇各绅董会议，决定在全区逮捕共产党人和农民协会骨干。这个消息被西镇党组织探知后，徐育三、刘仁辅等立即开会研究。区委当机立断，决定先发制人，立即举行武装起义，并随即派人飞报红三十二师，请求支援。

11 月 19 日，红三十二师师长周维炯率红军 80 多人，一路急行军于午夜赶到燕子河，与徐育三、刘仁辅、高天栋等率领的 100 多名赤卫军会合，决定首先进攻闻家店之敌。结果一举击溃了驻闻家店的民团，俘虏该团队长陈先觉等 20 多人，缴获了步枪 20 多支。

随后，起义队伍包围了楼房湾大地主余良池、燕子河大地主余良远的庄园，缴获枪支 20 多支，并打开粮仓，把粮食分给贫苦农民。

起义队伍当夜向长山冲进发，天亮前包围了周家院子，活捉了正在开会的王多宏等 5 名反动分子。第二天，暴动队伍向西镇事务所漫水河进攻，迅速击溃漫水河自卫团，西镇事务所、经济维持会等反动机构被捣毁。西镇暴动大获全胜，红三十二师回师丁家埠，途中又打掉 3 个保安团。

随后，暴动队伍乘胜打击土豪劣绅，没收财物，开仓放粮，并将部分财物分给贫苦农民。随着群众革命热情的高涨，暴动范围迅速扩大到回头岭、上土市、黄栗杪、深沟铺、太平畈、杨家河等村镇。前后三天时间，整个西镇地区反动势力几乎全被消灭，方圆百里，完全被农民武装占领。

由于西镇地区战略地位重要，六安中心县委决定把西镇作为皖西根据地的中心进行建设。为统一西镇地区的领导，在燕子河建立了西镇地区革命委员会，负责各乡、村政权建设，不久即在燕子河闻家店成立了霍山县第六区苏维埃政府。西镇党组织还把暴动后的农民赤卫军编为有 360 余人组成的西镇游击队，分为 60 个小队。并成立了总指挥部，徐育三任总指挥，刘仁辅任副总指挥。西镇游击队是当时皖西三大主力武装之一。

随后，在党组织的领导下，乡、村苏维埃和赤卫队及青年、妇女、少先队、儿童团等组织也都陆续建立起来。1930 年 2 月 16 日，徐育三率领西镇游击队支援霍山桃源河农民暴动，镇压恶霸地主，没收和分配地主财产，缴枪 30 多支，使六安、霍山两县红色区域连成一片。霍山县自卫团团总秦华轩率领县民团 200 多人枪前来围剿，徐育三指挥游击队和赤卫队分别埋伏在道士冲两侧山林里，毙伤敌人 60 多人。

（三）白塔畈暴动为六霍起义画上圆满句号

白塔畈原属霍邱县南四区管辖，既是中共霍邱县委书记杨晴轩（又名杨有仁、吴季昌、杨季昌）的家乡，又是他和共产党员李大刚、汪映西、潘荣初、袁新民、台传铸、台传钧等秘密活动的地区，也是霍邱县武装暴动的重点区域。

1929年12月20日晚，杨晴轩、李大刚等率领100多名农民自卫军，里应外合夺取了王家老楼并缴获了一批枪支。杨晴轩、李大刚立即率领部分农民自卫军攻打白塔畈顾少山警备队。顾少山一听枪响，便带队伍向叶家集逃跑了。这时，霍邱县驻大顾店的警备营一个排，由排长共产党员汪志来率领，赶来白塔畈，参加了起义队伍。当晚又打掉了雷家大圩子和地主金耀山的护庄队，缴获步枪10多支。

白塔畈暴动是中共霍邱县委直接领导的全县第一次武装起义。为巩固暴动胜利成果，将六安、霍山及商南地区革命武装和根据地联结起来，互相呼应，12月23日，县委在白塔畈王家老庄子召开群众大会，镇压了罪大恶极的恶霸地主金耀山，成立了霍邱县第一区苏维埃政府，汤正铎任主席，吴忠池任区委书记，下辖13个乡。农民自卫军和汪志来率领的武装编为霍邱县游击队，活动于霍邱、六安、商城县边区。

六霍起义全面爆发期间，除上述武装起义外，还有六安县徐家集民团起义、霍邱县尧冲农民起义等小规模的武装起义，从而构成了以农民起义为主体与民团起义相结合的连锁武装起义，并取得全面胜利。

三、六霍起义胜利后，迅速组建了红三十三师

六霍起义胜利后，蒋介石以陈耀汉独立旅为主力，调集近千人的反动武装到六霍起义区域“围剿”，并纠集遭到六霍起义打击的反动民团和地主豪绅组成“反共队”“清乡团”，在六霍起义区残酷镇压和血腥屠杀革命者，仅独山一地，被敌人杀害的共产党员和革命群众就达200多人。起义领导人吴干才、朱体仁、许希孟等在六安三区郝家集一带被敌人逮捕惨遭杀害，并斩首示众。起义区的党组织和农民协会遭到敌人的严重破坏。中共六安中心县委通过总结独山起义以来的经验和教训，深刻认识到，群众斗争离不开坚强的革命武装支持，必须把分散的起义武装集中起来，成立红军部队，才能坚持长期的革命斗争。于是，六安中心县委于1930年1月召开第十次常委会，并决定把独山起义的武装编为安徽红军游击队第一纵队，冯晓山任纵队长，把西镇的游击队编为安徽红军游击队第二纵队，徐育三任纵队长，并根据商南红三十二师在麻埠、流波礓一带游击的情况，准备在麻埠、流波礓、闻家店一带建立军事指挥中心，以便于在闻家店办公的六安中心县委能够指导整个六霍地区的武装斗争和根据地建设。

1930年1月20日，六安中心县委将安徽红军游击队第一、第二纵队集中到

流波𤩽与先期到达的六安六区游击大队会合。在此，舒传贤主持召开六安中心县委常委和游击队党团负责人联席会议，宣布将上述 3 支游击队合编为中国工农红军第十一军第三十三师，由合肥特别区派来的军事干部徐百川任师长，鲍益三任党代表，姜镜堂任师党委书记，张建民任政治部主任（数日后由姜镜堂兼任）。红三十三师辖两个团：第一纵队与六安六区游击大队一部合编为第一〇六团，冯晓山任团长，高天栋任副团长，余爱民（即詹慕禹）任党代表；第二纵队和六安六区游击大队一部合编为第一〇七团，徐育三任团长，李锡三任副团长，孙能武（即汪维裕）任党代表。全师有 200 余人（其中党员 40 多人），145 支长短枪。

红三十三师成立后，根据当时霍山统治阶级武装力量比较薄弱，且集中在城内的实际，于 1 月 30 日（农历正月初一）凌晨，在霍山游击队、赤卫军 2000 多人配合下，分三路进攻霍山县城。中共霍山县委组织赤卫队埋伏于六霍通道，负责检查来往行人并堵截退逃的敌人，又将三尖铺以北的电话线剪断两根，使六安和霍山的联络中断。当日午前，红三十三师由西门强攻入城，与敌人激战到下午四时，守敌自卫团被我军击溃，县长甘达用慌乱中向省政府发电告急："霍山失守，请火速派省兵来援！"之后便狼狈逃出县城。

红军进城后，打开监狱，释放被捕群众 50 多人。为避免伤亡，红三十三师于当晚主动撤出县城。第一〇七团开往西镇，第一〇六团奔赴流波𤩽一带，积极整理内部，肃清反动民团，发动群众。红三十三师组建不久即攻克霍山县城，使其成为红军在安徽省攻克的第一座县城，显示了刚刚诞生的红军部队的力量。

六霍起义胜利后组建的中国工农红军第十一军第三十三师，1930 年 2 月，按照中共中央的决定，与红三十二师和在湖北组建的红三十一师合编为中国工农红军第一军，直属中央军委指挥。1931 年 1 月，红一军与红十五军又合编为中国工农红军第四军。同年 11 月 7 日，红四军与同在金寨成立的红二十五军组建成中国工农红军第四方面军。可以说，六霍起义所诞生的红三十三师是大别山区组建的最早的红军队伍之一，是中国工农红军第十一军、第一军、第四军和红四方面军的重要组成部分。

六霍起义沉重地打击了该地区的反动势力，极大地鼓舞了当地党组织和人民群众开展武装斗争的信心和决心，为创建红一军、红四军、红四方面军和皖西革命根据地、鄂豫皖革命根据地奠定了坚实基础，作出了重要贡献，是一座永垂不朽的历史丰碑、一段永放光芒的红色记忆。

（作者：胡遵远，原载《安徽炎黄文化通讯》2019 年第 1 期。）

红一军的几场漂亮仗

2020年是红一军（中国工农红军第一军）成立90周年。1930年5月23日，红一军前委（前敌委员会）在安徽金寨流波召开六安中心县委和红一军第二师、红十一军第三十三师师委联席会议，决定以红一军第二师一部与红十一军第三十三师合编为红一军第三师。至此，大别山原有的三支红军队伍（红十一军第三十一师、第三十二师、第三十三师）统一改编为红一军。红一军的干部有：军长许继慎、政治委员曹大骏、副军长徐向前、参谋主任朱亚伦、政治部主任熊受暄。下设三个师、一个独立旅：第一师师长由副军长徐向前兼任，政治委员戴克敏（后为李荣桂）；第二师师长漆德玮，政治委员王培吾；第三师师长周维炯，政治委员姜镜堂；独立旅旅长廖业麒。全军共2100余人。

红一军是大别山区组建的第一支统一领导、统一指挥的成军建制的红军队伍（之前的红十一军虽然都是按照统一的番号命名的，但是没有军部，并且分属鄂豫皖三省党组织领导），也是第一支直属中央军委指挥的红军队伍，红一军的建立标志着鄂豫皖边区革命斗争进入了一个新阶段。

红一军成立后，前委根据中央军委的指示，决定第一师向平汉铁路南段出击，军部指挥第二师、第三师东征皖西，先打击入侵根据地的敌人，然后再向南发展。

红一军前委决定由徐向前负责指挥第一师出击平汉线，由军长许继慎、政治委员曹大骏负责指挥第二师、第三师东征皖西。独立旅留守在豫东南苏区，保卫和发展根据地。

在敌强我弱、武器装备落后、后勤缺乏保障的重重困难下，独立旅不怕苦、不怕难、不怕死，在艰险困苦中奋战，在崇山峻岭中游击，坚持与敌人展开顽强的斗争，为保卫苏区作出了重要贡献。第二师、第三师在皖西地区转战，第一师积极向平汉路南段出击，打了很多大仗、恶仗、险仗、胜仗、漂亮仗，取得了很大胜利，创造了辉煌历史。

一、英山之战：开创红军歼敌人数的新纪录

1930 年，蒋介石与冯玉祥、阎锡山之间的军阀大混战在冀鲁豫三省爆发。驻守鄂豫皖边区的国民党第十三师、第四十八师、警备第二旅等部队均被蒋介石调去参战，鄂豫皖根据地周围的敌人守备空虚。除新调来的川军郭汝栋的第二十军布防在鄂东地区、潘善斋的新编第五旅布防皖西外，各据点大多为反动地方武装和民团驻守。红一军抓住这一有利时机积极实施进攻作战，向外发展。

6 月中旬，在红一军军长许继慎及军部的直接指挥下，漆德玮、周维炯率第二师、第三师向六安、霍山西部地区的反动据点发动进攻，接连收复流波、麻埠、独山、两河口等地。接着，东渡淠河，第三次打下霍山县城，歼灭地方武装 1000 余人。此后，敌新编第五旅进行反扑，但遭到我军迎头痛击，共毙、俘敌副旅长以下官兵 700 余人，缴获大量枪支弹药，还缴获机枪 1 挺、迫击炮 1 门，这是红一军获得整编后的第一次大胜利。

7 月初，军长许继慎率第二师、第三师在金寨燕子河与中共英山县委领导的游击队会合，一同南下英山，打击唐生智部的韩杰旅。11 日，第二师、第三师对盘踞在金家铺的韩杰旅一个团发起进攻。第二师突击金家铺，第三师和英山游击队在金家铺南面的狮子坳阻击敌北上援兵，并截击金家铺南逃之敌，英山县游击队和当地群众一起破坏敌人的交通通信，扰乱敌人的后方。战斗打响后，金家铺守敌受到突然夹击，仓皇南逃，第二师跟踪追击，将逃敌包围于狮子坳，全部歼灭。12 日，龟缩在县城的韩杰为挽回败局，率部向金家铺反扑。红一军早有准备，在金家铺北部的杨家河一带构筑工事，迎击来犯之敌。上午 10 时左右，韩杰部向红一军发起攻击，一次又一次冲锋都被红军击溃。下午 2 时，红军向南穿插，部队与北面主攻部队协同发起反攻，使韩杰部溃不成军，残部南逃至浠水。13 日凌晨，红一军乘胜收复英山县城。这一仗共歼敌 1000 多人，缴获长枪 1100 余支，轻机枪 80 余挺，子弹 20 多万发以及大批军用物资。这场歼敌一个整编旅的空前大捷，是第二师、第三师东征皖西的又一次重大胜利，也是鄂豫皖红军前所未有的新纪录。

二、花园之战：创造我军以少胜多的经典战例

第一师在副军长兼师长徐向前的率领下，按照军部的部署，向平汉路南段出击，连战连捷，部队三次扩编，迅速发展壮大起来。

6 月 11 日晚，第一师夜袭杨家寨车站，歼灭国民党第二十军的两个连，缴

枪 120 余支。随后移往夏店，将根据地的一批地方武装和新兵补入部队，进行第一次扩编，部队由 800 余人发展到 1200 余人。

6 月 29 日，第一师在孝感县游击队的配合下，在杨平口地区伏击进攻红军的敌第二十军独立旅第一团和第二混成旅第四团。第一师将敌人诱入包围圈后，一面加紧包围，一面开展火线喊话，在敌军内部的共产党员也乘机鼓动士兵放下武器。在红军军事压力和政治攻势的共同作用下，固守顽抗的敌人终于全部缴械投降。此战历时半日，共毙、伤、俘敌千余人，并活捉敌团长，缴枪 800 余支，取得了第一师扩编后的第一个大胜利。

7 月下旬，徐向前率红一师一团、三团及特务大队再次出击平汉铁路，在攻克黄陂祁家湾车站后转至青山口时，得悉距该地 40 里的花园镇为刚从武汉过来的钱大钧部教导三师第五团驻守。该敌惧怕红军袭击，白天挖战壕，夜晚坐更，抢修工事。徐向前和党代表戴克敏交换意见，认为花园镇的敌人虽然装备较好，但是部队战斗力较弱，红军经过杨家寨、杨平口战斗后士气正旺，于是决定出敌不意，夜袭花园镇。

7 月 28 日晚，部队从湖北孝昌的青山口出发前往花园镇，由于红一师刚刚扩编，各级干部都缺乏带领大部队行军的经验，走了十几公里，后卫部队就掉队了，走在前面的部队只好停下等待，走到花园车站东南 15 里的地区时，天已破晓。徐向前心中十分焦急，失去了夜袭的时机，他当即召集紧急会议进行磋商。正在犹豫时，地方党组织来人报告："前一夜镇内的敌人仓库着火，敌人为了灭火折腾了大半夜，驻南街的敌八十三师留守连已撤走，敌人没有特别的戒备。"得知这个情况后，徐向前和戴克敏当机立断，决定按原定部署行动。

7 月 29 日黎明，特务队化装成赶集的群众，首先清除了敌人外围的岗哨。随后，部队主力从四面八方冲进花园街里。这时，敌人正在洗漱，发现红军，顿时大乱，不到 3 个小时，敌人大部被歼。

战斗结束后，战士们扛着缴获的物资弹药高兴地走出来，徐向前仔细地查看，忽然对走过来的战士问道："敌人的迫击炮呢?""什么迫击炮?""就是刚才敌人用来打我们的炮，你们不知道?"他用手比画着。"那玩意儿太重，我们没有要。"一个战士说。徐向前忙说："赶快去找回来，那炮找都找不到，你们还不要!"于是，战士们赶忙跑回去，把 5 门迫击炮扛了回来。

这一仗歼敌一个团 1400 余人，缴获重机枪 8 挺、迫击炮 5 门、步枪 800 余支和大量物资、弹药，而第一师仅有少量的伤亡。袭击花园镇是一次非常出色的战斗，它以极小的代价取得了重大的胜利，成为我军以少胜多的经典战例。

三、四姑墩之战：显示出协同作战的强大威力

第一师在平汉线南段连战连捷，使蒋介石正在对冯玉祥、阎锡山作战的后方受到严重威胁。于是，蒋介石急忙将驻河南的戴民权的新编第二十五师调平汉线南段担任护路任务，另调彭启彪的新编第十四旅到花园镇附近布防。

8 月 21 日，戴民权以第一四七团团长戴鸣福为临时前敌总指挥，带领第一四六团、第一四七团、第一四八团向第一师驻地小河溪进犯。第一师向四姑墩转移，诱敌深入。22 日，敌人进至四姑墩附近。第一师猛烈反击，歼灭其一个营，敌人又用两个团反扑，双方展开激战。正在拉锯较劲之时，突然间在敌军背后涌出两支红军部队，与红一师一起对敌形成夹击，致使敌军迅速溃败。这一变化出乎所有人的意料，原来这是军长许继慎带兵赶到了！红一师的指战员们纵情欢呼：“许军长回来了！许军长带着部队回来了！”于是，红一军的三个师立即共同投入战斗，歼灭敌军一个团，击溃敌一个团，余敌溃不成军，连夜向西逃窜。红一军三个师自建军以后在四姑墩第一次会合。23 日，红一军向西追击逃敌，追至平汉线附近。此时，敌新编第十四旅又从平汉线分三路进行反扑。红一军乘胜将其进据小河溪的一个团大部歼灭，其他两路的敌人不战而逃。这两次作战共缴获敌长短枪 400 余支，迫击炮 3 门，机枪 2 挺。四姑墩之战的非常特殊意义在于鄂豫皖三支红军部队（原红十一军的 3 个师）第一次展开协同作战，从此力量更大了！

四、东西香火岭之战：标志着第一次反“围剿”取得全面胜利

红一军抓住新军阀蒋（介石）冯（玉祥）阎（锡山）中原混战的有利时机，积极实施进攻作战，于 6 月至 8 月转战六霍、南下英山、西击平汉路，接连取得胜利，3 个月的时间歼敌 7000 余人。此时，红一军已由初建时的 2100 余人，发展壮大到 6000 余人。

1930 年 10 月，蒋介石开始对全国各苏区进行第一次大规模的“围剿”。当时，敌豫鄂皖边区绥靖督办公署督办李鸣钟指挥向鄂豫皖苏区“围剿”的敌军有 8 个师又 3 个旅，近 10 万人。12 月初完成部署，开始向苏区“围剿”。

红一军面对强大的敌人，一方面以地方武装和广大人民群众相结合，开展广泛的游击战争，迫使敌人不敢冒进，并想方设法分散敌人的“围剿”兵力；另一方面集中红军主力，突破敌人的薄弱点，歼灭敌人的有生力量，以扭转整个战

局。通过采取主力出击、突然袭击等方法，先后在姚家集、黄安、谢店、新洲打了四仗，给敌以痛击，打乱了敌人的“围剿”部署。特别是新洲一仗，歼敌第二混成旅两个团，使敌人大为震惊。国民党武汉行营急忙抽调2个师又2个旅企图南北夹击红军，但红一军已于12月1日东移但店进行休整。在研究红一军行动方向时，许继慎、徐向前等认为原计划向长江沿岸发展，已不利于机动作战，而皖西根据地大部分已被敌侵占两月之久，商南形势也十分危急，因而决定改变军事行动计划，撤离但店东征，转向皖西、商南作战，这样，使敌人夹击红军的企图再次落空。

12月6日，红一军的第一师、第二师经罗田、滕家堡、松子关、吴家店等地进入商南，与红三师会合。入侵根据地的敌军和民团极为凶残，在商南杀害了许多革命干部和群众，手段残忍，令人发指。12月13日晚，许继慎向全体指战员作战前动员：“我们一定要打下金家寨，这是回师皖西的第一仗。打下金家寨，歼灭八大民团，才能挥师东进，收复根据地，为乡亲父老报仇!”当夜，数路红军犹如天罗地网“罩”向金家寨。14日，乘敌人还在酣睡之中，许继慎指挥部队发起冲锋，红军战士如滚滚山洪席卷金家寨。敌人东奔西突，不是死于刀枪之下，就是掉入寒冷刺骨的史河中。经两小时激战，歼敌四十六师1个营及反动民团千余人，缴枪1300多支、迫击炮2门。14日下午，红军和金家寨群众召开庆祝大会，并公审、枪决了反动民团头子。

15日，红一军乘胜东进，在鹅毛岭溃敌1个营，缴枪百余支。16日进占麻埠、独山，又经西两河口渡过淠河，18日连克青山店、苏家埠、韩摆渡等地，歼敌2个营。之后，红一军兵分两路，围攻六安县城，以第一团、第六团攻南面，第二团、第四团攻西北方面。许继慎到南门外三里岗以北指挥攻城战斗，但因城坚壕深，又有敌兵增援，红军激战一天未能奏效，红一师师长刘英也身负重伤。21日，红一军考虑攻城不利，即从六安撤围，仍兵分两路，一路南下直逼霍山县城，一路向西往石婆店，攻克霍邱县叶家集，使沦陷数月的皖西苏区大部收复。

国民党安徽省主席陈调元见六安城被围，霍山告急，慌忙调集第四十六师、警备二旅，全力防守六霍，并寻机向红军反扑。敌绥靖督办公署督办李鸣钟也令第三十师的1个旅由商城进占金家寨，新编第二十五师1个旅进占叶家集，计划组织新的合围。

红一军获悉敌人意图后，根据敌强我弱的形势，决定将红军主力集中于麻埠地区，诱敌深入，在运动中寻机歼敌。

12月29日，敌四十六师从外线分左中右三路向麻埠地区合击。左路3个团从霍山出发，经诸佛庵由南向北进击；中路2个团从六安苏家埠出发，经独山由东向西进击；右路1个团从六安韩摆渡出发，经石婆店由北向南进击。敌人来势汹汹，不可一世。而进占金家寨、叶家集的敌第三十师、新编第二十五师各1个旅却迟疑观望，按兵未动。这样，敌四十六师就处于孤立的地位。

针对战场的局势，久经战争考验的许继慎军长早已胸有成竹，与徐向前副军长果断决定：集中优势兵力歼敌一路，再及其余，采取各个击破的战术，首先打击冒进之敌。遂派地方武装游击队、赤卫队对付敌左路3个团，采用游击战方式拖住敌人，迟滞敌军进军速度，争取时间，配合主力歼敌；由徐向前率红一师的第一团、第三团和红二师第四团北出东香火岭，迎击敌中路2个团，同时调红二师第六团自叶家集南下石婆店一带，钳制敌右路1个团；许继慎率军部直属队特务营（交通队、手枪队、警卫连）和干部学校的干部战士坐镇麻埠，统一指挥。

香火岭（今鲜花岭）是六安到麻埠必经的咽喉要地，进山的道路两旁都是陡峭的山峰，一路均是狭长的山沟，是非常理想的伏击战场。12月30日是个晴间多云的天气，虽值冬季却也不太冷。红军清晨出发，及早地到达指定的位置埋伏，严阵以待。

敌军左路3个团经黑石渡过淠河时，受到红军地方武装的突然袭击，队伍大乱，沿途多次受阻，因而进展迟缓。敌中路两个团进至东香火岭后以纵队行进，红一师第一团、第三团和红二师第四团居高临下，发起冲锋，首先将敌先头团包围，敌纵队被拦腰截断。顿时，枪声、炮声、手榴弹爆炸声、冲锋号和喊杀声震天动地，把敌军打得晕头转向。经过4个小时激战，敌先头1个团被歼灭，敌另1个团向香火岭以东逃窜，在同兴寺被红一师第一团、第三团包围，迅速被歼。正值第一团、第三团在同兴寺与敌激战之际，敌右路1个团进至西香火岭，军部令第三师师长周维炯率红四团迎击。周师长乘敌试探性前进时先发制人，发动突击，歼敌先头部队1个营，活捉敌团长柏心山，余敌溃不成军，掉头向石婆店方向逃跑。红四团夺路猛追20余里，在石婆店附近与从叶家集南下的红六团前后夹击，将其全歼。敌左路3个团在地方武装阻击下，直到下午才进至麻埠外围，乘红军在同兴寺激战之隙，攻占了麻埠附近的梁山寨，并有少量部队闯入镇内。而镇内仅有红一军军部的警卫部队，情势非常危险。许继慎军长凭着丰富的作战经验，沉着应对，一面指挥警卫部队和机关人员在赤卫队配合下，坚决将进入镇内的敌人赶出镇外；一面速调红一团回援，内外夹击敌人。左路之敌见红军顽强反击，又得知中路部队已被歼灭，立即狼狈逃走。

东西香火岭战斗，红一军以4个团兵力，全歼敌四十六师3个团，溃敌3个团，毙俘敌团长以下3000余人，缴获长短枪1700余支、迫击炮数门、电台1部。此外，还歼灭六安保安总团第二团队。这是中国工农红军以少胜多的著名战例。这一战斗标志着红一军的作战形式已由过去的游击战向运动战转变，也是打破敌军在皖西“围剿”计划的关键一仗，给敌四十六师以毁灭性打击，迫使其残部退守六安、霍山县城，敌第三十师、新编第二十五师退回商城、固始不敢复出。

（作者：胡遵远、胡本昌，连载《皖西日报》2020 年 3 月 31 日、4 月 6 日和 4 月 15 日。）

红军中央教导第二师连战连捷

1931 年 2 月初，根据中共中央的指示，红四军独立团在安徽省六安市金寨县东北部的麻埠镇扩编为中国工农红军中央教导第二师（以下简称二师），肖方任代师长，王效亭任政治委员，方礼政任参谋长，下辖第一、第三两个团，全师 1100 余人。在此前后，由于红四军利用打破敌人第一次"围剿"后敌人转入守势的有利时机，适时转入进攻作战，各地国民党守军在红军不断胜利和正确执行瓦解敌军政策的影响下，军心日益动摇。早期打入驻六安城的国民党军第四十六师并担任营长的共产党员魏孟贤利用这一有利时机，联络该师内的秘密共产党员和进步官兵成功举行武装起义。起义部队随后进入麻埠苏区，编入新成立的红军中央教导第二师。

中央教导第二师成立后，积极投入保卫皖西苏区和开辟皖西苏区的战斗，并接连取得胜利。2 月，该师帮助中共霍邱县委发起白塔畈农民暴动，接连消灭了叶家集、大顾店、姚李庙、洪集等地的反动武装，成立了以杜红光为主席的霍邱县临时革命委员会，扩大了根据地。随后，二师悄然渡过沣河，在河口集对守敌一个营发动奇袭，全歼敌人，缴获了大量武器弹药。此次战斗胜利后，霍邱南部守敌闻风而逃，该地区被我军控制。

3 月 11 日，二师奉命南下英山，以凌厉的攻势攻占金家铺，接着挥师攻打英山县城，消灭守敌两个团。二师在作战时，通过喊话等方式积极开展政治攻势，敌军中大量贫苦出身的士兵纷纷放下武器投诚。敌团长为阻止士兵投诚到前线督战，结果被己方的士兵开枪击毙。二师夺取英山县城后立即挥师北上，于 24 日将侵入麻埠的敌第四十六师 1 个团及反动民团等 3000 多人击溃，俘敌 700 人。

4 月 1 日，二师胜利返回霍邱南部，消灭了多处反动武装。为了打击可能来自西边的敌军，3 日，二师又攻占了固始县黎集，击溃敌一个团，俘敌 500 多人。4 日，二师又向商城的上石桥、武家桥、方集及固始南部郭陆滩等地发起进攻，歼灭地方民团和敌人小股部队，国民党军主力部队在遭受接连打击下，仓皇逃入固始县城以求自保。

从1931年1月下旬到4月上旬，红四军和中央教导第二师共歼敌1万多人，取得了反“围剿”的彻底胜利。根据地向西恢复到黄安、麻城以南，北面发展到光山、罗山城郊，东部恢复了六安、霍山、英山原有根据地的全部地区，并向北扩大到霍邱、固始南部；鄂豫皖根据地人口达到170余万人。红四军由改编时的1.2万人发展到1.5万余人，中央教导第二师也由1100多人扩大到3500余人，部队不断发展壮大，装备均有显著的改善。

（作者：胡遵远，原载《人民政协报》2021年1月28日。）

红军的首次空袭

“列宁号”飞机是中国工农红军的第一架飞机。1931 年 12 月 22 日，徐向前、陈昌浩指挥“列宁号”飞机参战，帮助红四方面军赢得了黄安战役的胜利。

“列宁号”飞机也称双翼德国容克式高级教练机，既可作教练机，又可用于侦察、通信及轰炸。

“列宁号”原属四川军阀刘湘。1930 年 3 月 16 日，由龙文光驾驶从南京前往汉口。途中因迷航燃料耗尽，迫降于河南省罗山县宣化店西南 35 里的陈家河附近的河滩上，被放哨的赤卫队俘获。

龙文光被带到红一军军部，副军长徐向前等领导人接见了他，鼓励他参加红军，为人民服务。龙文光表示愿意参加红军，为了庆贺新生，他还改名为龙赤生，随后被安排在红一军司令部任参谋。

根据地军民将飞机维修装饰一新，还在机翼两端画了两颗红星。鄂豫皖特区工农民主政府把这架飞机命名为“列宁号”。

7 月初，“列宁号”由龙赤生驾驶，飞往各地执行空中侦察、投撒传单等任务。8 月 9 日傍晚，“列宁号”还飞往汉口投撒传单，引起了国民党当局的极大震动。

1931 年 5 月，根据中共中央指示，鄂豫皖特区工农民主政府军事委员会航空局正式成立，任命龙赤生为第一任局长，另调曾在莫斯科学习过航空专业的钱钧任航空局政治委员，同时还配备了必要的技术人员。航空局设在河南省新集北头普济寺内，并在河边空地上修建了一个占地百余亩的飞机场。为方便起降，航空局修建了多座机场。

12 月 22 日，红四方面军发起黄安战役，“列宁号”飞机随军出征。当日上午 10 时，“列宁号”飞抵黄安城上空盘旋，国民党守军以为是自己的飞机来空投物资补给，便纷纷跑出工事，准备抢东西。岂料天上突然落下两排炮弹，炸得国民党军东倒西歪。敌师长丝毫没想到红军会有飞机，还以为是飞机误炸了目标，忙指挥打信号，布置标志。

“列宁号”补充弹药后再次飞来，这回扔下的是两颗大炸弹，消灭了大批敌人。看到飞机上撒下的红军传单，国民党军这才如梦初醒，急忙四散奔逃。

乘敌慌乱，红军迅速消灭了城外山上守敌。当晚 10 时，红军攻克敌人设在黄安西北角城墙的阵地，迅猛向城内发展。敌师长见败局已定，让秘书穿上他的军服，和全师向城南突围，而他自己却化装成士兵从西门逃跑。战至午夜，突围之敌被红军全歼，而化装逃跑的敌师长也被赤卫队活捉。

夺取黄安县城后，红四方面军在城内举行了盛大的庆祝会，并宣布将黄安县改为红安县。

（作者：胡遵远，原载《人民政协报》2020 年 10 月 15 日。）

潢光战役中红军“四处开花”

1932年3月至5月，国民党二十路军乘红四方面军主力在皖西苏家埠地区作战之际，调动在潢川县城附近的3个旅，分别攻占潢川以南的仁和集、东南的双柳树和潢川、固始间的桃林铺；又以新编第二十师分布于光山县城及其以南的椿树店、槐树店，企图长期据守并伺机继续向鄂豫皖苏区进犯。

苏家埠战役结束后，红四方面军总指挥徐向前迅速率领红四军第十师、第十一师，红二十五军第七十三师及少共国际团（原方面军教导团改称），于6月初由苏家埠西返豫东南商城地区，与红四军第十二师会合。

为收复潢川、光山南部地区，红四方面军总部决定发起潢（川）光（山）战役，并迅速制定了“分割包围，各个击破”的作战方案。

6月12日，战斗打响。当天，红四军第十师迅速奔袭椿树店、槐树店，在消灭国民党守敌新编第二十师1个团大部后，乘胜进逼光山，直抵州河南岸，使敌新编第二十师主力不敢轻举妄动。当晚，红四军第十二师和红二十五军第七十三师及少共国际团分别包围双柳树和仁和集；第十一师秘密进至潢川以南的璞塔集、彭店地区，阻击可能由潢川南援之敌。13日，第十二师对双柳树发动突袭，消灭敌守军两个营大部，并乘胜追击，将逃敌追歼于薛店地区。同日，第十一师经一日激战，攻入璞塔集，歼灭由潢川南援的国民党军两个团及反动民团1000余人。第七十三师和少共国际团则对仁和集守敌采取“围而不攻，日夜袭扰”的战术，搞得敌人筋疲力尽，并及时将双柳树、璞塔集的敌人被红军歼灭的消息传给仁和集的敌人。被围敌人因此陷入极度恐慌，多次组织突围，均被红军击退。

16日拂晓，仁和集守敌孤注一掷，冒死突围，冲开一个“缺口”。约两个团的敌人突围后向西逃跑，被第七十三师二一八团、二一九团随后追击，最后敌军在谈楼地区被包围消灭，敌旅长李万林也被活捉。与此同时，第七十三师二一七团和少共国际团迅速堵住“缺口”，并乘势攻入寨内，很快将尚未逃出的国民党军1个团全部歼灭。至此，潢光战役胜利结束。此战，红四方面军共歼灭国民党军8个团，毙伤俘敌近万人（其中包括毙敌旅长1人，活捉敌第七十六师参谋长李亚光和敌旅长李万林），缴获各种枪支7000余支（挺），不仅收复了商城以西、潢川和光山以南大片地区，更扩大了部分根据地，粉碎了国民党军对鄂豫皖革命根据地的第三次“围剿”。

（作者：胡遵远，原载《人民政协报》2021年5月13日。）

天下第一女兵师的战斗故事

1935年2月，红四方面军总指挥部为迎接中央红军入川共同北上抗日，把从苏区各地撤到旺苍来的妇女工作人员集中起来，连同原来的2个妇女独立团共2000多人，在旺苍县王庙街整编为妇女独立师。妇女独立师由红四方面军总指挥部直接领导，师长张琴秋，政委曾广澜。独立师下辖2个团，第一团由张琴秋任团长兼政委，该团战斗力较强，为总指挥部机动团，驻旺苍坝、张家湾、黄洋场一带；第二团由曾广澜任团长，刘伯新任副团长，吴朝祥任政委兼政治部主任，该团的主要任务是保卫机关、红军医院、仓库，运送弹药，转送伤员等，驻百丈关、庙二湾一带。

在经过严格的军训后，妇女独立师便担负起了保卫后方、歼灭残敌、清剿土匪、运输武器弹药物资、救护转运伤兵等繁重任务。该师人数之多，坚持时间之长，经历战斗之多，走过道路之曲折，在妇女运动史上是罕见的。红四方面军妇女独立师成为我军历史上规模最大的妇女武装。下面，就是她们在旺苍战斗的几个片段。

一、翻山越岭转移伤员

1935年3月下旬，妇女独立师第二团奉命将从陕南前线撤下来的1200名伤员从旺苍坝、庙儿湾两地徒步送到近百里外的苍溪县永宁铺兵站（今苍溪县永宁镇）。启程那天，方面军总政委陈昌浩在第二团排以上干部会上表情凝重地对大家说："你们这次要送的这些同志，是为无产阶级的革命事业负了伤、流了血的同志，在任何情况下，绝不许丢掉一个！"

团长曾广澜当场向陈昌浩表示："请总政委放心，第二团战士就是赴汤蹈火，也要完成总部交给的任务。"到永宁铺要翻山越岭、蹚河过涧，为了保证伤员的安全并减轻其痛苦，抬担架过河要将伤员举过头顶，爬土坡时前面抬担架的女战士要跪在地上，用手指像钩子一样抓住路面往上爬。膝盖磨破了，臂肘磨破了，殷红的鲜血流进泥土，有的女战士甚至献出了宝贵的生命。经过一天一夜的长途跋涉，她们终于将伤员们全部转移到了永宁铺。

二、坚决阻击敌军

在反击四川“剿共”总指挥刘湘的“六路围攻”中，妇女独立师一个团奉命在普子岭一带构筑工事阻击自西线撤下来的敌人。

普子岭山势险峻、奇峰耸峙。战士们进入阵地后，立即派出侦察人员摸清敌情，等敌人一到，便打他个措手不及。敌人一开始以为遇上了红军主力，挨过一阵枪子后，才弄清山上是妇女独立师的部队。于是，敌团长挺直腰杆向下属打气壮胆：“兄弟们怕什么！上面尽是些婆娘，一个比一个漂亮。冲上去，哪个逮到就让哪个领回家做老婆！”敌兵一听这话，眼睛一亮又蜂拥而上。面对如狼似虎的敌人，女战士们不慌不忙、沉着应战。为了节约子弹，有效地杀伤敌人，她们有时甚至会等敌人攻至距离阵地三四十米处才开枪。这时，有枪的战士便瞄准了猛烈开火，持刀矛的战士趁机搬起石头狠狠地砸向敌人……就这样，女战士们打退了敌人数次进攻，一直坚持到主力红军在东线消灭了郝耀庭部撤回西线。在这次战斗中，该团配合主力红军歼敌2个团。为表彰该团在这次战斗中所表现出的大无畏精神，红四方面军总部特授予该团一面锦旗。

三、勤务连激战须家山

旺苍县须家山恶霸冯善良豢养的20余个家丁，长期为非作歹、祸害乡里。1935年4月，独立师一个勤务连进驻须家山。冯善良见红军压境，表面上表示拥护，勤务连一到即送去1000公斤苞谷、3头肥猪。连长许兰芳以为冯善良是开明地主，也就没动他。过了十来天，冯善良又派人来见许兰芳，声称他家藏有7支步枪和1门土炮，请许兰芳明天下午带全连战士到他家取枪，他将杀猪宰牛犒劳部队。当时独立师正缺少武器。许兰芳听来人这么一说，第二天便带上一个排的战士来到冯善良家。

当许兰芳走近冯家大院门口时，不见冯善良来迎，只有一个自称姓箭的管家出来。他眯着眼招呼许兰芳：“许长官，冯大爷这几天腿上的枪伤复发，不能亲自来迎接你，他正在客屋恭候，请你们进去好了！”许兰芳正犹豫间，一边的排长低声对她说：“连长，难道我们这么多人还怕他几个家丁不成！”说罢，她便随那管家跨进了院门。许兰芳稍一迟疑也跟着进了院。

许兰芳远远看见冯善良坐在椅子上向她打招呼，便疾步而上，岂料冯善良一转身便不见人影，身后的大门顷刻间也“砰”的一声关上。许兰芳情知有诈，沉着地命令大家快进屋。大家刚一进屋，外面便枪声大作。原来，冯善良这次借假意送枪，诱红军上门，自己花钱悄悄从驻防在南江县大两乡的靖边营请来 1 个排，埋伏在院后山坡，企图一举消灭勤务连。

其实，许兰芳也早有戒备，为了应对不测，她暗地里安排另外两个排在她们出发后，悄悄摸至冯家大院后面的山上隐蔽起来应变。冯善良本想待红军全部进院后，将自己的人立马从后门撤出，然后紧闭各个出口，配合埋伏的靖边排部队居高临下，全歼被困在院里的女战士。哪知这些女战士行动神速，他们前脚一走，女战士后脚就进了屋。当年川北一带的人家住的均是木板房，用大刀片戳几下便是一个洞。女战士们用刀捅出些射击孔，隐蔽着向暴露在山上的敌人射击。冯善良的人在自己家门口反倒如盲人瞎马，一探头就会遭枪子儿。战斗进行不久后，冯善良恼羞成怒，几次派人欲火烧院子，均被女战士们击毙。此时，勤务连埋伏于山顶救援的两个排猛扑下来，打得冯善良的家丁与靖边排的枪兵四下鼠窜。趁此时机，许兰芳带人砸开院子一侧的木板，悄悄迂回到敌人左侧，打得敌人措手不及，哭爹喊娘。

冯善良请来的那个靖边排的排长，见勤务连训练有素、作战勇敢，心里发怵，朝冯善良一拱手说声得罪了，就要带剩下不到一个班的人开溜。冯善良死不答应，二人在阵前大吵起来。就在这时，女战士们杀到跟前……这一仗共打死打伤敌人 30 余人、俘虏 20 人，缴获银圆 2400 多块、步枪 40 余支，开创了妇女独立师自成立以后以少胜多的先例。

四、妇女独立师智擒敌军

1935 年 5 月中旬，妇女独立师一部为前线运粮草。时至半夜，队伍路经通江县北面的鹰龙山时，侦察员报告前面有敌田颂尧部一个营退下来。当时妇女独立师的主要任务是做些后勤保障工作，除干部与负责警卫的同志有枪外，大部分战士手里拿的只是大刀、长矛。指挥员陶淑良与曾广澜知道敌军装备精良，硬碰硬肯定要吃亏，便决定智取。随后，她们到树林里隐蔽起来，单等杀敌号响。

田颂尧的“双枪兵”在前线疲于奔命，早已是筋疲力尽。进山后，见这里绿荫蔽日，十分幽静，带队长官便下令休息。众人立即东倒西歪、迫不及待地抽起了鸦片烟，将枪三支一簇架起。陶淑良、曾广澜二人见敌兵人枪分离，一个个吞云吐雾、涎水长流，知道战机已经成熟，便一声令下，姐妹们高喊“缴枪不杀”“红军优待俘虏”，手持大刀、长矛犹如神兵天降，突然出现在敌人面前，吓得“双枪兵”们魂飞魄散，以为遭到了红军主力突袭，还未清醒过来，所有的武器已经落入女战士之手。只有少数几个家伙听到喊杀声后，钻入树林侥幸逃脱。

这次伏击，我军没损一兵一卒便拿下敌人一个营，令妇女独立师军威大振。总部为了嘉勉独立师，将这次战斗缴获的武器全部留给了她们。

（作者：胡遵远、李雨迪，《党史纵览》2016 年第 11 期。）

红二十八军手枪团

安徽省金寨县是中国革命及人民军队的重要发源地之一，是中国工农红军第一县、全国第二将军县，是红四方面军的主要诞生地、鄂豫皖革命根据地的核心区。在革命战争年代，该县先后有 10 万多英雄儿女参军征战，绝大多数血洒疆场、为国捐躯。中华人民共和国成立以后，被追认为革命烈士的就有 11000 多人，占安徽省烈士总数的 1/5、全国烈士总数的 1/50。在这块红色的土地上，先后组建和重建了 12 支主力红军队伍，著名的长征先锋红二十五军就诞生于此，红四方面军主要发源于此，英雄的红二十八军在此重建并坚持了三年艰苦卓绝的游击战争。

金寨，红色历史源远流长，红色文化丰富多彩，红色资源积淀厚重。金寨县档案馆珍藏了大量的革命文物、档案资料。比如，红二十八军将士们使用过的公文包、枪支，当年红军留下的宣传标语，以及将士的遗物等。其中尤为引人注目的则是有关令敌人心惊胆寒、闻风丧胆的红二十八军的“特种部队”——手枪团的珍贵档案。

一、灵活机动斗顽敌

1933 年 1 月，中国工农红军第二十八军在湖北麻城大畈（现属河南新县）正式组建，1933 年 10 月在安徽金寨重建，1934 年 11 月在安徽岳西再建。红二十八军在建军初始虽然总兵力只有 4 个营，但拥有了一支 300 余人的手枪团，直属于军部领导。之前，红二十五军在准备长征之际，率先在全国建立了第一支红军手枪团。这两个手枪团是中国工农红军战斗序列中独有的部队。红二十八军英勇顽强、灵活多变的游击战术，使得党在鄂豫皖地区点燃的革命烈火始终熊熊燃烧，红军用鲜血染红的战旗在大别山上始终高高飘扬。手枪团作为当时特定历史条件下红军的一支“特种部队”，功勋卓著、彪炳史册。

在中国人民解放军的历史沿革中，除了红二十五军和红二十八军，其他各军中看不到“手枪团”这样的编制（一般“沿革”都只介绍到团）。为什么红二十五军和红二十八军部队规模偏小，反而要建立这种规模比较大的“手枪部队”呢？这是因为，红二十五军创建时期作战对象以国民党军的旅、团级单位为主，规模不大。除了七里坪那场失误之战外，双方作战时间一般都比较短促，因此红军部队规模也相应缩小。再比如到了红二十八军时期，作战对象规模进一步缩小，红军部队规模就更小了，在主动出击的情况下，一般对手都以营级以下单位为主，很少与敌军团级以上的单位作战，作战时间一般也很短，少的只有六七个小时。另外，在敌人实行拉网式大规模“清剿”的情况下，遇敌偶然性增大，很多时候都是突然接敌，在数量上不占优势。在这样的战争形势下，建立一种规模稍大一点、火力与突击力强一点的部队，在关键时刻能够进行强大的战术突击，有利于较快地改变战场形势。像1935年的桃岭战斗，红军总计约5个营的兵力，敌军实际投入兵力先后接近2个团，属于双方实力差别不大的一次战斗。在这种战斗中，手枪团作为突击时的一支生力军，就显示了独特优势，立下了赫赫战功。还有一点，那时候的战斗到了最后决战时，往往是以白刃格斗拼杀结束，在这种情况下，短距离的射击机会很多，手枪可以发挥比步枪更有效的作用。1937年夏季白羊山战斗中，红军特务营与东北军作战，双方兵力差别并不大，在最后的近距离混战中，李世焱率手枪团的一个分队，以快速准确的近距离射击，迅速击毙击伤了大量敌人，为最后歼敌起了至关重要的作用。

手枪团战士的装备，除了配备手枪外，一般每人还配有马步枪，这是考虑到部队也经常与敌较远距离作战，但又不能背负过重的实际情况，因此马步枪比较合适。

二、乔装改扮显神威

随着战争形势越来越残酷，红二十八军进行的各种各样的小规模游击战逐渐增多，因此更加需要这种“特种部队”。于是，手枪团也就越来越多地作为侦察兵、突击队、尖兵（排、班）、哨兵等特种兵使用了。值得一提的是，手枪团作为突击队使用的“化装偷袭战术”，实战效果尤其好。这是红二十八军三年游击战中惯用的独门秘籍，在攻寨掠堡、过关越卡等战斗中，出奇制胜、非常有效。红二十八军的老战士们，直到垂暮之年都清晰记得詹化雨（安徽金寨人）等手枪团指战员化装袭敌的生动例子。残酷战争中血与火的考验，迫使红军指战员不得不去学习和研究新的作战方法，当他们发现用“装腔作势”“装神弄鬼”这套办法可以出其不意克敌制胜时，他们很快地将其应用到实战中，而且还表现得相当不俗。1936年年初，红二十八军八十二师政委方永乐让参谋丁少卿带一营

（营长林维先，安徽金寨人）独自出击，他们数次用化装战术，均连连得手。4月下旬的一天，部队活动到湖北黄陂的姚家集碉堡时，丁少卿又如法炮制。开始倒也顺利，敌人已经有一个排长出来“迎接”自己的“弟兄”了，可能是连连得手后有点大意，也可能是为了装得更像惯于欺压士兵的国民党军官，丁少卿竟然出手打了那个敌排长一个耳光。这种过火的表演，使敌军产生怀疑，碉堡里的敌人立刻关门架枪，红军战士瞬间暴露在敌军火力范围之内。关键时刻，林维先反应敏捷，他突然抓住那个敌排长，一边用手枪顶着他，一边拖着那家伙迅速掩护部队后撤。如果不是林维先一招制敌，后果不堪设想。

1936 年 2 月 12 日，红二十八军政委高敬亭率手枪团化装成敌二十五路军追剿队到湖北浠水一带活动。在新洲，高敬亭获悉敌十一路军有个长官将于当天由武汉行营押送给养回大别山，中午要在这里休息、吃午饭。高敬亭随即率领手枪团向武汉方向运动，走了大约 10 多里，只见 3 个骑马的国民党军官率 10 多名士兵押着 30 多副挑子向这边走来。佩戴国民党军中校军衔的詹化雨率一分队士兵立刻上前将其截住，并厉声喝道：“我们是二十五路军追剿队的，奉命在这里检查来往行人，你们把证件拿出来！”来者中一个骑马的敌军官不耐烦地吼道：“我是十一路军秘书长，你怎敢检查我?!”詹化雨又说：“你就是蒋介石也得有证件，我们奉上峰命令，宁可错杀一千，不可放过一个，谁知道你们是不是给红军送给养的?!”敌军官恼羞成怒、破口大骂，挥起马鞭就朝詹化雨打来，詹化雨一闪身，掏手枪骂道：“妈的，你八成是红军的秘书长！”随即命令战士下了他们的枪。一分队 100 多名战士一拥而上，缴了敌军官的手枪，后面跟着的敌兵也被缴了械。此时，高敬亭走上前去亮明了身份：“老子是红军，你再骂，老子就敲掉你！”敌人傻了眼，于是乖乖缴械……

手枪团不仅在实战中屡建奇功，并且还具备一种“虚”的功能。在三年的游击战争中，为了迷惑敌人，红二十八军大量使用一些“虚虚实实”的部队番号。这些番号，有的确实有过实在的部队，像徐诚基任政委的第二四六团，梁从学任团长的第二四五团，当时都是真实存在的部队，其兵力也就二三百人，远不如满编的一个团那么大，其主要作用是迷惑敌人，因为这种部队在写宣传标语时，就可以用“红八十二师二四五团”等字样。使用过的地方部队番号更是数不胜数，弄得敌人晕头转向，总搞不清楚我军到底有多少兵力。由于习惯上手枪团是一支“军属部队”，特务营为“师属部队”，使用这种番号就可使敌军认为“红二十八军”“红八十二师”这样的部队确实是存在的。鄂豫皖根据地在三年游击战争中可以牵制那么多敌人，类似“手枪团”这种“虚张声势”的编制和番号也起了一定的作用。

由于形势变化，自 1936 年下半年以后，手枪团就很少以团为单位作战了，转而执行一些更特殊的任务。其中最多的一种，就是以分队为单位随军政委高敬亭行动。这种跟随军领导的行动，并不是让其仅仅担任警卫工作，因为警卫工作主要由“交通队”负责。“手枪团”跟随领导的主要任务是在特殊情况下，可以进行一些比较得力的作战，如不期而遇的遭遇战。1937 年夏，击毙鄂豫皖最大的民团武装头子易本应之战，就是高敬亭抓住机会，指挥手枪团一个分队进行的一次成功战斗。在当时恶劣的军事环境下，此战大大鼓舞了部队的士气。

在各根据地中，为什么鄂豫皖红军能够取得非常出色的战绩？有一个重要原因是不能忽视的，那就是红二十八军指挥员能够适应战争形势的变化，及时调整部队的编制，保持适合当时形势需要的规模作战能力。而当时作为“特种部队”的手枪团，就是这一做法的成功典范。红二十八军手枪团这支“特种部队”，一直延续到抗日战争初期。1939 年 1 月，新四军四支队对部队进行改编时，鄂豫皖红军的最后一支“特种部队”——手枪团的历史才画上了句号。

（作者：胡遵远、张应松，原载《中国档案》2017 年第 11 期。）

金刚台上妇女排：三年红旗不倒，创造抗战奇迹

一、妇女排诞生

1934 年，中共鄂豫皖省委率领红二十五军长征后，皖西北中心区——立煌县（今安徽省金寨县）境内的革命形势日趋严重。在这危急关头，金寨地区革命军民在各级中共党组织的领导下，积极行动起来，配合新组建的红二十八军，进行反“清剿”战斗。中共赤城县二区苏维埃主席张泽礼率少量武装人员和几十名妇女及红军家属，转移到大别山脉的河南省最高峰金刚台（河南省信阳市商城县境内）坚持斗争。1935 年 6 月，奉上级指示，红军干部邱玉生和张泽礼在金刚台铁瓦寺主持成立了中共商南县委，组成约 80 多人的商南游击大队，以金刚台为基地，活动于熊家河、槐树坪、葛藤山、野人冲等地，广泛开展游击战争。

为了便于行动，中共商南县委还将地方党政干部中的女同志、原红军医院的部分女护士和红军家属 40 多人，编成妇女排，中共商南县委妇女委员、女红军史玉清分管妇女排工作，袁翠明任妇女排排长。

金刚台是大别山主峰之一，连接鄂豫两省边区数乡镇，地形复杂，进可攻、退可守。妇女排就凭借这里的险要地势，同敌人进行了艰苦卓绝的斗争。在那艰苦的岁月里，妇女排很少有粮食和食盐，开始时还可以打土豪、找关系，到敌占区搞一点粮食，后来由于敌人封锁越来越严，只能靠野菜、野果充饥，以草根、树皮度日。她们只穿一身破衣服，常年露宿山林，在敌人不断搜山“围剿”的严峻形势下，克服无医、无药、无医疗技术等多重困难来护理伤员。

二、精心照料伤病同志

金刚台一带天然石洞很多，但妇女排和伤病员却不能住在山洞里。妇女排刚上山时缺乏游击经验，有一次，几十个同志和伤病员全都住在一个叫“水帘洞”的山洞里，搜山的国民党军突然来了，幸运的是这个洞口前有一道“水帘”瀑布，隐蔽了洞口，敌人没有发现妇女排。有了这次惊险的经历后，又鉴于敌人随时搜山、暗探常年在山上进行侦察活动的实际，从此，妇女排宿营不敢再住山洞。为便于隐蔽和转移，她们总是分散地睡在山沟里、树脚下、石板上。雨天，有时就将树头压倒，拴在树桩上，人在里面躲雨，实在没有办法，就穿着蓑衣冒雨坐在地上。寒冬天气，大家仍身穿上山时的单衣、脚穿草鞋，夜晚冻得实在受不了，只能背靠背地坐着取暖休息。

这个红军山林医院没有固定的地方，为防止敌人搜捕，妇女排隔几天就得给伤病员换一个住的地方。她们经常背着米袋子、干粮袋子、药包，抬着、背着伤员在山上到处游击转移。

1936 年夏天，便衣队员小邢在与敌人的战斗中负伤失踪，史玉清带领妇女排的几个同志，在发生战斗的山沟附近摸索、寻找了十来天。她们循着便衣队活动的地方延伸范围，听动静、查痕迹，最终找到了小邢，原来他的腿部负了伤难以行走。由于 20 多天的爬行，他的身上都被岩石磨破了，浑身溃烂不堪，已是奄奄一息。史玉清和同志们没有放弃，硬是把他抬回驻地。妇女排的同志们每隔两天就小心翼翼地给他挤出伤口的脓血，用凉开水清洗伤口、再涂上猪油，然后用煮过晾干的破棉布敷上草药包扎好。经过几个月的精心护理，小邢奇迹般地康复了，他临别时流着泪感激地说：“姐妹们给了我第二次生命，归队后我要英勇杀敌，革命到底!”

妇女排对伤病员的精心护理，使几十名在金刚台养伤的红军伤愈归队，重新踏上革命征程。多年以后，曾经在金刚台山林医院养过伤的同志们，交口称赞她们“既是看护员，又是警卫员；既是担架员，又是宣传员”。

三、英勇机智、与敌周旋

从妇女排上金刚台的第二年春天开始，敌人就不断地对山上进行突袭式的“清剿”。他们经常出动几个营的兵力，一个山头挨着一个山头地进行搜索，在每个山头又分成几路，一面漫山遍野地从山上往山下搜，一面在山下进行拉网式地包围。敌人还在妇女排要经过的道路上设“地补哨”、挂手榴弹等，妄图将妇女排逼上死路。后来，敌人还残忍地想出了从山顶上往下滚石头、在山下放火烧山等毒辣手段来对付妇女排。当时的情况是敌强我弱，县委要求妇女排保存革命力量。她们平时首要的工作是把伤病员分散地隐蔽好，放哨的同志一发现敌人来了，她们立马就分成几人一组，分散在茫茫林海里，与敌人周旋、捉迷藏。

见无法扑灭金刚台上的革命火种，敌人便调集重兵，在金刚台主峰修建了碉堡，企图用“驻剿”“搜剿”等手段消灭妇女排。妇女排战士们日夜不停地转移，穿行在金刚台的深山密林中。

1936 年冬天，金刚台地区连续下了 15 天大雪，大雪封了山，敌人认为这是消灭山上红军的大好时机，不仅加强了把守，还派出暗探和搜山队四处寻踪觅迹。在外线游击的县委非常担心山上的同志们，多次派人送粮上山被阻。这时，山上的妇女排已经断粮数天了，大家只能用树皮和草根来充饥。寒冷和饥饿一起向她们袭来，死亡随时威胁着她们，但她们宁死不屈，一直坚持与搜山的敌人斗争。后来，有两位便衣队员背着粮食，在深山雪地里与敌人周旋了七天七夜，才甩掉跟踪。他们找到妇女排驻地时，妇女排的同志们已经到了生命的极限，都东倒西歪地躺着，任凭怎样摇晃和呼喊，她们只睁着眼睛不能答话。两个送粮来的便衣队员见此情景，急得失声痛哭起来，赶快生起一堆大火，煮了一锅姜水，给每人喂了一碗。这样，过了好长时间，她们才渐渐恢复过来。

面对敌人残酷的“清剿”，妇女排的同志们曾在一起庄严宣誓：在任何情况下，宁肯牺牲自己，也不出卖组织和同志。在残酷的斗争中，妇女排先后有 10 多位同志牺牲。

在三年游击战争的艰苦岁月里，妇女排在金刚台上克服了常人难以想象、难以忍受的困难，有力地配合了商南县委和游击队坚守根据地的斗争。西安事变后，根据上级指示，张泽礼率商南便衣队和妇女排精干力量 100 余人，前往湖北省黄安县七里坪参加新四军四支队，奔赴抗日战场。

土地革命期间，在中共商城县委和商南县委的领导下，在大别山脉，红军家属和当地进步妇女组成“金刚台上妇女排”，以金刚台为依托，在敌人的枪林弹雨中英勇冲杀，以惊人的毅力与恶劣的自然环境进行顽强斗争，赢得“三年红旗不倒”的赞誉，创造了鄂豫皖游击战争史上的奇迹。

（作者：胡遵远，原载《晚晴》2019 年第 3 期。）

大别山上红旗飘

——红二一八团的战斗故事

1934年11月11日夜，鄂豫皖省委在光山县花山寨召开会议，按照党中央的指示精神，决定率红二十五军实行远距离的战略转移，创建新的革命根据地。省委给在皖西北的省委常委、皖西北道委书记高敬亭留了指示信，责成他组建鄂皖边区党的组织，重建红二十八军，继续坚持鄂豫皖边区斗争。红二十五军长征后，作为皖西北中心区的立煌县（今金寨县）境内形势十分严峻。

一、根据地乌云密布

11月下旬，国民党以56个团及一些军、师属的营、连，对鄂豫皖革命根据地进行“清剿”，对金寨地区实施包围“清剿”，商城的顾敬之、霍山的黄英等带领的反动民团也相涌而出，积极配合。敌人除了军事“围剿”外，还采取了增设保甲的方式，实行“移民并村，十户连坐”，在各个交通要道、隘口设立关卡，盘查过往人、物品，实行严密封锁。同时，强化反动统治，不时清查户口，大肆搜山。整个苏区，尸骨遍野，房屋被焚，一些地方白天不见人，晚上不见灯。

在敌人的“清剿”封锁下，根据地大部分地区被敌人占领，皖西只保留着赤城县（今金寨桃岭、全军、铁冲、双河一带）、赤南县（今天汤家汇银沙、沙河、南溪、斑竹园、吴家店一带）和金家寨、燕子河张畈等山区一小部分。老区人民并没有被敌人的暴行所征服，而是与敌人进行了英勇的斗争。中共皖西北道委遵照省委离开皖西北前的工作部署，以赤城根据地为主要立足点，领导赤城、赤南、潜山三个县委和六安县第三区、第六区及霍山县第六区的区委，积极组织军民，同进攻根据地之敌展开斗争。

当时根据地流传着这样一首歌谣：“红军都是英雄汉，白匪再多干瞪眼，总有一日天要红，人民定要坐江山。”他们坚信红军一定能胜利，革命一定会成功。

为了钳制与分散进攻根据地的敌人，寻找新的立足点，11 月初，皖西北道委派红八十二师师长周世觉率八十二师和第三路游击师，共 800 余人，东去霍山、潜山一带试探性地开展敌后游击活动。红八十二师和第三路游击师突破敌人的封锁线，到达潜山境内，经过一个月的转战，有力地打击了敌人，发动了群众，极大地振奋了“白色恐怖”下的人民群众。

二、长山冲战役不幸失利

12 月 1 日，周世觉率部返回根据地，到达金寨长岭境内的长山冲。长山冲四面环山，东西南北约有七八公里的平畈，比较富饶。此地，大部分土地属于地主豪绅，农民生活异常贫困。当日下午，红军没收了几户大地主的浮财和粮食。2 日下午，敌七十五师第一九四旅三八七团尾追而来，并与当地黄英民团共同截击红军。周世觉指挥部队装好粮食，进行了短暂休整，待命出发。3 日凌晨 3 时左右，红军出发，三路游击师任前卫，经过长冲口石墙附近时，天已经开始亮了，部队被很多砍伐不久的大树挡住了道路。接着，敌人机枪、步枪一齐向红军进行射击。周世觉命令三路游击师师长高开文指挥二连进行阻击，他率其余部队向西侧山进行突围。在敌人猛烈追击和密集的火力下，部队伤亡人数不断增加，游击师一团团长李云汉等营、连、排干部大部分阵亡。部队只好且战且走，上午 10 时到达乌凤沟，后又遇到黄英民团的阻击。红军几次冲锋均遭击退后，即集结在一个土地庙周围固守，寻找机会突围。在突围战斗中，周世觉师长亲临战斗一线。他一会儿用伤亡同志的步枪进行射击，一会儿接过战士的轻机枪扫射。这样，他成为敌人集中射击目标。先是帽子中弹落下，后来右肩负伤，最后头部中弹英勇牺牲。此战只有部分红军突围。

部队突围后，灭绝人性的敌人对红军重伤员一个也不放过，一一补枪打死，并惨无人道地将他们的耳朵割下来，向上级报功请赏。

突围部队一部分向熊家河转移，另一部分当晚与二路游击师会合，还有少数同志奔向龙门冲和洪家大山根据地。红军部队会合后，三路游击师有 130 多人，红八十二师 110 多人，整个部队损失了 2/3。部队作整编后，三路游击师师长高开文率队转移到苏区找皖西北道委书记高敬亭。

三、沙河店组建二一八团

到 1934 年冬天，战斗在皖西北根据地的不同建制的革命武装分散在几块狭小的根据地内。主要有：赤城苏区的党政机关、警卫队 50 多人，二路游击师 200

多人，二区游击队200多人，红二十五军留下的苦工队90多人及2个战斗连，医院伤病员70多人；赤南苏区的党政机关30多人，一路游击师200多人，赤南战斗营和红二十五军留下一个分院的部分伤员；六安六区领导一个游击队40多人，团山便衣队20多人；总人数约1000人。这些队伍分散，没有统一指挥，难以形成战斗力，集中统一起来显得十分紧迫和重要。

在敌人“清剿”的严重形势下，为了集中力量更好地打击敌人，保卫根据地。中共皖西北道委书记高敬亭在赤城熊家河召开会议，决定将皖西北分散的红军集中整编，组成红二一八团。

此时，运送英山陶家河战斗伤员的红二十五军经理部苦工队和担任掩护任务的七十四师二营四连、三营九连，加上红二十五军部分失散人员，分别到达皖西北道委驻地熊家河，高敬亭将其编为红二一八团第一营。

12月19日—20日，从长山冲战斗突围出来的部分部队在高开文的率领下，也回到了熊家河。因长山冲战斗损失惨重，高敬亭向归队同志问罪，错误地将高开文和几个参谋处决，其余人员编入二一八团。

高敬亭当即在沙河店（今全军乡）整编部队，正式宣布成立红二一八团。红二一八团下辖一营、二营和苦工队，团长罗成云、政委熊大海，全团约700人。赤城、赤南、六安六区和三区等地方武装保留，归皖西北道委统一指挥。红二一八团的成立，是红二十五军长征后，活动在鄂豫皖革命根据地唯一一支成建制红军部队。

红二一八团的成立，各块根据地武装力量得到组建和扩编，皖西北地区武装力量得以集中，提高了战斗力，为粉碎敌人“清剿”创造了条件，也为今后红军和根据地的恢复奠定了基础。

四、下骆山首战告捷

红二一八团组建后，时为冬天，为了解决根据地部队和群众吃粮的问题，决定到白塔畈地区打粮。12月25日，赤城县委负责打粮，二一八团负责外围警戒。皖西北交通队和红二一八团苦工队在白塔畈北侧的金寨与霍邱交界的下骆山向北警戒。下午2点左右，伪安徽省保安团两个营，从大顾店向我筹粮区进犯。交通队和苦工队发现敌情后，一面向驻在九棵树的二一八团团部报告，一面将部队隐蔽在下骆山侧后，准备伏击敌人。敌前卫营接近下骆山时，探索性向山上放枪。随后，敌人分成两路，一路向山上进行搜索，一路迂回山侧后。当敌人接近阵地时，交通队突然向敌猛烈开火，敌队形大乱。苦工队队员，抡起扁担、大刀冲向敌群，与敌人展开白刃格斗。此时，红二一八团主力也及时赶到，分成三路向敌人展开进攻：一路堵住敌人前进，一路切断敌人退路，一路参与战斗。在军事打击和政治攻势下，敌人死伤过半，纷纷举枪投降。敌前卫营被全歼，后续部队不敢前进，撤回大顾店。

红二一八团首战取得胜利，又筹到粮食。回到熊家河，高敬亭非常高兴，特别表扬了苦工队，将缴获的武器弹药装备给了苦工队，编为红二一八团第三营。

五、熊家河与敌激战

红二一八团的战斗，引起了国民党部队的重视。1935 年 1 月 8 日，蒋介石命令在鄂豫皖边区的各部队，在三月内将红军主力肃清，重点放在皖西。由梁冠英指挥 19 个团的兵力，向赤城、赤南苏区合围，重点进攻皖西北道委和赤城县委驻地熊家河。面对敌人大规模向赤城、赤南苏区“清剿”，高敬亭命令一路游击师南下罗田，二路游击师渡过史河，从外线牵制敌人。高敬亭亲自指挥红二一八团和商北大队坚守熊家河。他将一营部署在皮坊，向北警戒；二营部署在铁冲，向西南警戒；三营部署在王家河，对史河两岸警戒。1 月 21 日，敌一〇六师六一六团首先向一营阵地进攻，接着一〇八师向三营进攻。两个营与敌激战了 3 天，因敌众多，不得不撤出，皮坊、铁冲被敌人占领，一营退至熊家河，三营退至杨桃岭。24 日，敌人又增调独立五旅前来进攻，红二一八团处境非常危险。高敬亭决定率部向朝阳山方向撤退。这时，敌人一〇六师六二六团从朝阳山包抄过来，部队边打边撤，撤到小南京。次日拂晓，敌人追到山下，部队又迅速转移，连续越过几座山，转移到熊家河正南的黄梅尖，将敌人摆脱。面对数倍于红军的敌人的合围，高敬亭决定留下商北大队就地坚持与敌斗争，他率红二一八团突出敌人合围，到达胭脂、墨园一带。商北大队英勇与敌奋战，最后也突出重围，安全到达墨园，与二一八团会合。

（作者：张仁衮，原载《六安红军与长征》第 588—593 页。）

红二十八军的三年游击战争

1934年11月，中共鄂豫皖省委率领红二十五军长征后，鄂豫皖省委常委高敬亭率领留在鄂豫皖边区的红军和游击队，重新组建了红二十八军。在与党中央和鄂豫皖省委失去联系的情况下，高敬亭率领红二十八军和红军游击队在大别山区，从实际出发，采取正确的政策和策略，运用灵活机动的战略战术，挫败国民党军的多次“清剿”，在极其艰苦的条件下，独立自主地坚持了三年游击战争，使大别山红旗不倒。

红二十八军在以大别山为中心的鄂豫皖边坚持的三年游击战争，是大别山革命斗争史的重要组成部分，在中国革命战争史上占有重要的历史地位。它保存了革命骨干力量和战略支点，扩大了党在大别山的政治影响，为党在抗日战争和解放战争时期在大别山开展革命战争奠定了基础。它所体现出来的革命精神，成为大别山革命精神的重要组成部分，将永远激励大别山儿女为建设中国特色社会主义，为实现中华民族复兴的中国梦而努力奋斗！

一、以大别山为中心的鄂豫皖边三年游击战争的重要历史地位和贡献

中共鄂豫皖党组织和高敬亭领导红二十八军和红军游击队，在鄂豫皖边区坚持了艰苦卓绝的三年游击战争。鄂豫皖边游击区位于湖北、河南、安徽3省交界的大别山区，是南方三年游击战争15块游击区中较大的一块游击区。主要包括河南的固始、商城、潢川、经扶（今新县）、罗山、信阳，湖北的黄梅、广济、蕲春、浠水、黄冈、英山、罗田、麻城、黄安（今红安）、黄陂、孝感、礼山（今大悟），安徽的霍邱、六安、立煌（今金寨）、霍山、舒城、岳西、潜山、太湖、宿松等近30个县，其活动区域曾扩大到45个县。

鄂豫皖边游击区东接江淮平原，西扼平汉铁路，南临长江，北连淮河，大别山脉雄峙中央，地势险要，扼水陆交通要道，可北镇国民党河南省南大门信阳，

南遏国民党湖北省府武汉，东迫国民党安徽省府安庆，具有极为重要的战略地位。

以大别山为中心的鄂豫皖边游击区是南方 8 省 15 个游击区主要的游击区之一，鄂豫皖边三年游击战争是南方三年游击战争的重要组成部分。过去，由于鄂豫皖边游击区主要领导人高敬亭被错杀，对于鄂豫皖边三年游击战争的历史地位和作用未能给予正确评价。

随着高敬亭的平反和党的实事求是路线的恢复，对鄂豫皖边三年游击战争的历史地位和作用，应给予充分的肯定和客观的评价。以大别山为中心的鄂豫皖边三年游击战争的历史功绩和作用主要有以下几点。

第一，它在大别山地区牵制和吸引了大量国民党军队，有力地掩护和策应了红二十五军和中央红军等主力红军的战略转移，并给进犯大别山区的国民党军以打击，挫败其多次重兵“清剿”。

第二，它在大别山区极其艰苦的斗争中，保存了红二十八军和一些红军游击队等骨干力量，锻炼出党领导下的一支坚强的革命武装，坚持大别山红旗不倒。

第三，在鄂、豫、皖三省保存了革命的战略支点，在大别山地区扩大了共产党的政治影响，为之后在大别山地区开展革命斗争，准备了最重要的条件。

第四，抗战全面爆发后，坚持大别山斗争的红二十八军和红军游击队成为新四军的一部，成为驰骋长江以北抗战的重要力量，为坚持华中抗战作出了重要贡献。

第五，以大别山为中心的鄂豫皖边三年游击战争，积累了宝贵的游击战争经验，丰富和发展了人民军队的革命游击战争的战略战术。

二、以大别山为中心的鄂豫皖三年游击战争的重要历史特点

研究鄂豫皖边三年游击战争的历史特点，一是要站在整个南方三年游击战争的高度来研究，才能看出鄂豫皖三年游击战争的特点；二是要与其他游击区进行比较研究，才能提炼出鄂豫皖边三年游击战争的特点。通过总体研究和比较研究，我们认为以大别山为中心的鄂豫皖边三年游击战争有以下 4 个显著特点。

第一，鄂豫皖游击区是南方三年游击战争期间唯一保留下来军级建制红军部队的游击区。红二十五军长征后，中共鄂豫皖省委常委、皖西北道委书记高敬亭，根据鄂豫皖省委的指示，重建了红二十八军，下辖红八十二师和手枪团。高敬亭任军政治委员（未设军长）。红二十八军以灵活的战略战术，依托大别山区，与“清剿”鄂豫皖游击区的国民党军队作战。红二十八军坚持了三年之久

的游击战争，直至1937年抗日战争全面爆发。其他游击区，有的是独立师、独立团，还有不少是游击队。只有鄂豫皖边游击区的部队是军级建制的红军部队，并且坚持三年游击战争始终。

第二，鄂豫皖游击区是南方三年游击战争中游击区域最广阔的游击区。鄂豫皖游击区，以大别山为中心，跨鄂、豫、皖三省近30个县，其游击区曾一度扩大到45个县境的辽阔地域，是三年游击战争游击区域最广阔的。其他游击区最多的十几个县，有的游击区只有几个县，还有游击区仅一两个县。所以说，鄂豫皖游击区是南方三年游击战争中游击区域最广阔的游击区。

第三，鄂豫皖游击区是南方三年游击战争中牵制敌人最多的游击区。鄂豫皖游击区先后挫败了国民党军4次大的“清剿”，牵制国民党正规军最多时达68个团，约17万人，歼敌18个营、15个连和大量反动民团武装，有力地在战略上配合了主力红军的长征和其他游击区的斗争。与其他游击区相比，鄂豫皖游击区是牵制国民党军最多的游击区。

第四，鄂豫皖游击区是南方三年游击战争保存力量最多的游击区。在国民党军的重兵“清剿”下，在艰苦卓绝的斗争中，鄂豫皖游击区造就了一批忠于党和人民、英勇善战的军政干部，锻炼出了一支打不散、拖不垮的红军部队。南方三年游击战争结束时，鄂豫皖游击区保存下来的红军和游击队1800余人，后编入新四军第四支队，扩建到3000多人（包括鄂豫边区的红军游击队改编的新四军第八团），是南方三年游击战争保存力量最多的游击区。

三、如何评价高敬亭领导红二十八军在以大别山为中心的鄂豫皖边坚持的三年游击战争

高敬亭是红二十八军政委，是鄂豫皖游击区的主要领导人。红军游击队改编为新四军后，高敬亭任新四军第四支队司令员。由于多方面复杂原因，1939年6月他被错杀。因此，过去对高敬亭在三年游击战争中的作用否定的比较多。1977年总政治部给高敬亭平反，恢复名誉。

对高敬亭在鄂豫皖三年游击战争的作用，应历史地看，辩证地看。高敬亭在3年游击战争中的功绩是主要的、第一位的，应该充分肯定。

在中共鄂豫皖省委率红二十五军长征后，高敬亭临危受命，根据省委临行前留下的指示，重新组建了红二十八军，同时很快将分散的各级党组织统一起来，勇敢地承担起全面领导边区党政军坚持武装斗争的重担。

他领导鄂豫皖游击区军民积极开展游击战争，并在斗争中不断地总结经验教训，制定了正确的游击战争原则和灵活的游击战术，利用大别山区山峦叠嶂、沟

深林密的有利地形，往返穿插，忽南忽北，与国民党军队周旋，坚持游击战争。还提出“敌情不明不打，地形不利不打，伤亡过大不打，缴枪不多不打”的作战指导原则和“拖垮二十五路，相机打十一路和东北军，向保安团要补给”的斗争策略。

他创造性地建立了“主力红军、地方武装、便衣队”三结合的武装力量体制，与数十倍于己的国民党军队作战，挫败了敌人的反复“清剿”，牵制国民党正规军17余万人，消灭了大量的国民党军队和地方民团，使游击区域扩大到45个县的辽阔地域。

抗日战争全面爆发后，在与党中央失去联系的条件下，他以抗日大局为重，主动提出与国民党当局谈判，经过斗争，使谈判成功，保存了革命力量。鄂豫皖游击区有1800余人编入了新四军，成为保存革命力量最多的游击区。鄂豫皖三年游击战争的胜利，与高敬亭的正确领导和指挥是分不开的。

但是，高敬亭在三年游击战争期间也有一些失误，主要是搞肃反扩大化，错杀了不少同志，从而削弱了革命力量，以致在敌人重兵“清剿”面前，仓促应战，使部队遭到了严重损失，对此，高敬亭负有责任。在与国民党谈判中也有一些失误，但很快就纠正了。由此可见，高敬亭在鄂豫皖三年游击战争期间功大于过，应给予充分肯定。他在领导鄂豫皖边游击区军民坚持三年游击战争的历史功绩是不可磨灭的。

（作者：胡遵远，原载《六安红军与长征》第553—557页。）

红二十八军坚持鄂豫皖三年游击战争的历史经验与现实意义

中国工农红军第二十八军的三年游击战争，是中国土地革命战争时期鄂豫皖根据地革命斗争史上的一个重要阶段。鄂豫皖地区的党组织和人民在形势十分严峻、处境极为困难的情况下继续坚持游击战争，并创建游击根据地，其艰苦性在近代战争史上极其罕见，在中国革命史册上书写了壮丽辉煌的历史篇章。在鄂豫皖革命根据地，红二十八军紧紧依靠人民群众的支援，历尽千难万险，革命红旗始终飘扬在大别山上。回顾和研究这段历史，对于我们进一步认识红二十八军在中国革命历史上的重要地位，总结历史经验，激发广大干部群众的昂扬斗志，实现革命老区科学发展、和谐发展、跨越发展，具有十分重要的现实意义。

一、红二十八军坚持三年游击战争的基本情况

1934 年 11 月 11 日，中共鄂豫皖省委在光山县花山寨举行常委会，会议决定：根据中共中央和周恩来的指示，省委立即率红二十五军实行战略转移，为发展红军和创建新根据地而斗争；省委常委、皖西北道委书记高敬亭留在鄂豫皖革命根据地，以留下的红八十二师和地方武装为基础第三次组建红二十八军，继续坚持鄂豫皖根据地的武装斗争。

1935 年 2 月 1 日，高敬亭率红二一八团到达立煌县（今金寨县）抱儿山，与方永乐、徐成基率领的鄂东北独立团会合。2 月 3 日，在太湖县凉亭坳（今属岳西县）召开干部会议，会议决定组建红二十八军，高敬亭任政治委员，统一领导鄂豫皖边区党政军工作，并要求积极大胆寻找新的立足点，创建新的根据地。凉亭坳会议的召开暨红二十八军的重建，是继续坚持鄂豫皖边区斗争的再动员会、再誓师会。从此，鄂豫皖边区在红二十五军长征后又有了一支主力红军，有了统一的领导和指挥，并正确解决了游击战争与建设根据地的关系，使鄂豫皖边区革命斗争进入了一个新的历史阶段。

在省委和红二十五军离开根据地以后，蒋介石令其集结在鄂豫皖边区的东北军五十七军、六十七军、刘镇华的十一路军、梁冠英的二十五路军以及其他正规军共55个团，加上鄂豫皖三省的10多个保安团，共约17万人，分4个“驻剿”区，对留下的红军和党政机关人员实施梳篦式的“清剿”；同时，修筑碉堡、设关设卡，严禁粮、油、盐、布、药品等运过封锁线，扬言3个月内将红军全部消灭。刚刚重建的红二十八军，面临的形势十分严峻。

但是，英勇的红二十八军不畏艰难，连续突破了敌人多次围追堵截，1935年4月20日，转移到潜山县汤池畈东北的桃岭。敌三十二师九十五旅一九〇团尾追至汤池畈。高敬亭指挥部队伏击，全歼敌人2个营，击毙敌营长乜士信。

桃岭战斗后，蒋介石见3个月消灭红军的计划破产，又电令“豫鄂皖剿总”重新部署13个师、1个独立旅，共61个正规团，分3个“防区”，加紧“清剿”，并限令2个月内将红军全部消灭。为了有效地保存自己，摆脱敌人的“围剿”，高敬亭决定西进桐柏山区，伺机北向陕南同红二十五军会合。红二十八军于1935年5月22日西越平汉铁路，直插桐柏山区，5月底到达泌阳县的五道岭地区。此时，发现前有重兵堵截，后有追兵赶来。在此情况下，高敬亭召开营以上干部会议，研究部队的去向问题。会议认为，大别山是革命老根据地，群众基础好，地形熟悉，既可以在此立足，又能拖住蒋介石的10多万正规部队，大大减轻主力红军北上抗日的压力。于是毅然决定重返大别山，坚持鄂豫皖边区的游击战争。

在返回皖西途中，红二十八军先后在桃花山、玉皇顶、王园等地遭遇敌人围追堵截，通过采取伏击战或游击战的方式，每战都集中优势兵力，穿插分割围歼敌人，三战三捷。7月2日，高敬亭率部到达店前河，与中共皖西特委和红二四六团及第一、第二路游击师会合。至此，敌人阻击和追歼红二十八军重返皖西的计划破产。到达大别山区以后，红二十八军以舒霍潜太游击根据地为依托，积极开展游击战争。

1936年3月，红二十八军各部在太湖县柴家山会合后，高敬亭主持召开会议，总结前一段时间部队分散活动及作战的经验，并针对敌人新的“清剿”部署，提出了“化整为零，集零为整”的方针，决定：一是深入敌后开展游击战争；二是以营为单位分散活动，以缩小目标，提高部队的机动性、灵活性；三是建立和发展便衣队，支援与配合红军行动。红二十八军分散活动于平汉铁路两侧和鄂豫皖边区平原、丘陵地区，在敌后机动穿插，行动自如地打击敌人。地方武装和便衣队也积极行动，异常活跃，有的坚持根据地的斗争，有的创建新的游击根据地，并配合红二十八军作战。这样，主力红军、地方武装、便衣队三结合的人民游击战争不断向前发展，彻底粉碎了敌人的多次“清剿”，保存了老根据地，新建了以黄冈县大崎山、罗山县灵山等为中心的游击根据地，扩大了舒霍潜太游击根据地。

至1937年初，便衣队在皖鄂边区的岳西鹞落坪、大岗岭一带建立了纵横二三百里的游击根据地。在鄂东北恢复了以老君山、天台山为中心的老苏区游击根据地，建立了以信阳为中心的游击根据地；在黄冈地区建立了大崎山为中心的游击根据地；在皖西老苏区建立以金刚台为中心的游击根据地。便衣队在游击根据地创办了“山林医院”、修械所和手工被服厂，为部队筹集钱款，购置大批医药、力士鞋、手电筒等军用物资。各地还组建特务营、战斗营、游击队，积极配合红二十八军主力部队作战，并输送了大批兵员到主力部队，大大增强了主力部队的作战能力。

在三年游击战争中，红二十八军和地方武装、便衣队在党的领导下，以不过3000人的武装力量，转战鄂豫皖3省45个县，牵制国民党正规军最多时达68个团，约17万人，歼敌18个营、15个连和大量的地方小股敌军，使革命红旗始终飘扬在大别山区，创造了坚持鄂豫皖三年游击战争的辉煌成绩。

1937年7月，鄂豫皖边区党委和红二十八军的主要领导人，在新的历史转折关头，坚决贯彻党的抗日民族统一战线纲领，以国家利益为重，不计旧仇宿怨，主动倡议停战谈判，在岳西独立地完成了与国民党地方当局停战谈判协议的签订。8月，红二十八军各部向黄安县七里坪集中。根据中央的指示精神，集中后的部队进行了思想、组织、军事的全面整训。1938年2月，红二十八军遵照党中央的决定，与豫南游击队合编为新四军第四支队，高敬亭任支队司令员。3月，第四支队开赴皖中、皖东抗日前线作战，创建敌后抗日根据地，投入到了伟大的抗日战争中。

二、红二十八军坚持三年游击战争的历史经验

在鄂豫皖三年游击战争中，在与党中央失去联系的情况下，红二十八军以岳西鹞落坪为大本营，转战于鄂豫皖3省45县，在十分艰苦和险恶的战争、生存环境里，始终心向党中央，面对百倍于己的敌人，毫不畏惧，英勇奋战，粉碎了国民党四次大“清剿”，拖住国民党17万军队，使大别山区革命红旗始终高高飘扬。它不仅有力地支援了各主力红军的战略转移，也密切配合了南方各省红军游击战争，最后成为南方8省14个游击区中，保存兵力最多，唯一保留军、师建制对敌作战的红军部队，创造了我国战争史上以少胜多、以弱胜强的罕见奇迹，在中国革命史上写下了极为辉煌的一页，具有深远的历史影响。

（一）继续坚持了鄂豫皖边区的武装斗争，捍卫了大别山革命红旗屹立不倒

中共鄂豫皖省委率红二十五军实行战略转移后，敌人更加肆无忌惮地进行“清剿”。国民党一方面以18个团的兵力尾追西去的红二十五军主力，一方面又以56个团的兵力，对鄂豫皖根据地继续进行“清剿”，还有10多个保安团和反动民团配合“驻剿”。“清剿”中，敌人大肆搜山、移民并村、设关设卡。

对搜到的苏维埃工作人员、红军伤病员和革命群众，有的当场屠杀，有的送进“难民营”关押，大别山几块小的根据地受到很大的摧残，鄂豫皖革命根据地面临严重危机。在生死存亡的紧急关头，中共鄂豫皖省委常委、皖西北道委书记高敬亭根据中央和省委的指示，将分散留在鄂豫皖边区的革命力量联络起来，重建红二十八军，指导各地积极整顿与恢复地方党组织，发展地方武装和便衣队，紧紧依靠根据地的广大人民群众，展开了空前艰难困苦的游击战争，继续坚持了鄂豫皖边区武装斗争，让革命的红旗高高飘扬在大别山区。红二十八军的重建，为坚持南方三年游击战争，作出了卓越贡献，创造了不朽的功绩。

（二）提出了系统的游击战争原则方针，丰富了中国共产党人领导的人民革命战争经验

红二十八军在坚持鄂豫皖三年游击战争中，一边作战，一边趁着战斗间隙，总结战斗经验。这种做法，不仅保证了鄂豫皖三年游击战争的最后胜利，而且丰富了中国共产党人领导的人民革命战争经验。

1935年7月，高敬亭在店前河召开营以上干部会议，提出了“敌情不明不打，伤亡过大不打，地形不利不打，缴获不多不打”，即“四不打”的作战指导原则。同时根据敌人“驻剿”和“追剿”之间的不协调、作战指挥不统一和武器装备、战斗力强弱的差异，在军事斗争的策略上提出明确的作战方针。在作战形式上，提出以游击战为主，辅以必要的伏击战。在作战地区上，要求不仅在苏区打，而且要到苏区外围的游击区和敌占区去打。在战术上，每战应集中比较优势的兵力，利用有利地形，或击其头，或断其尾，采取突然迅猛的手段，穿插分割围歼敌人。这些为后来游击战术思想的形成与完备奠定了基础。在实践中，红二十八军正确处理好走与打、内线作战与外线作战的关系，更加主动、灵活地歼灭了敌人，保存壮大了自己。

这些在斗争实践中形成的宝贵财富，在敌强我弱的环境中，在大别山后来的对敌斗争中，一直发挥着重要作用。

（三）创建了游击根据地，注重恢复和发展了地方党组织

红二十八军重建后，与优势敌军周旋，虽多次取得胜利，但因长期游击，往往一日数迁，部队十分疲惫。斗争实践使党和革命军认识到，如果没有一个稳固的立足点，则难以坚持长期的武装斗争，更不可能战胜具有优势的敌人，没有根据地，游击战争是不能长期坚持和发展的。因此，一方面尽力保卫老根据地，一方面大力创建新的游击根据地。红二十八军首先谋求在皖西打开局面，建立新的游击根据地。由于部队一直处于敌人的追击堵截之中，几乎是天天行军作战，根本无法立足。在没有稳定的立足点和后方依托的情况下，部队的给养得不到补充，伤病员得不到安置，难以摆脱困境。基于这种情况，1935 年 2 月 16 日，白果树会议决定成立中共皖西特委，派徐成基任书记。中共皖西特委统一领导红二四六团、中共潜山县委等党组织和皖西各地便衣队，在舒城、霍山、潜山、太湖边区创建新的游击根据地。皖西特委积极指导潜山县委、英（山）罗（田）边区委、舒（城）桐（城）边区委和各地便衣队，把被分散的革命力量积聚起来，培养革命积极分子，恢复和建立基层党组织。这些基层党组织在创建游击根据地等方面发挥了极为重要的作用。为配合红二十八军找到立足点、开辟根据地，许多基层党组织在宣传党的政策、组织武装群众、打击地方反动势力、安置红军伤病员、筹集军用物资、配合主力红军作战等方面做了大量工作，作出了重要贡献。许多党组织负责人和党员为掩护红军、为创建游击根据地献出了自己宝贵的生命，基层党组织和党员也在斗争中变得更加坚强、更加机智。

（四）扩大了共产党的政治影响，鼓舞了人民群众的革命斗志

红二十八军鉴于党和红军领导机关随部队行动流动性大的实际情况，组建了既代表党又代表苏维埃政府更是武装游击小分队的便衣队，规定了具体任务和要求，即发动和组织群众，扩大红军和打击敌人，安置红军伤病员和筹款筹物供应红军，搜集情报和配合红军作战，建立和发展党组织。便衣队是以做群众工作为主的武装工作队。在党的建设方面，恢复和建立党组织，形成根据地坚强的领导核心。在工作中，他们把被打散的革命力量积聚起来，把群众中蕴藏的革命热情激发出来，经过培养和考验，及时将立场坚定、不怕牺牲的先进分子吸收入党，为党的肌体注入新鲜血液。在群众工作方面，宣传党的政治主张、组织和武装群众。便衣队员用帮助群众耕种收割、砍柴挑水等爱民行动，取得群众的信任；经常宣传党的政策和主力红军的胜利，讲明边区的斗争形势，消除群众的疑虑，坚定了群众斗争的信念；武装群众，严惩民愤极大的反动分子，没收反动势力的财产，使老百姓更加认识到红二十八军是解放劳苦大

众的军队，周边的群众也深受鼓舞。便衣队严格执行红军的纪律，时时处处维护群众的利益，一切缴获都归公，不拿群众一针一线，损坏东西按价赔偿。便衣队时时想着群众，处处关心群众，把群众的疾苦放在心上，为群众不怕艰苦、不怕牺牲，因而赢得了广大群众真心实意地拥护和爱戴。在红二十八军所到之处，群众的革命热情重新焕发出来，他们不顾一切地掩护红军，主动协助军队作战，斗争形势十分活跃。

三、红二十八军坚持三年游击战争的现实意义

红二十八军在中央主力红军长征后，在艰难困苦的条件下，转战大别山区的3省45个县，与敌人展开了殊死斗争，粉碎了敌人发动的一次又一次“清剿”，在斗争中锤炼了一支打不散、拖不垮的红军队伍，创造了我国战争史上以弱胜强、以少胜多的罕见奇迹。尽管时间已经过去80余年，但深入挖掘红二十八军坚持三年游击战争的深层意义，总结其成功的历史经验，对于我们党领导今天的改革开放和社会主义建设，仍然具有十分重要的借鉴意义。

（一）要有坚定执着的理想信念

红二十八军重建后的三年游击战争时期，正是中国革命处于低潮之时，敌人力量强大，如何继续革命？虽然他们与上级党组织失去了联系，又没有现成的经验可供借鉴，但他们却有坚定的信念：相信革命一定会成功。正是对革命前途充满信心，他们才以新建的根据地为依托，时而南下，时而北上，一时在山区，一时在平原，神出鬼没，在运动中创造和捕捉战机，有力地打击敌人，使鄂豫皖边区的红军越战越强，这在当时具有决定性意义。在遭受国民党重兵追踪“围剿”时，红二十八军始终认为革命的条件没有丧失，谁也阻止不了革命的存在和发展，只要按照党的政治主张，自己多想办法去斗争，总有一天会迎来革命的胜利。因为有坚定的理想信念，因为有对革命事业的无限忠诚，纵然环境险恶，他们都能团结一致，想方设法，克难奋进，并在困境中千锤百炼，积蓄力量，越战越勇，打出一片新天地。今天，我们共产党人所处的环境发生了显著的变化，肩负的历史使命也不尽相同，但在前进的道路上依然会有许多困难和险阻，同样需要坚定的理想和信念。

（二）要有开拓进取的创新精神

红二十八军在坚持敌后三年游击战争中，敌人始终以绝对优势的兵力对我军实行反复“清剿”。如何继续坚持革命斗争，没有现成的答案可以借鉴；如何应

付复杂的环境，也得不到上级的明确指示。在当时的历史条件下，红二十八军每前进一步，都要“摸着石头过河”，这就需要有果敢的勇气和开拓创新的精神，他们在游击战中摸索总结出了许多符合毛泽东军事思想的以弱胜强的灵活机动的战略战术。

1935 年，红二十八军根据敌人在鄂豫皖边区兵力多，但其指挥不统一、行动不协调的特点，采取集中行动，利用有利地形打击敌人，先后取得了桃岭战斗、王园战斗等胜利。他们总结出了“敌情不明不打，伤亡过大不打，地形不利不打，缴获不多不打”的“四不打”作战指导原则，从而实现了我军以小的代价取得大的胜利。

1936 年，敌人在边区的兵力减少了，但封锁线密织如网。高敬亭等红二十八军领导人提出了“化整为零，集零为整”的行动方针，确定我军以营为单位分散活动，这样既便于在敌后穿插，又保存了一定的战斗力。我军分散活动于平汉铁路两侧和边区的平原丘陵地区，东逼合肥，西抗汉水，南临长江，北越淮河，扩大了影响，壮大了力量。他们根据实际情况，不断创造新经验，不断开辟新道路。因此，红二十八军坚持敌后三年游击战争的过程，实际上也是在实践中不断探索、在认识上不断深化、在思想上不断创新的过程。

（三）要有勇于实践的求实作风

实事求是，是我们党在长期的斗争实践中形成和确立的思想路线，也是红二十八军得以生存和发展的生命线。在敌强我弱的情形下，在鄂豫皖苏区当时推行极左政策的情况下，能做到实事求是，制定符合边区实际的斗争策略和经济政策，更是难能可贵。例如：对于罪大恶极的反动分子，要坚决镇压，以收杀一儆百之效；而对于罪恶不大的豪绅、保长等，则向他们晓以大义，阐明党的政策，要求他们不与人民为敌，并交给他们保护群众、掩护红军的任务。这样一来，部分联保主任、保长表面为敌效劳，实际上为我们做了大量工作。情况紧急时，便衣队和伤病员就隐蔽在他们家中，得到了保护。这些地区就成为游击根据地和立足点。高敬亭还纠正了过去单纯地搞军事斗争，忽视与经济斗争相结合的做法。在搞好军事斗争的同时，重视边区的经济工作，制定了灵活的经济政策，广辟财源。他们把对地方的“打粮”办法改为征粮制，不搞乱没收、乱摊派，苏区的群众能安心发展生产，红军也有可靠的后勤保障。这就彻底粉碎了敌人对我军的军事“清剿”和经济绞杀。实践证明：违背实事求是的思想路线，党的事业就会停滞不前；坚持实事求是的思想路线，党的事业就能向前发展。

（四）要有坚强有力的组织领导

在三年游击战争中，红二十八军作战频繁，部队经常分散行动。为保证全军在思想行动上一致，高敬亭同志利用敌人“围剿”的空隙，集中全军在指定的地点休整。在休整期间，集中学习，调整组织，分析形势，发扬民主，总结经验教训，研究部署下一步行动。休整达到了统一思想、统一指挥、统一行动和打一仗、提高一步的目的。因此，红二十八军在战争中能散得开，避开敌人大规模“清剿”，坚持艰苦斗争；集中优势兵力，积极歼灭敌人，在任何艰难困苦的条件下部队都不溃散。红二十八军虽然是在与党中央、省委、红二十五军完全失去了联系的情况下建立的，并且在这样的情况下坚持了三年游击战争，但是自红二十八军重建那天起，就在部队建立了党的各级组织，制定了政治委员制度，在团级以上机关设政治工作部门。军政委高敬亭同志自始至终抓党的工作和政治工作，部队始终置于中国共产党的领导下。在三年游击战争期间，红二十八军的一切重大决策，都由党委集体讨论后形成决定，不论是转移、撤退、进攻，还是集中、分散活动，都是有组织、有计划的行动。他们在敌人控制区往返转战，风餐露宿，历尽艰辛，常以南瓜充饥，盖着稻草在破庙里度过风雪之夜，但部队士气高涨，每到一处都能积极宣传党的政治主张。这支英雄的队伍之所以打不垮、拖不散，愈战愈强、愈挫愈勇，并不断巩固和发展，一个重要原因就是领导成员有很高的威信，他们是红二十八军的核心和灵魂，他们保证了党对队伍的绝对领导。

（五）要有人民群众的信赖支持

红二十八军在动员广大群众参加革命、实现翻身解放的同时，处处维护人民群众的切身利益，想群众之所想，急群众之所急。他们坚决打击地主豪绅，严惩民愤极大的反动分子，为民除害；千方百计营救被捕群众；帮助贫苦农民恢复生产；严格执行红军纪律，不拿群众一针一线。由于红军时时想着群众，处处关心群众，把群众的疾苦放在心上，为群众不怕艰苦、不怕牺牲，因而赢得了广大群众真心实意地拥护与爱戴，直至用生命保护红军。几经敌人摧残的鄂豫皖边区人民群众，在各种艰难困苦中没有被敌人的屠刀所吓倒，而是以各种方式继续同敌人进行顽强地斗争，全力以赴支援红军。边区人民经常冒着生命危险掩护红军伤病员和便衣队员。1935 年秋，敌人在经扶县（今河南新县）“清剿”，看到便衣队进了村，跟踪追来，就是搜查不到，原来是一位木工把便衣队员藏在他家床底下一块石板下面。敌人集合全村人审问，当场杀了 3 人。群众面对敌人的屠杀，宁死不屈，无一人吐露，使便衣队员安全脱险。边区人民群众在极度缺衣少食的情况下，仍然把自己很少的一点粮食、食盐、衣物拿出来，想方设法送给红军。正是边区人民的大力支援，红二十八军才度过了最困难的时期，坚持了敌后三年游击战争。可见，只有得到人民群众的信任和支持，才能获得取之不尽、用之不竭的力量源泉，才能立于不败之地。

（作者：胡遵远，原载《实践论坛》2017 年第 1 期。）

红二十八军在金寨与皖西的光辉足迹

一、历史上的两支红二十八军

史载，红二十八军有两支：一支是皖西红二十八军，另一支是陕北红二十八军。下面主要讲皖西红二十八军的故事。

（一）皖西红二十八军

1932 年秋，红四方面军退出鄂豫皖根据地后，留在当地坚持斗争的省、道委负责人刘士奇、郭述申、沈泽民、吴焕先、王平章、徐宝珊、郑位三等同志共同召开会议，决定恢复省委、道委，组建皖西红二十八军。

1933 年 1 月上旬，以红二十五军第二二一团和特务营为基础组成红二十八军。军长廖荣坤，政治委员王平章。

4 月间，红二十八军一部留在皖西，主力转战至鄂东北与红二十五军会合，并进行整编，以集中力量对付国民党军对鄂豫皖根据地的“围剿”。红二十八军主力改编为红二十五军第七十三师，留在皖西的部队和部分游击队组成红二十八军第八十二师。

1933 年 10 月，红二十五军第七十四师部分部队回返皖西，与红八十二师会合，重新组建红二十八军，军长徐海东，政治委员郭述申，下辖第八十二师、第八十四师两个师。

1934 年春，红二十五军到皖西，红二十八军再次编入红二十五军。

1935 年 2 月，红二十五军西征后留下的部队与鄂东北独立团又重组红二十八军，未设军长，高敬亭任政治委员。下辖第八十二师和手枪团，共 1000 余人，在鄂豫皖苏区坚持斗争。

1938 年初，红二十八军改编为新四军第四支队。

（二）陕北红二十八军

1935年12月，中央军委指示陕北红军统编后组建了陕北红二十八军，辖3个团11个连，1200多人，步枪670支，轻机枪5挺。军长为刘志丹，政委为宋任穷，参谋长为唐延杰。

1937年2月，陕北红二十八军编入援西军。8月，编入八路军第一二〇师第三五八旅第七一六团。

二、皖西红二十八军在金寨的第二次组建

红二十八军是诞生于鄂豫皖革命根据地的一支红军主力部队，在大别山坚持近5年艰苦卓绝的武装斗争，保持军旗不倒，直到抗日战争全面爆发，直接投入皖中抗日战场。

金寨是红二十八军第二次组建地，也是红二十八军主力第八十二师的诞生地。

1933年9月初，红二十五军从鄂东北一路转战到金寨南溪一带休整，与战斗在皖西北根据地的红八十二师胜利会师。国民党“豫鄂皖三省边区剿匪总司令”刘镇华纠集10万兵力，向皖西北中心区合围。同时，敌人为了向皖西北根据地大举进攻，遂将立煌县（金寨县）麻埠、六安独山一线集结的国民党第七师、第十二师2个师，商城的第七十五师，刘镇华的第六十四师、第六十五师调至皖西北。调整就绪后，于9月中旬，分路向根据地进攻。

红二十五军进行了英勇的皖西北苏区保卫战，因斗争策略问题，红二十五军遭受严重伤亡，部队在赤南县大埠口整编时，只剩下3000余人，不得不撤出皖西北，向鄂东北转移。途中，红二十五军部队在通过敌人潢麻封锁线时，遭到敌军的堵截，徐海东带后卫部队被敌军堵截在封锁线的东面。断后的徐海东一共收容了6个连队。一清点，还剩下红七十四师一营、三营八连和红七十五师担任掩护的两个连，连同勤杂人员共有8个连，计1000多人。徐海东副军长将他们编为红七十四师二二〇团。

徐海东率红二十五军余部退回皖西北根据地后，与郭述申领导的留在皖西北根据地坚持斗争的红八十二师会合，在南溪吕家大院，于1933年10月11日合编成新的红二十八军，即红二十八军第二次组建。军长徐海东，政治委员郭述申，下辖红八十二师、红八十四师，两师各辖3个营，全军2300余人。原红八十二师建制不变，师长刘德利，政治委员詹大列；红八十四师由红二十五军未能越过黄麻公路的红七十四师部队组成，师长黄绪南，政治委员周化贤，以原红二

十五军归队的伤病员组成其三营九连。

这次新成立的红二十八军制定以下行动方针：不打消耗仗，不硬拼，积极向外线游击，寻机歼灭敌人，并夺取敌人的物资，解决部队的供给。红二十八军暂时兵分两路。红八十二师为一路，由皖西北道委书记郭述申率领，留在原地坚持斗争；红八十四师为一路，由军长徐海东率领，北上熊家河一带，互相配合，与敌斗争。红二十八军第二次组建成立后，皖西北道委一面领导各级党组织和苏维埃做好群众工作，大力支援红军，一面率领红军部队、游击武装机动灵活地打击敌人，逐步摆脱了自第五次反“围剿”斗争以来的被动局面。

10 月下旬，徐海东率红二十八军第八十四师游击到赤城熊家河一带活动，筹备给养。随后，红八十四师南下来到金家寨地区，敌第十二师、第四十五师的各 1 个旅和独立第三十四旅又分路合击上来，企图吃掉红八十四师。徐海东乃率红二十八军跳出包围圈，连夜向外线转移。经立煌县简家畈、东西莲花山、八道河、六安县椿树岙、母猪河一线进入湖北罗田县境内的僧塔寺。甩掉敌人追击之后，于 10 月底，又按原定计划转回赤城熊家河一带坚持斗争。

10 月 19 日，红二十八军第八十二师在南溪东南黄泥山被敌第四十七师和第五十四师合围，红二十八军经激战冲破敌军包围。此后，在金寨县的南溪、汪家大湾、界岭之间辗转游击，发动群众，打击敌人。10 月底，红二十八军第八十四师向北游击，在河南商城的红门一带，一举歼灭了宋世科的独立三十四旅的 1 个团，缴获了大批的枪支弹药和一部分棉大衣。借助这个胜利，又收容了一部分归队的伤病员，先后组织起两个连的兵力，使红八十四师得到了补充。11 月初，红二十八军和第二路游击师配合作战。徐海东在熊家河石门口布下了一个口袋，等敌第四十五师来钻。红军冲锋号响了！机枪声、步枪声震荡山谷，敌人顿时惊慌失措，乱作一团。敌第四十五师师长戴民权的指挥所设在一个土地庙里，他听到枪声走出来站在土坡上张望，被红军战士打中，他捂着耳朵跑了，敌军兵败如山倒，红军乘势杀向敌群。这一仗在石门口击溃敌人 1 个旅，歼灭 1 个团，毙伤俘敌 1000 余人，缴获长短枪 800 多支，迫击炮 3 门，大衣 700 多件及大量背包。俘虏经教育后释放。通过这次战斗，全师冬衣问题基本得到解决，还改善了部队的武器装备，大大地提升了部队的战斗热情，对红二十八军坚持皖西斗争具有重要意义。

11 月下旬，红八十二师在熊家河地区与红八十四师会合，在立煌县狗迹岭和铁炉冲，歼敌第四十五师 1 个团又两个连。缴长短枪千余支，其中短枪 160 余支，以后用它成立一个手枪队，并扩大了交通队 1 个排，使部队的物资、武装得到了进一步的补充。这时，红二十八军已发展到 3200 余人，皖西苏区已扩展到东西近 140 公里，南北 50 多公里。

1934年1月10日上午，敌第四十五师1个连，押着200多名民夫运送物资，由赤城县苏仙石向皂靴河行进。徐海东指挥红二十八军一部在黄土岭和水口岭之间的险要地段公路上伏击，全歼该敌，截获敌大批物资。下午，敌人出动两个团从皂靴河方向赶来，企图抢回被截物资，红二十八军第八十四师和第二路游击师分别在皂靴河东北高家畈、铁炉冲附近伏击，激战2小时，将敌击溃，毙敌50多名，俘敌160多人，缴获长短枪200多支及一批弹药。一天两战两胜，晚上开了庆功大会。接着，对俘虏进行教育，每人发4块银圆，释放回家。

此后，徐海东指挥红二十八军再度深入河南固始县境连续打击敌人。1月11日，奔袭樟柏岭歼敌第四十五师和民团各一部，14日袭击段集和武庙集西南的王家岭，17日，袭击顺河店和陈集，22日袭击黎家集，全歼民团一部。红二十八军这一系列行动，袭扰了敌第四十五师的后方，使叶家集与潢川、固始之间的交通受到严重威胁。下旬，红二十八军南下立煌县大小马店，歼灭安徽省保安团的4个连，毙敌50余人，俘敌300余人，缴获各种武器300多件，大米100多石。

赤城县委书记石裕田率二区武装配合第二路游击师和红二十八军一部在黄土岭和水口岭之间伏击敌第四十五师运输队，全歼敌1个连，缴获200多箱物资。就这样，徐海东指挥红二十八军利用灵活机动的游击战术，不间断地袭扰、伏击打击敌人，筹措布匹、棉花，自己动手制作棉衣，顺利地度过了大别山漫长的冬季。

1934年2月，经过一段时间的外线游击活动后，红二十八军再次返回赤南县葛藤山地区，积极准备反击敌人新的“围剿”部署。国民党军队第五次“围剿”鄂豫皖地区总兵力增至16个师又4个独立旅。敌人在皖西地区集中了第四十五师、第四十七师、第六十四师、第六十五师共4个师向红二十八军合围。2月6日，红二十八军在南溪火炮岭以南朝阳山一带与敌人两个旅进行了一整天的激战，战斗中，红八十二师师长刘德利负重伤后光荣牺牲，梁从学接任师长。

面对敌军的围攻，红二十八军为避免与敌人硬拼，遂跳出敌人合围圈，先去立煌县大小马店以南活动，数日后再北上固始地区。3月初，敌第六十四师、第六十五师及第四十五师的1个旅和独立第四十旅分4路向熊家河一带合击。红二十八军占据有利阵地，与敌激战一天，黄昏后突围。3月10日，到达金家寨西北固始以南狗迹岭、铁炉冲消灭了敌第四十五师1个团又两个连后，敌人又调动两个师和两个旅，分4路向赤城熊家河进攻，企图报复。红二十八军在前后塘、天桥与敌人激战了一天，便主动转移，由金家寨以南渡过史河，来到古碑冲一带开展群众工作，发动群众分粮斗争。部队刚刚进到古碑冲不久，就得到情报：驻守金家寨的国民党军独立第五旅和立煌县长率领的民团正围攻上来，徐海东抓住这个有利时机，以两个营正面阻击，主力转到侧后，一个猛冲，把敌人 1 个旅打垮。歼敌两个营，俘敌 800 多人后当场释放，缴获 3 门迫击炮，4 挺重机枪，400 多支长短枪，31000 发子弹。敌县长易智周被打死，敌旅长郑廷珍负重伤逃回。

在敌人的援兵赶到时，红二十八军早已携带着战利品转移了。但是，要转回老苏区，必须通过金家寨和南溪之间的两道封锁线。刚刚打了胜仗，红二十八军部队已经两天两夜没休息了，又抬着伤员，背着缴获的枪支弹药和粮食，行军速度很慢。当通过敌人的封锁线到达南溪附近的葛藤山、杨山一带时，天快亮了。在马头山又打了个小仗，歼敌一个连，耽误了一些时间。现在，要按照预定的计划到达大埠口一带宿营，还要翻过烂泥坳的一座大山，路程有 20 多公里，非常困难。因此，军长徐海东便派出两个营警戒汤家汇和南溪的敌人，其他部队停下来休息做饭吃。

饭还没做熟，国民党军第五十四师第一六一旅已从南溪攻上来了，又是机枪又是迫击炮，火力很强。徐海东和红八十二师师长梁从学、红八十四师师长黄绪南研究了一下地形和敌人的部署情况，决定先把敌人“调动”一下，然后歼灭它。徐海东决定红八十四师一营坚守阵地阻击敌人，红八十二师一营、二营向葛藤山西南簸石沟佯动，造成敌之错觉，吸引敌军的主力。当敌以主力进攻簸石沟时，又令红八十二师留 1 个排的兵力，将敌主力紧紧吸住，其余的主力又顺着一条山沟隐蔽地撤下来。

敌人只看到红军两个营在山上运动，却没看见撤下来，便误认为葛藤山是红军主阵地，即将兵力、火力转向葛藤山。红八十二师主力协同红八十四师二营、三营从东面迂回至敌人侧后，突然发起猛攻，簸石沟的 1 个排和葛藤山东南山脊的红八十四师一营也乘势出击，敌军遭受红二十八军三面夹击，顿时混乱。激战 1 个多小时，敌人两个团除跑掉 1 个营外，全部被歼。国民党第五十四师代理师长兼一六一旅旅长刘书春和 130 多名官兵做了俘虏，千余人被打死打伤。红二十八军缴获长短枪 172 支，手提机关枪 8 挺，子弹 5 万多发，炸弹和迫击炮弹 200 多枚。

4 月 16 日，吴焕先率不足千人的红二十五军奉命到达皖西北赤南县，与红二十八军在赤南县豹迹岩会师（今金寨县汤家汇镇）。吴焕先、徐海东两人大埠口分别半年多，再次相会，那种高兴的心情难以用语言来表达。郭述申带病参加了会师大会，会后同吴焕先一起给党中央作了《关于皖西北苏区和红二十八军情况》的书面报告。17 日，根据鄂豫皖省委的决定，红二十八军再次编入红二十五军，徐海东任军长，吴焕先任政治委员，郭述申兼任政治部主任，全军共 3000 余人。原第八十二师改编为第七十四师，下辖三个营，梁从学任师长，姚志修任政治委员；原第八十四师编为第七十五师二二三团，原红二十五军部队编为二二四团（辖两个营），丁少卿任师长，高敬亭任政治委员。吴焕先在全军大会上，公开说明第五次反“围剿”前后一段时间，由于领导上的错误，使红二十五军碰了很大的钉子，这是很痛心的。重新组建后的红二十五军，实际是红二十八军的老底子，后来参加了长征，率先到达陕北，为中国革命把大本营安在陕北立下了首功。

三、红八十二师在皖西的战斗历程

红八十二师几次组建，前两次组建后，主要活动地在皖西北地区。红八十二师第一次组建是在1933年春，中共鄂豫皖省委为集中兵力作战，将红二十八军编入红二十五军后，于4月20日给皖西北道委发出指示信，要求皖西北道委创建二十八军新主力，扩大游击战争，巩固中心苏区，与鄂东北取得联系。下旬，皖西北道委在汤家汇再度组建新的红八十二师，对外仍称红二十八军。红八十二师共两个团，以第二四四团一营、第三路游击师一、二大队和原二十八军特务营编成新的第二四四团；第二路游击师一部编成第二四六团（该团只有1个营的兵力）。全师1000余人，师长卢永彬不久牺牲，由刘德利接任。红八十二师是皖西北道委领导下的一支主力红军部队，几经改编，始终保持着这一番号，是一支土生土长、深受人民爱戴，使敌人闻风丧胆的坚强武装力量。

那时，皖西北这块根据地与鄂豫皖省委所在地鄂东北黄麻中心区相隔二三百里的白区，处在敌人重兵层层包围之中，敌人随时都在进犯，几乎天天有战斗。在敌我力量极度悬殊的情势下，红八十二师和各路游击师密切配合，采取灵活机动的战略战术，在皖西北苏区内外与敌人部队周旋。一、二、三路游击师等地方武装积极活动于外线敌人后方，到处袭扰牵制敌人，打击反动民团。红八十二师在根据地中心区周围或到外线行动，寻机歼敌，使敌人疲于奔命，我军则处于主动地位。

新的红八十二师和各路游击师密切配合，在巩固中心苏区的同时，不断地向外游击，骚扰敌军主力，打击地方民团。一路游击师在胭脂、墨园、斑竹园、丁家埠、关王庙、白沙河等地，二路游击师在双河、杨滩、甘塘坳、东大山、悬剑山、全军庙、叶家院墙等地，三路游击师在青山店、莲花山、西河口、诸佛庵等地，频频出击，打了不少胜仗。红八十二师在根据地中心区周围或到外线行动，寻机歼敌，并经常到顾敬之民团控制的地区去宣传、团结群众，组建游击队，发展游击战争。这样，就使敌人疲于奔命，红军则处于主动地位。5月5日，红八十二师在根据地中心桃树岭歼敌第十二师七十团一个营；28日转到杨家滩与敌第十二师护送军粮的第七十二团、第六十八团两个团各一个营遭遇，激战2个多小时，歼敌 1 个营，缴获大批粮食和物资。

在严厉打击敌人的同时，红八十二师和各路游击师积极参与发动和保卫春耕生产、安置流亡群众、组织拥护红军家属、慰问伤病员等活动。广大人民群众在“边生产，边战斗”的口号下，一手拿武器，一手拿锄头，恢复和发展边区生产。

由于这一段时期的指导方针较正确，使军事斗争不断取得胜利，根据地建设逐步加强，皖西北根据地出现了相对稳定的局面，蒋介石苦心策划的大规模划区“清剿”终于被打破。

在鄂东北中共鄂豫皖省委领导指挥下的七里坪战役失败后，中共皖西北道委领导皖西北军民继续出击敌人，取得新战果。

当时，皖西北地区的敌人兵力部署是：第三十二师 1 个团驻立煌县至吴家店一线（担负运输任务）；第十一路军 1 个旅驻立煌县城；另 2 个师及 1 个旅驻霍山、六安、麻埠、流波礸一带；戴民权的 1 个师驻霍邱；东北军两个师分驻固始、商城。此外，还有商城的顾敬之、麻城的郑其玉、罗田的柯寿恒、霍山的黄英等反动民团及一些区、乡地主反动武装数千人。

这时，皖西北苏区比较巩固。其中赤城县、赤南县、六安县的区乡党政组织都还比较健全，苏区人口近 20 万人（不含游击区）。赤南县委领导的第一路游击师（200 余人，师长吴国桢，政委林承祥），活动于商城亲区、余子店、枫香树和麻城的三河口、木子店、罗田的僧塔寺一带，有时也到霍山、六安地区活动。赤城县委领导的第二路游击师（近 300 人，师长杜昌甫，副师长徐德先）活动于霍邱、固始、商城以北敌占区。由六安六区战斗营和三区战斗连大部改编的第三路游击师（三四百人，由六霍县委书记高开文兼任师长）活动于六安、霍邱、霍山地区。各路游击师的主要任务是：在敌据点之间，打击反动民团及地主武装，镇压土豪劣绅，筹粮筹款。此外，赤南银沙畈区还有 1 个战斗营，100 余人，其他区、乡都还有 10 余人到数十人的武装，也经常在游击师的带领下，到敌占区去活动。各区、乡还有赤卫队、少先队等不脱生产的群众武装，担任站岗放哨，有时也配合游击师、战斗营（连）守口子或到敌占区筹粮筹款。

1933 年 6 月，三路游击师在莲花山袭击了国民党立煌县党部召开的联保主任会议，立煌县党部特别书记陈白英被俘，参加会议的 95 名反动分子和 1 个连的警卫队部在顽抗中被击毙。

反“清剿”击溃国民党“钢三团”“铁四团”。国民党军由于“清乡”“清剿”均未得逞，决心对鄂豫皖革命根据地实行第五次“围剿”。1933 年 5 月，蒋介石又纠集 14 个师又 4 个独立旅，计 82 个团约 10 万人，以刘镇华为“豫鄂皖三省边区剿匪总司令”，对鄂豫皖根据地进行第五次“围剿”。1933 年 6 月，敌人开始“围剿”鄂豫皖根据地。其中，以 53 个团“围剿”鄂东北。在此情况下，中共鄂豫皖省委决定在根据地内大修工事，抗击敌人的进攻。7 月 1 日至 2 日，中共鄂豫皖省委在太平寨陈氏祠堂召开常委会议，又定“以内线单纯防御与敌决战来保卫根据地中心区”的方针。因红二十五军积粮计划未能实现，将使我军无法打破敌人新的进攻，因此决定无论如何要准备一月之粮。吴焕先匆忙返回福田河，就地筹备“一月之粮”。这时，郭述申带领红八十二师由皖西北来到鄂东北，寻找省委报告工作。两支艰苦转战的红军，又一次在福田河畔携起手来，奇迹般地会合了。

7 月 11 日，国民党军郝梦龄部第五十四师一六二旅的所谓精锐“钢三团”“铁四团”两个团，突然向福田河地区进犯。吴焕先指挥红二十五军和皖西红八十二师，于黄土岗一带抗击敌人。红八十二师战斗力很强，师长刘德利也是一员虎将。战斗中，刘德利指挥全师冲锋在前。这次战斗，两军合战，将来犯之敌全部击溃，毙其旅长郭子权。战后，郭述申带领红八十二师奉命返回皖西北，吴焕先则根据省委指示精神，抓紧整编部队。由于七里坪战役减员过半，决定撤消红七十三师番号，补充加强红七十四师、七十五师。这时全军有 2 个师共 6 个团，共约 6000 人。与此同时，郭述申带领红八十二师奉命返回。临别时，吴焕先和郭述申都紧紧拉着手，依依不舍地互相嘱咐：“一路胜利，胜利!”刘德利含泪握别，说：“军长，到皖西北去吧，那里保证有同志们吃的。”两支红军的送别场面也别具一格，被俘号手赵凌波，领着 20 几个刚刚学会吹小号的士兵，聚集在福田河上，举起小号，“嘀嘀嗒嗒”地吹了一支送行曲……

（一）梅山大龚岭上打毛排

值得一提的是梅山、大龚岭一仗，对第五次反“围剿”起了很大作用。1933 年 8 月初，敌第十二师三十五旅七十二团押运 1 个师的给养，有 70 多双毛排，满载军需物资，由史河逆水而上，运往立煌县（金家寨）。红军立即集中红八十二师和一、二、三路游击师，在刘德利师长率领下，连夜行动。地方党组织和苏维埃政府发动了数千群众，带着运输工具和红军一起于 7 日拂晓到达作战区域——梅山大龚岭。上午 9 时许，敌人的毛排开到，战斗打响，刘德利师长身先士卒，红军指挥员勇猛冲杀，战斗一直打到傍晚。入夜，红军英勇机智地摸上山去，经激战，将敌打垮，共毙伤敌 400 多人，俘敌 100 多人，所有毛排载运的大米、面粉、食盐等物资全部缴获。这些敌人送上门来的吃穿物资总共约 100 余万斤，仅搬运就用了近半月时间。这次战斗给“围剿”之敌以沉重打击，同时，解决了皖西北根据地的大部分军需民食，红军指战员不愁吃穿，士气更加旺盛。

（二）创建红军医院

第四次反“围剿”作战中，红四方面军留下大批伤病员，有2万人之多。因此，积极救治伤员，是摆在地方党政机构面前十分迫切的事情。中共皖西北道委和红军在赤南根据地内建立了4个红军医院，赤南县有江家山医院、毕家山医院，赤城县有曹家荒田等医院。这些医院一直得到保护，未受到敌人包围的损失，使红军伤病员及时得到治疗，重新投入战斗。道委和各级党组织、苏维埃经常教育群众热爱红军，发动群众照顾军属、慰问伤病员。红军伤员从战场上下来，群众抢着往家抬，宁肯自己喝稀汤，也要给伤病员吃干饭。这样的动人事例数不胜数，由于皖西北道委重视根据地的建设，使红军得以存在发展，在人民群众的有力支援下，为保卫苏维埃而战斗。

（三）迎接红二十五军到皖西北

1933年7月上旬，中共鄂东北道委将游击第七师编为红二十五军第七十三师，师长丁少卿，辖第二一七团和第二一九团，留在鄂东北地区活动。8月，红二十五军在黄麻被国民党军包围，损失红七十三师。那是红二十五军最艰难的一段时期，以后的徐海东在自传中提道：“红二十五军为避开敌人，不停地运动。一路上，吃无粮，住无房，又遇上连阴雨。战士们好不容易找到一些黄豆之类的粮食，磨碎煮一下匀着充饥。”这样对付着过了十几天。徐海东魁梧的身躯也支持不住了。发高烧，连马背也上不去，摇摇晃晃的，也只好躺在担架上，由战士们抬着往前挪动。作为一个副军长卧在担架上更是痛苦和不安，烦恼、病痛、饥饿和潮湿，使他的病情一天比一天加重，稍一颠簸，就咯血。部队经过一个多月的南移东转，终于在9月初到达皖西南溪一带，与中共皖西北道委书记郭述申、道区苏维埃主席姚志修率领的红二十八军（即红八十二师）会合了。这时，皖西只剩下一小片根据地，方圆大约100多里。可当地党政群组织都还在。除了红二十八军外，还有一、二、三路游击师坚持斗争。红二十五军来到这块小小的根据地，总算是找到了“家”，有了一个落脚地。群众拥军，党政机关也欢迎，大家可以吃上一顿饱饭了。伤病员也得到了喘息的机会。徐海东这时被抬进了葛藤山边的一个小医院。红二十五军曾在赤南县建立一分院。

徐海东说的对，皖西确实是红二十五军的“家”，它在这里诞生、成长，每当红二十五军遇到困难的时候，皖西人民像母亲一样养育着它，给他营养、补血。这次，红二十五军回到皖西，连固执的鄂豫皖省委书记沈泽民都感觉非同寻常，他在《鄂豫皖省委给中央的报告》中提到，皖西北根据地人民对红二十五军“是异常热烈欢迎的，双河、南溪一带群众闻二十五军之来，送饭者云集，使二十五军连吃饱饭，绝对不愁粮食。这里群众对二十五军欢迎之情形，迥异于黄麻群众对二十五军之态度”。皖西北根据地人民拥护红二十五军，徐海东最终留在金寨并第二次组建了红二十八军，直到红二十八军第二次整军被编入红二十五军。

（四）红八十二师的第二次组建

红八十二师第二次组建是 1934 年 4 月，在金寨豹子岩，红二十八军编入红二十五军后，军长徐海东及红八十二师、红八十四师主力都随红二十五军走了，皖西北根据地又一次为红二十五军补充了新鲜血液。

在红二十八军编入红二十五军的同时，省委决定将皖西北第三路游击师，红二十八军第二四四团 1 个营、军特务营改编为新的红八十二师，对外仍称红二十八军，对内称第八十二师，师长林维先，政治委员江求顺，下辖一营、二营、三营 3 个营，全师 1000 多人，归皖西北道委领导，坚持皖西北地区斗争。

编入新红八十二师的第三路游击师，原是 1932 年底由原红二十七军第二团（两个营）改编的。1933 年 9 月，林维先任红七十四师第二二二团政委时，带领第三营和团重机枪连，并指挥赤南县银山畈区战斗营，在门坎山阻击敌第十一路军由银山畈向汤家汇进攻，掩护红军主力在瓦屋基地区歼灭敌郝梦龄师一部后，与师部失去联系，林维先即带领第三营和重机枪连到火炮岭与皖西北道委会合。郭述申命令林维先带领第三营（重机枪连解散，重机枪埋掉了，人员补入三营）也编入第三路游击师，为第一营。当时未明确林维先的职务，仍随该营活动。这个部队都是由主力红军改编的，基础很好，战斗作风勇猛，战术灵活，善于远程奔袭；武器装备较好，弹药比较充足，战斗力强。此后，皖西北道委又以六霍游击队为基础，扩编成新的第三路游击师，师长高开文，政治委员吴宝才（兼）。

（五）新红八十二师的四战四捷

1934 年 4 月 20 日，留在皖西北的红八十二师在完成掩护红二十五军转回鄂东北的作战任务后，在地方武装的配合下，林维先师长率领部队于当日打下商城长竹园，22 日拂晓袭击四顾墩，24 日打下苏仙石附近的地主围寨，5 月 1 日，一举歼敌顾敬之的民团 200 余人，一连四战四捷，共歼灭反动民团 400 多人，缴枪 500 多支。从此，鄂豫皖又诞生了一支令敌人闻风丧胆的红军部队，聂荣臻元帅称林维先为“游击大师”。

豹迹岩红军部队整编后，鄂豫皖省委决定率红二十五军返回鄂东北地区，命令新成立的红八十二师到商城县周围地区活动，牵制敌人，掩护红二十五军通过黄麻公路封锁线。4 月 17 日，皖西北道委书记郭述申率领红八十二师从豹迹岩出发，经火炮岭，次日到达葛藤山、余富山地区。郭述申、江求顺找到赤南县委开会部署工作。林维先师长去皖西总医院看望伤病员，召开院领导会议，分析形势，提出新任务，并帮助解决了一些实际问题。师政治部对部队进行了政治动员，宣讲红八十二师成立的重大意义及今后的任务，要求全体指战员保持和发扬红军的光荣传统，团结战斗，为保卫和恢复苏区贡献力量。红八十二师广大指战员精神振奋，斗志高昂，纷纷表示决心，保证完成领导交给的各项战斗任务。

为了有效地牵制敌人，掩护红二十五军顺利转移到鄂东北地区，郭述申和红八十二师领导研究决定，首先攻打长竹园，这里驻有顾敬之反动民团 200 余人。19 日拂晓，部队从葛藤山、余富山地区出发，经大埠口、银山冲，当天黄昏进至银山畈西南的祝家湾隐蔽、休息，并派手枪队去进一步侦察长竹园敌人兵力部署情况。手枪队当晚出发，走到四十八节半山腰的几户群众家进行宣传，了解情况。当地群众身受反动民团欺压，对其恨之入骨。他们见到红军来了，无不欢欣鼓舞，争先恐后地向红军诉说着顾敬之反动民团的种种罪行，主动为红军提供情况，并表示：如果红军攻打反动民团，他们愿意带路。当即就有四五名贫苦农民随手枪队来到师部。红八十二师连夜召开营以上干部会，郭述申、江求顺和林维先师长都讲了话，指出：顾敬之是靠反共起家的，到处烧杀抢掠，无恶不作，罪行累累，群众怨声载道。这次攻打长竹园之敌，是红八十二师成立后的第一仗，既是为民除害，也是配合红军主力行动，要求全体指战员发扬勇猛顽强的战斗精神，首战必胜，全歼该敌。接着作了战斗部署：二营直插长竹园小河西侧与顾敬之老窝——四方洼之间的小山包，切断敌人西退之路；三营占领镇南小山，断敌南逃麻城之路；一营从正面（东面）进攻，师部和直属队随一营后面跟进。会后，各营干部回营做动员和准备。部队经过战前简短动员，士气高昂，充满必胜的信心。

19 日夜，部队即从驻地出发，20 日拂晓前各营到达预定位置。天刚破晓，一营首先发起进攻，接着二营、三营也一齐合围。守敌突然遭遇红军袭击，顿时乱作一团，但仍负隅顽抗，经过 1 个多小时的激战，终将反动民团 1 个大队全部歼灭，缴获长短枪 200 余支。

首战胜利，不仅沉重打击了顾敬之反动势力，有效地掩护红二十五军主力通过封锁线，向鄂东北地区转移，而且大大鼓舞了士气，扩大了红军的影响，人心大快。战士们押着俘虏，抬着战利品，高兴地说："顾敬之这个狡猾的狐狸，过去一打就散，这回可没有逃脱咱们红军之手。"

战斗结束后，部队在离长竹园四五里一个大村庄集中，吃早饭。对抓获的俘虏，除罪大恶极的几个头头枪决外，其余俘虏经过教育后，发给路费并释放。然后，返回银山畈稍事休整，总结经验，表彰英雄模范人物；师宣传队上街书写标语、口号，宣传战斗胜利，开展群众工作。

长竹园战斗后，郭述申书记和红八十二师师长林维先考虑：驻扎汤池、余集等地的顾敬之反动民团已有准备，攻打不易奏效，且红二十五军已胜利地转移到鄂东北地区，为了更有效地牵制敌人，歼灭地方反动武装，于是决定率红八十二师北上河南，扩大战果。

4 月 21 日夜，部队从银山畈出发，经泗道河、焦园，到达金刚台铁瓦寺宿营。红八十二师领导从地方党组织负责人那里了解的情况中得知：四顾墩驻有王干甫反动民团 1 个中队，约七八十人。镇的周围筑有土围墙和土地堡，附近土豪劣绅还有几个叛徒都住在里面。这股敌人人数虽不多，工事也不坚固，但自第四次反“围剿”后，红军还没有打过他，其反动气焰十分嚣张，经常对苏区进行骚扰，残杀革命群众和红军家属，危害极大。于是，师领导研究，决定拔掉这颗“钉子”。但考虑到四顾墩东约 10 公里的苏仙石驻有东北军 1 个团，西面的商城县驻有敌师部，东北固始县的方集、段集一带驻有东北军第一〇八师，离敌人主力部队都比较近，对其必须采取速战速决的战术；并根据东北军不能夜战的弱点，遂决定夜袭。具体战斗部署是：二营从东面主攻；三营从南迂回至四顾墩西侧之小山包，监视和阻击商城来援之敌；一营为预备队，并以 1 个连占领四顾墩东北侧小山包，阻击苏仙石来援之敌，师部随一营跟进。22 日黄昏，部队从铁瓦寺出发，经华佗庙、朱裴店，进至四顾墩附近东边的山林里隐蔽休息。各营午夜进入预定位置，23 日拂晓前发起攻击，全歼该敌，打死 10 多人，其余全部生俘，缴获长短枪五六十支，还抓获一些反动地主及叛徒。由于战斗突然，附近敌人未来得及前来援救。

战斗结束后，部队就地严密警戒，做早饭吃，并将缴获的粮食、衣物分给附近的群众；枪决了几个罪大恶极的反动地主和叛徒，其余的俘虏经教育后均释放。这一战为民除了害，群众人人拍手称快，红军部队士气倍增。

4 月 23 日清晨，红八十二师部队早饭后从四顾墩出发东进，通过苏仙石与二道河之间的大道，准备到赤城县委所在地——熊家河地区休整。二营为前卫，师部率三营为本队，林维先带一营为后卫。这天雾很大，20 米外什么也看不清，二营一下走到苏仙石北边的叶家墩一个地主大围寨跟前，围寨里的地主武装发现红军，并开枪射击，企图阻止红军前进。红八十二师政委江求顺当即命令二营、三营向围寨发起攻击，林维先率一营向苏仙石方向警戒，阻击敌人援兵，掩护主力攻打围寨。因围寨前地形开阔，敌人又有 2 门土炮，部队第一次没能攻进去。郭述申、江求顺即提出用“土坦克”进攻。于是，部队就在附近群众家里借了三四张方桌和一些棉被，将棉被用水浸湿后钉在方桌上面，然后三四人顶一张桌子向前推进。不到半小时，即攻进围寨，打死反动地主，守敌 20 余人缴械投降，缴获长枪20余支、土炮2门（已毁）。此时，驻苏仙石的东北军1个团，听到枪声，出动1个营的兵力前来援救。林维先带1个连在围寨南侧的小山包阻击。因敌人不知红军虚实，在其先头部队遭红军较大杀伤后，溃逃回苏仙石。战斗中，林维先不幸左臂负伤。

战斗结束后，部队归还借用群众的桌子、棉被，损坏的折价赔了款。将缴获的粮食、衣物分发给群众，释放了俘虏。然后进至固始杨山休息，次日进入熊家河休整数日，总结了红八十二师成立以来三战三捷的经验。大家一致认为，红八十二师之所以取得连续作战的胜利，主要是由于：领导对敌情清楚，决心果断，部署得当；部队行动迅速，作战勇敢；地方党组织、地方武装和人民群众的大力支援。接着召开了庆功大会，表彰英雄模范人物，动员部队继续保持和发扬连续作战的作风和吃大苦耐大劳的革命精神，准备再战。赤城县委还组织群众对部队进行了慰问。部队在熊家河休整后，已是5月初。这时，鄂豫皖省委为了解皖西北斗争情况，率领红二十五军又转战到皖西北地区，在罗田、霍山一带活动。省委写信给皖西北道委，肯定皖西北军民的斗争成绩，认为道委“能够积极领导红二十八军，于最近时期给了皖西北方面的敌人以有力的打击”。省委决定郭述申继续担任道委书记，省委代理书记徐宝珊同来皖西北检查工作。为了配合红军主力开展恢复苏区的斗争，郭述申召集营以上干部会议，研究决定南下霍山、英山，远程奔袭驻西界岭的黄英“老小八团”两个中队，首先歼灭该敌，然后进入英山县境活动。

一天上午，红八十二师部队从熊家河出发，当天进至洪家大山苏区中共六安六区区委所在地——白果树湾宿营。次日，部队经界岭、水竹坪，到土门岭吃早饭。下午经燕子河，于傍晚到达西界岭附近，部队即迅速展开：二营直插西界岭西侧，断敌向土地岭方向逃跑之路；三营迂回至西界岭南侧，断敌逃往英山之路；师部率一营从正面进攻。经过1小时激烈战斗，歼敌1个多中队，共100多人，缴枪近100支。只有少数残敌逃跑到湖北罗田去了。当晚，部队驻扎西界岭宿营。

次日，郭述申书记和红八十二师领导考虑，英山县内的敌人可能得到消息，有准备了，决定不去英山活动。部队折返燕子河住了两天，在这里召开了群众大会，晚上还给群众演了戏。然后，部队开到方家坪休整。郭述申书记召开红八十二师连以上干部会议，宣讲了当前的形势、任务和民族革命问题，讲了日寇侵占我国东北三省，蒋介石卖国、屠杀革命群众等罪行，要求全体指战员认清形势，明确任务，发扬革命光荣传统，继续坚持斗争。晚上，部队进行演出，郭述申、江求顺等领导都上台作了精彩的表演，使部队指战员、人民群众再一次受到了生动的爱国家、爱人民和革命光荣传统教育。

部队在方家坪休整后，转移到金寨县的团山。这里有根据地党组织领导的武装在这一带活动。部队在团山住了两天，帮助地方部队进行整训，并给他们补充了一些武器弹药。这时已是5月中旬，英山、霍山地区的敌主力部队尾追红二十五军而去，在此地区的只有一些保安团及地主反动武装。据此，郭述申书记和师领导遂研究决定：按原计划行动，挥师向英山县境挺进，消灭反动民团，恢复苏区。

一天下午，部队从团山出发，在燕子河吃晚饭后，经西界岭直奔英山县的张八咀。这里驻有县保安团一个中队，林维先部署二营担任主攻，并以一个连切断敌逃往石头咀的退路；三营随二营后面跟进，以1个连断敌向霍山逃窜退路；一营随师部后面跟进。当晚八九点钟，部队到达张八咀，并发起攻击，战斗不到1小时，歼敌大部，俘敌20余人，缴枪10余支。当夜，接着急行军，途中由三营攻打驻石头咀的敌1个中队，歼敌50余人；师部率一营、二营直插金家铺，次日拂晓，歼驻金家铺敌两个中队大部，共100余人，缴枪几十支。战斗结束后，部队在金家铺休息，并在附近村庄开展群众工作。当日下午，郭述申书记决定攻打英山县城东北之杨柳湾。一营主攻，二营插至杨柳湾南侧，断敌逃往英山县城的退路，阻击敌援兵；三营为预备队。战约时许，歼守敌1个中队，缴枪20余支。当时，英山县城只驻有敌1个保安团，固守城池，未敢派援兵。

红八十二师在两天之内，连克4镇，逼近英山县城，使敌人大为恐慌，驻鸡鸣河、瓦前寺等地的反动民团和地主武装，纷纷逃至英山县城。

战斗结束后，红八十二师部队在杨柳湾停留了一天，召开了群众大会。郭述申书记在大会上讲了话，向群众宣传共产党的抗日主张，揭露国民党反动派屠杀革命群众和卖国的罪行，扩大了共产党和红军的影响。

杨柳湾战斗后的次日，已是6月初，部队出发，计划返回六安县龙门冲根据地休整。部队行进至霍山县陶家河休息一天，郭述申书记和红八十二师领导研究决定攻打霍山县黄栗杪。这里驻有民团1个中队，约七八十人，周围没有敌人的大部队。具体部署是：二营迂回至黄栗杪北侧，切断敌逃往霍山县城之路；三营直插黄栗杪西侧，防敌窜逃团山；一营正面进攻。次日黄昏，部队从陶家河出发，经中界岭，拂晓前到达黄栗杪，并发起攻击，战约1小时许，歼敌大部，缴枪几十支。部队在黄栗杪住了一天，发动群众斗争土豪劣绅，分粮分物。

次日，部队从黄栗杪进至团山宿营。地方上的人前来报告：诸佛庵驻有敌区公所和区中队，约六七十人，经常出来对我苏区骚扰，要求歼灭这股敌人。第三天，部队吃午饭后，从团山出发，下午5时许到达诸佛庵附近，并迅速展开。二营插至诸佛庵西侧，切断敌逃往流波之路；三营占领东侧，防敌向霍山县城逃窜；师部率一营从南面进攻，战约1小时许，歼敌五六十人，缴枪几十支，只有反动区长和少数残敌逃窜了。部队在诸佛庵住了一夜，第二天进至龙门冲休整。这里是苏区六安三区区委所在地，有区政权，还有区委领导的一个七八十人的战斗连。

红八十二师部队在龙门冲休整后，得知敌人要对龙门冲地区“清剿”。敌人1个中队（内有几个叛徒）共100余人，进驻两河口的一个大庙里，并将庙里戏台用沙土袋构成防御工事，准备在此坚守，将进出龙门冲道路堵死，监视苏区地方人员的行动。这是敌人安插的一个钉子，对苏区地方人员开展工作极为不利。在六安三区委的要求下，郭述申书记命令红八十二师坚决拔掉这颗钉子，粉碎敌人的“清剿”计划。林维先师长战斗部署是：三营占领两河口镇东侧河口，切断敌退路；江求顺政委率二营从南面沿街攻庙的西南侧；林维先率一营从西面进攻，三区战斗连也参加战斗；郭述申书记率道委特务队在两河口西南侧的江店指挥。战斗打响后，庙里的敌人全部缩进戏楼，据险顽抗。戏楼前面是开阔地，很难通过，于是，部队就用干柴将戏楼围起来，浇上煤油，点着火，推到墙根燃烧起来，将100余人全部烧死在里面。这一战打乱了敌人对龙门冲地区的“清剿”部署，推迟了敌人的“清剿”计划，鼓舞了群众，人心大快，对根据地的巩固和工作的开展，创造了有利条件。

两河口战斗后，约是7月初，郭述申书记率道委特务队去赤南、赤城。红八十二师去独山活动。驻独山的敌区公所和区中队，得知红军打开了两河口，又将庙里的敌人全部烧死，在红军到达之前就逃跑了。这时，地方上的人报告：六安县城西面的徐集、江店子、南岳庙各驻有敌保安队1个中队，共100余人。林维先遂即令二营攻打徐集，三营攻打江店子，师部率一营攻打南岳庙。部队在两河口吃晚饭后，分三路直奔三镇，于当晚先后攻下三镇，全歼守敌，缴枪100余支。

当晚，师部率一营驻南岳庙，次日部队在江店子集中后，准备下午攻打驻杨店子的民团，只有二三十人。当红军部队到达杨店子时，敌人已逃跑了。红八十二师部队在此毁掉碉堡后，进至东西莲花山休息一天，次日，经胡店子进至金家院子休整。

（六）“肃反”肃到了林维先

中共鄂豫皖省委率领红二十五军转移到皖西北地区，并继续进行错误的“肃反”，毫无根据地说皖西北游击总司令吴宝才是“改组派”“反革命”分子，将他逮捕了。还指责郭述申一不搞“肃反”，袒护“反革命”，是“右倾机会主义者”，二不该把主力部队编到地方部队（指1933年冬由林维先带领的第二二二团三营和团重机枪连编入了第三路游击师）等，而错误地撤销了郭述申鄂豫皖省委常委、皖西北道委书记的职务，把他放到红二十五军政治部当宣传科科长。历史证明：郭述申在肃反问题上，是坚持了实事求是原则的，是正确的；他在领导皖西北道区党政军民的艰苦斗争中所采取的政策、策略都是正确的，为革命作出了积极贡献。

撤销郭述申皖西北道委书记后，省委任命高敬亭继任皖西北道委书记，率领红八十二师行动。约在 8 月间，红八十二师经东西莲花山，准备攻打驻流波礓的敌 1 个保安大队。当时研究决定夜歼该敌，林维先报告高敬亭书记，他同意了。一天黄昏后，部队将流波礓包围，随即发起攻击，并攻下敌前哨据点，歼敌 1 个排。部队正继续向镇内敌人攻击时，高敬亭书记又不同意打了，说："如果打下了流波礓声势大了，会把敌人主力引来，影响我们以后的行动。"他要部队马上撤走。林维先立即派人送信给江求顺政委，把部队撤下来。本来完全可以把这股敌人歼灭的，但未坚持，很可惜，干部战士也有意见。

之后，部队经抱儿山，进至燕子河与红二十五军会合，高敬亭书记进一步扩大"肃反"，说江求顺政委和师政治部主任是"改组派"，派人把他们抓起来。并将江求顺政委交给了红二十五军，师政治部主任则由师交通队带着。一天，部队从燕子河出发，经霍山县的大化坪，进至龙门冲休息一天，然后进独山，独山的敌人闻讯逃跑了。接着部队连夜继续前进。当夜，部队进至雾聚山宿营。第二天清早，经龚店子，攻打杨店子反动民团，歼敌 10 余人，然后，部队进至东西莲花山，又回到赤城、赤南苏区活动。部队在苏区活动一段时间后，又回到燕子河的方家坪与红二十五军会合，红八十二师驻团山。1934 年 9 月中旬，红二十八军八十二师，配合红二十五军在豫南和皖西霍邱、六安一带作战。在六安郝家集打了一仗，歼灭敌十一路军独立旅两个营。10 月间，新任皖西北道委书记高敬亭在皖西北又一次进行错误的"肃反"，错杀了一批人，其中有皖西北道区苏维埃主席兼游击总司令吴宝才，红八十二师政治委员江求顺、红八十二师副师长卢兴明，第二路游击师师长朱世声，政治部主任肖新甫，第三路游击师政治部主任夏玉华，少共皖西北道委书记雷前相，赤南县委书记陈振松，赤城县委书记吴代芬、赤城县苏维埃主席刘文炳。第二路游击师师长杜昌甫被撤职后，在家郁愤而死。高敬亭仅在熊家河南小涧两次开会，就逮捕 100 多人，先后被处决几十人。高敬亭还硬说林维先是"第三党"，鄂豫皖省委派徐海东军长将林维先逮捕，撤销师长职务，开除党籍，把林维先带到英山县陶家河。在公审林维先时，战士们都不举手表态；有几名战士和排长还冒着生命危险站起来发言，说："师长整天和我们一起打仗，很坚决，很勇敢，不是反革命。"这样，高敬亭才没有杀害林维先，把林下放到红二十五军经理处做苦工，抬担架。"苦工队"共有 90 余人，都是"肃反"下来的干部，还有些师团干部。不久，敌人进攻英山陶家河，红二十五军伤亡几十人。“苦工队”奉命送伤病员到土门河地区安置，返回时，省委已率红二十五军已离开陶家河，经霍山、英山县境转移到立煌县大埠口，接到鄂东北道委来信，遂即突破敌人四道封锁线，赶往河南光山花山寨，按照党中央的指示长征去了。这样“苦工队”掉队下来了，后来编入到红二一八团。

11 月中旬，高敬亭将红二十五军担任掩护任务的第七十四师二营四连余部和三营九连暂编入红七十三师二一八团一营，说是等主力回来再归队。12 月 25 日，“苦工队”在林维先率领下，在下骆山打粮战斗中夺取敌人的武器，被编入红二一八团的第三营。

（七）红八十二师遭受了重大挫折

高敬亭和红八十二师没有接到省委的指示，仍留在皖西地区坚持游击战争。两军分开行动后，首先将在霍邱叶集西南遭敌人飞机袭击受伤的 80 多名伤员护送到赤城熊家河老苏区。当部队把伤员顺利地护送到目的地后，皖西北道委书记高敬亭召集红八十二师师长周世觉和三路游击师师长高开文开会研究。决定由周世觉带领二四四团三营、师部交通队和师政治部一部分工作人员，并要高开文带领三路游击师的两个连和手枪队，由周世觉师长统一指挥，组成一支部队去霍山、舒城、潜山地区敌人后方开展游击战争。

周世觉率部队到霍山、潜山、舒城地区开展游击活动，打了一些胜仗，攻克了潜山县的衙前镇（今属岳西县），歼敌一个保安中队，还攻克了舒城县的晓天镇。12 月初，部队返回到立煌县（今金寨县）长山冲石院墙附近遭敌第六十五师一九四旅三八七团和霍山黄英“老小八团”的追堵，师长周世觉在突围战斗中牺牲，部队受到较大的损失。12 月下旬，高敬亭以突围出来的部队为基础，在立煌县熊家河沙河店改编为红二一八团，成为后来重建的红二十八军八十二师的主力部队，继续坚持鄂豫皖边区武装斗争。

高开文详细地汇报了红八十二师转战经过。那是 11 月初的一个夜晚。周世觉师长率红八十二师经狮子口，渡过史河，突破老牛背敌人封锁线，到汪家大湾天刚破晓。部队士气高昂，于中旬胜利地通过了霍山县境，进抵潜山县的衙前、天堂畈、小河南地区。在广大农民和市民的积极支持下，一举攻克衙前镇。歼灭潜山县保安队 1 个中队，俘中队长以下官兵 30 余人，缴获长短枪 30 余支。11 月中旬部队挺进舒城县境，攻克了晓天镇。全歼舒城县保安队及民团 90 余人，缴获长短枪 80 余支和大量银圆、物资等。在舒城地区转战数日后，于 11 月下旬启程回师赤南、赤城老区。部队经过几天的行军，于 12 月初到达立煌县境长山冲。

长山冲是大别山东麓的一个山冲。它四周环山，东西南北大约有七八里路的平畈。周世觉师长命令在这里休息两天，打土豪、筹粮食，并通知每人要带 7 天至10天的粮食回苏区。第二天下午，中共潜山地下党组织派两名交通员赶到红八十二师驻地，见了正在理发的周师长。他们急急忙忙报告了敌情：敌十一路军有4个团正在红八十二师后面追击，先头部队已进入西界岭号房子了。周师长立即通知三路游击师师长和三营营长、政委研究行动计划，决定各部队把粮食装好（那时每个指战员都备有一条能装15至20斤粮食的布口袋），抓紧时间休息，吃完晚饭，黄昏时出发。晚饭前又突然得到一个不准确的情报，据路过的老乡说，在部队前进的方向，约10多里路的地方，驻扎了很多国民党军队，是上午刚从燕子河方向开过来的。得知这一情报后，部队又决定推迟出发时间，一方面要三路游击师手枪队查清前面敌人的情况，另一方面严密注视后面敌人的动静。

深夜两点多钟，部队出发，三路游击师走前卫，师部走中间，三营走后卫。朱国栋当时跟三路游击师一连尖兵班走在最前面撒路标（夜间撒在路上作行军联络的5寸见方的白纸标志）。东方刚现出鱼肚色，前卫尖兵班走到一座山坳口跟前时，发现被人砍倒了很多大树挡住了道路。这时堵击的敌人也发现了红军，敌人只喊了几声，步枪、轻重机枪就一齐向红军扫射，尖兵班和手枪队马上往后撤，跟着前卫连抢占西侧的一座山头，以便阻击敌人攻击，掩护后面的部队撤退。此时，周师长急向三路游击师师长和三营营长下达战斗任务。

天已大亮了，前面堵击的敌人，以几挺轻、重机枪的强大火力压住三路游击师一连的火力，并以两个营的兵力顺着斜山坡冲压下来，直至顶住红八十二师后面的主力部队。这时后面的敌人也追上来了，形成了前后夹攻红军的态势。

当即，周师长要三路游击师一连向主力部队靠拢，从侧面打击敌人，并要高开文同志指挥二连坚决顶住后面的敌人，命令三营营长带一个连抢占来路途中的一座小山头，打退尾追的敌人，其他部队和炊事员迅速向西侧一道山冲突围。

这时，敌人乘势抢占了前后大部分制高点。尾追敌人一方面以部分兵力顶住红八十二师掩护部队，另一方面以大股兵力在山冲由南向西冲击，同红八十二师突围的部队平行疾进，妄图截断红八十二师突围部队的退路。但红八十二师先头部队跑步前进，始终把敌人甩在后面。

敌人利用占据的沿路各制高点，使用步枪、轻重机枪、迫击炮向红军猛烈开火，枪弹似暴雨倾落下来，不少红军战士中弹倒下了。敌人还仗着兵多火力强，向红八十二师突围部队拼命地追击围攻。敌人的指挥官舞着手枪、马刀在他的士兵后面威胁督战，并号叫：“快冲，不放跑一个共军。抓活的，刘长官（指刘镇华）给重赏。”

敌军士兵在指挥官的威胁下拼命地追击，红军却发扬了不怕流血牺牲的战斗精神，且战且退击退了敌人无数次围攻追击。敌军不顾惨重伤亡不停地冲击。

红八十二师突围部队沿着向前畈去的15里长冲，且战且撤。开始部队的建制健全，火力集中，各连队还能采取交替掩护，逐步撤退。后来战线拉长了，派出去打掩护的部队多了，兵力也分散了。在敌人猛烈追击和密织的火力射击下，红八十二师的伤亡人数不断增加，营、连、排干部大部分伤亡。在这种情况下，轻伤员都得坚持战斗，重伤员能来得及的就包扎一下，背到山边村庄临时安排到老乡家里，来不及走的就无法抢救。

被敌人割断的三路游击师一连、手枪队和打掩护冲出去的队伍都相继撤退到西大山，并继续组织火力，支援沟里的部队。但毕竟因距离远、火力弱，起不了什么作用。

上午 10 点多钟，红军大部分部队退至乌凤沟，敌人还是在后面紧紧追击着。这时，红八十二师部队已不成建制，但许多负伤的指挥员仍奋勇指挥战斗，士气仍然高昂，英勇地阻击敌人，战斗持续到中午 12 点多钟，敌人要吃午饭，攻击才暂时停下来。红八十二师指战员又饥又渴又累，发扬了连续作战的精神，继续撤退到冲尾横排路口一个土地庙跟前，还未来得及喘息，又突遭地方顽匪黄英老小八团的阻击，黄英指挥民团武装 800 多人占据前畈一道山梁和隘口对红八十二师进行阻击。在这危急时刻，周世觉师长亲自组织指挥红军部队，几次冲锋都没有冲上去，又增加了一些伤亡。

为了保存力量，集中突围，周师长把部队马上集中到土地庙周围，准备依靠小庙固守，待天黑后再冲出去。

但是，情况越来越危急，不仅尾追的敌人上来了，而且前面堵击的敌人亦向红军发起攻击，使红八十二师的突围部队腹背受敌。气焰嚣张的敌人越攻越近，妄图一口吃掉陷入重围的红军。这时周世觉师长一面鼓励大家要沉着应战，坚决顶到天黑就是胜利；另一方面亲自指挥战斗，亲临前线指挥，一会用步枪射击敌人，一会又接过战士的轻机枪扫射。这样他就成了敌人集中射击的目标，先是帽子中弹落地，后来右肩又负伤，最后因头部中弹英勇牺牲。

周世觉同志不愧为我党的优秀党员、红军的优秀指挥员。他被中国军事博物馆列入南方三年游击战争中牺牲的高级军事领导人之一。他的牺牲，更激发了红军指战员的斗志。战斗越来越激烈，许多战士都是射出最后一颗子弹后，与敌人顽强搏斗厮杀而壮烈牺牲的。

最后剩下七八十名红军指战员，寡不敌众，无法坚持战斗。这时大家认识到，哪怕剩下一个人，只要突围出去，就是党的一分力量，就是革命的一分火种，因而决定向着西北一片烂石遍地野草丛生地带突围。周世觉师长乘用的一匹黑骡子，背了很多银圆和钞票，马夫将它脱缰冲在最前面，安全无恙地冲了出来。但由于敌人的火力太猛也有不少红军战士在最后的突围中倒在血泊里，为革命流尽了最后一滴血。

红军突围后，灭绝人性的国民党军，对红八十二师的重伤员也不放过，都一一补枪打死，并惨无人道地把所有牺牲了的红军指战员耳朵割下来，以便到蒋匪军头目刘镇华那里去报功请赏。

最后突围出来的红八十二师指战员大部分都在当天夜里与三路游击师一连和手枪队会合，有少部分同志后来才陆续找到部队，也有少数同志昼伏夜行奔向龙门冲和洪家大山根据地去了。部队会合后，三路游击师高开文师长出来指挥，叫大家集合清点人数。三路游击师有 130 多人，红八十二师只有 110 人了。整个部队损失 2/3，大家心情十分沉重。

红军终于胜利突出敌人包围圈，转至金寨县境内的龙门冲至莲花山之间的地区与高敬亭率领的红二一八团会师了。三路游击师师长高开文向高敬亭汇报说红八十二师师长周世觉牺牲，高敬亭听过汇报，却含着泪水将高开文逮捕，后在熊家河将身负重伤的高开文杀害。12 月下旬，在熊家河沙河店，高敬亭将红八十二师余部同三路游击师编为红二一八团第二营。

1935 年 2 月 1 日，这支部队经过稍许整顿后，重振精神，跟随军政委高敬亭挺进到金寨的抱儿山，与方永乐率领的鄂东北独立团会合。方永乐带来鄂豫皖省委指示信，高敬亭这才知道鄂豫皖省委已率红二十五军转移，要他组织党的新的领导机构和红二十八军，继续坚持鄂豫皖边区的武装斗争。在抵达太湖县（现岳西县）凉亭坳后，高敬亭、方永乐将红二一八团和鄂东北独立团及皖西北第二路游击师合编重建新的红二十八军，高敬亭任军政委，统一领导鄂豫皖边区党政军工作。红二十八军下辖第八十二师和手枪团，罗成云任红八十二师师长，方永乐任师政委，熊大海任政治部主任，余雄任手枪团团长。红八十二师下辖第二四四团（由 3 个营组成）和特务营。徐贤才任团长，徐成基任政委。重建后的红二十八军，有 1000 余人，开始了鄂豫皖边区艰苦卓绝的三年游击战争，直至全面抗战爆发后，改编为新四军第四支队，奔赴皖中抗日前线。

（作者：胡遵远，原载《六安红军与长征》第 558—587 页。）

皖西红二十八军与金寨的渊源关系及历史贡献

皖西红二十八军，1933 年 1 月在湖北麻城大畈（现属河南新县）正式组建，1933 年 10 月在安徽金寨重建，1935 年 2 月在安徽岳西再建。1934 年 11 月，红二十五军长征后，重建的红二十八军坚守在鄂豫皖革命根据地，进行了艰苦卓绝的三年游击战争，为中国革命保存了骨干力量，为后来的抗日战争和解放战争打下了坚实的基础。

一、皖西红二十八军与金寨的渊源关系

皖西红二十八军于 1933 年 1 月初组建，1933 年 10 月在金寨县南溪吕家大院重建，军长徐海东，政委郭述申，下辖第八十二师、第八十四师。同时还有地方武装第一、二、三路游击师和两个游击队及洪家大山、赤南两个战斗营配合战斗，后来又组建了红军医院、造枪局、赤色邮局、被服厂等后勤保障机构。在此期间，红二十八军坚持以金寨为中心，开辟了广大游击根据地和游击区，造就了一大批忠于党、忠于人民、英勇顽强、富有经验的党政军骨干，锻炼出一支打不散、拖不垮的革命武装力量，在红军主力转移后最艰苦的时期，保证了革命红旗始终飘扬在大别山区，为中国革命胜利作出了巨大牺牲和重要贡献。

（一）皖西红二十八军的主战场在金寨

1933 年 1 月，皖西红二十八军首次成军后，立即由湖北麻城开赴皖西北，以大踏步的进退与国民党军队展开斗争，先后在金寨境内的狗迹岭、胭脂坳、悬剑山、银山畈、小南京等地与国民党军激战。在门坎山阻击战中，红二十八军政委王平章壮烈牺牲。红二十八军第二次在金寨境内组建后，在金寨境内取得了狗迹岭、铁炉冲、古碑冲、葛藤山等战斗的胜利，其中葛藤山大捷歼敌 1000 余人，活捉敌代理师长刘书春，是红二十八军第五次反“围剿”斗争中一次伟大的胜利。

红二十八军第三次组建后，仍然在金寨境内积极开展游击战争，其中熊家河保卫战、鸡冠石阻击战、桃树岭歼灭战、熊家河破碉堡等均作为典型战例载入军史。

（二）皖西红二十八军的第二次组建地在金寨

1933 年 10 月，中共皖西北道委鉴于红军和根据地斗争形势严峻，在南溪吕家大院召开会议，讨论武装建设和武装斗争方针等问题，决定第二次组建皖西红二十八军；红二十八军是在金寨境内组建的第十支主力红军队伍，也是在金寨境内组建的第二支成军建制的红军部队。

（三）皖西红二十八军的兵力主要补充地是金寨

第二次组建的皖西红二十八军，人员主要来源于红八十二师、红八十四师，而其中红八十二师就组建于金寨县汤家汇。第三次组建的红二十八军，是以红二一八团和鄂东北独立团为基础组建的，其中主力为红二一八团，而红二一八团则组建于金寨县熊家河地区。另外金寨境内的 3 个游击师，也先后整建制地编入红二十八军。

（四）皖西红二十八军干部的重要输送地是金寨

金寨是皖西北根据地的中心，中共皖西北道委长期设立于金寨境内，并始终保存着县一级领导机关，培养了大批干部力量，是皖西红二十八军领导干部的重要来源。据红二十八军战史记载，三年游击战争期间，红二十八军牺牲的团以上干部有 43 位，其中金寨籍干部就有 6 位。解放后，从红二十八军中走出的金寨籍开国将军共 8 位，省、军级领导干部 20 多位，中将林维先生前被毛泽东赞誉为“游击专家”“民兵专家”。

（五）皖西红二十八军的指挥中心是金寨

皖西红二十八军第二次组建后，军部先设在金寨县南溪吕家大院，后设于熊家河，成为指挥皖西北第五次反“围剿”的战斗堡垒。红二十八军在太湖凉亭坳第三次组建后，高敬亭率部立即返回赤城、赤南根据地（均在金寨境内），并将军部及保卫局、造枪局、红军医院、被服厂等机关设在金寨熊家河一带，从而成为红二十八军指挥中心和后勤保障根据地，有力地支持了红二十八军艰苦卓绝的三年游击战争。

（六）皖西红二十八军战略战术的重要策源地是金寨

红二十八军在金寨境内进行了一系列、艰苦卓绝的战斗，摸索总结了一整套游击战略和战术思想。在第五次反“围剿”曲折斗争的关键时刻，徐海东在南溪吕家大院制定了不打消耗战、不与敌人硬拼、积极向外线游击等游击战术方针，指导红二十八军取得了一系列战斗胜利。三年游击战争时期，活跃于金寨境内的红二十八军抽调精干人员，独创了鄂豫皖根据地党政军三位一体的便衣队组织，成为皖西游击战争中最为活跃的力量，开创了主力部队、地方部队、便衣队三结合的人民游击战争新模式。金寨是红二十八军最重要、最稳固的根据地，也是高敬亭寄希望最大的地区。

二、皖西红二十八军的历史贡献

皖西红二十八军在以大别山为中心的鄂豫皖边区坚持了三年游击战争，保存了革命骨干力量和战略支点，扩大了党在大别山区的政治影响，为党在抗日战争和解放战争时期在大别山区开展革命战争奠定了坚实的基础，其重要历史贡献可以概括为 5 个方面。

一是在大别山地区牵制和吸引了大量国民党军队，有力地掩护、策应了红二十五军和中央红军等主力红军的战略转移，并给进犯大别山区的国民党军以沉重的打击，挫败其多次重兵“清剿”。

二是在大别山区极其艰苦的斗争中，保存了红二十八军和红军游击队的骨干力量，锻炼和培养出一支坚强的革命武装，确保了大别山红旗不倒。

三是在鄂、豫、皖三省保存了革命的战略支点，在大别山地区扩大了党的政治影响，为之后在大别山地区开展革命斗争，准备了最重要的条件。

四是全国抗战爆发后，坚持在大别山斗争的红二十八军和红军游击队改编为新四军第四支队，成为驰骋长江以北抗战的重要力量，为坚持华中抗战作出了重要贡献。

五是坚持了鄂豫皖边三年游击战争，积累了宝贵的游击战争经验，丰富和发展了人民军队革命游击战争的战略战术。

（作者：胡遵远、谢德震、陶云，原载《文化月刊》2016 年第 24 期。）

鄂豫皖红四军的辉煌历史和突出贡献

2021年是鄂豫皖红四军成立90周年。本文着重介绍这支主力红军队伍的辉煌历史和突出贡献。

在此，首先向大家介绍的是，在我军历史上曾经有过3支红四军。第一支红四军，就是中国共产党领导的第一支工农红军队伍，它于1928年4月建立，1930年6月编入红一军团，1932年底番号撤销，一共存在4年半时间。这支红四军最初的队伍分别是朱德和毛泽东领导的红军队伍，他们在井冈山会师后合编成红四军。第二支红四军是湘鄂西革命根据地的红军队伍。1928年3月上旬，周逸群、贺龙等领导武装斗争、建立游击队；月底，人数达到3000余人。于是，他们就打起“红四军”的旗帜。到1930年7月，这支红四军与鄂西的红六军在公安县会师，改称红二军。第三支红四军就是本文要说的鄂豫皖根据地的红军队伍，它是1931年1月中旬由红一军和红十五军合编而成。当年11月7日，红四军与红二十五军在湖北黄安（今红安）七里坪共同组建红四方面军。

一、鄂豫皖红四军的发展历程

1930年10月18日，中共中央向鄂豫皖边界特委发出《关于贯彻三中全会精神及红一军、红十五军合编为红四军的指示》，命令红一军与活动于蕲、黄、广地区的红十五军合编为中国工农红军第四军。

红十五军在湖北省黄梅县考田镇组建之后，在军长蔡申熙、政治委员陈奇的率领下，先后发起进攻蕲春漕河镇、黄梅县城、蕲春张家塝等战斗。沿途，红十五军连续苦战，消耗很大，急需休整和补充给养，遂于1930年11月18日从英山、罗田北上，进入商南苏区（今安徽省金寨县境内），经铜锣关、古佛堂、吴家店来到果子园牛食畈、金家寨，寻找红一军。当时，红一军不在皖西，红十五军没有能够与红一军会合。12月初，红十五军又开始西进，转战到黄安麻城地区。

此时，敌人还在对鄂豫边区进行大举“围剿”，红一军正在挺进皖西、商南地区，鄂豫边区无主力红军，形势十分危急。

在此情况下，1930 年 11 月底，曾中生以中央特派员的身份在黄安七里坪主持召开原鄂豫皖边特委和邻近各县县委负责同志的紧急会议，着重解决当时最迫切的组织领导和反“围剿”方针问题。会议撤销了平汉行动委员会，成立了中共鄂豫皖临时特委、军委和临时特区苏维埃政府，统一指挥反“围剿”斗争。曾中生任特委书记兼军委主席，郭述申任组织部部长，徐宝珊任宣传部部长。蔡申熙、郑行端任军委副主席，甘元景任特区苏维埃主席。会议还根据中共中央原则同意成立皖西北特委的建议，决定先成立皖西分特委临时委员会。会议决定，一方面以地方武装结合广大人民群众开展广泛的游击战争，牵制、打击、袭扰和夜袭敌人，迫使敌军不敢冒进和分散“清剿”；另一方面准备集中红军主力，突破敌人弱点，以转变全部战局、创造新的局面。

12 月中旬，红十五军 1000 余人到黄麻边界地区，中共鄂豫皖临时特委当即以其为主力，配合地方武装反击敌人。虽然红十五军长途跋涉，艰苦转战，十分疲劳。但仍以高昂的士气于 16 日一举突入河口镇，歼敌一部。随后，又北上阻击进攻七里坪之敌。1931 年 1 月 4 日，红十五军冒雪夜袭麻城以北的福田河，缴获子弹 1000 余排和一些银圆、物资，使部队弹药十分缺乏的状况得到了缓解。战后，进入商南地区。

1931 年 1 月中旬，红十五军在商城县长竹园与红一军会师，听取了曾中生派旷继勋、蔡申熙等前来传达中共中央关于合编红一军、红十五军为红四军的决定。随后，两支红军队伍开往麻城福田河，合编为中国工农红军第四军，军长旷继勋，政治委员余笃三，参谋长徐向前，政治部主任曹大骏。红一军第一师与红十五军第一团合编为第十师，师长蔡申熙，政治委员陈奇，副师长刘英，下辖第二十八团、第二十九团、第三十团；红一军第二师与红十五军第三团合编为第十一师，师长许继慎，政治委员庞永俊，副师长周维炯，下辖第三十一团、第三十二团、第三十三团；活动在皖西的原红一军第一师第七团改为红一军独立团，肖方任团长。全军 12500 余人。根据党中央指示，红四军归中共鄂豫皖临时特委直接领导。

1931 年 1 月 20 日，为了加强党对整个皖西地区的领导，中共鄂豫皖临时特委派委员余笃三在金家寨召开六安中心县委成员、皖西各县委负责人和商城县委及红军代表联席会议，宣布撤销六安中心县委，成立中共皖西分特临时委员会，负责六安、霍山、英山、霍邱、寿县、合肥、舒城、桐城、潜山、商城 10 个县的工作。第一次执委会推选姜镜堂、余道江、吴其昌（杨季昌）、窦克难（薛英）、曾泽民 5 人组成常委会，姜镜堂任书记、余道江负责工人部、吴其昌负责组织部。并成立了鄂豫皖特区临时苏维埃政府东方办事处，由余道江、曾泽民、杜旭凯、张德山、窦克难等组成执行委员会常务委员会，行使苏维埃政权职能。成立了皖西分特临委军事委员会，主席姜镜堂（兼），副主席曾泽民。

鄂豫皖边区和皖西苏区的党政军领导机构发生的变化，对这一地区的革命斗争和红军发展产生了重大影响。

红四军组建后，根据鄂豫皖临时特委的决定转入进攻作战，以主力红军突击敌人的弱点，调动敌人于运动中加以歼灭的作战方针，在鄂豫边区转战，接连取得胜利。在皖西的红四军独立团在保卫和发展皖西苏区的战斗中发展壮大，为在麻埠组建中央教导第二师打下了基础。

1931 年 4 月 7 日至 10 日，中共鄂豫皖特区党员第二次代表大会在新集召开。贯彻四中全会精神，检查特区党的工作，制定工作总方针，作出了政治、组织、职工、土地、农民、苏维埃、财政经济、军事、青年、妇女、互济等决议。会后，特委将军委警卫团和光山、罗山、潢川 3 县独立团合编为警卫师。

就在鄂豫皖苏区取得第一次反“围剿”胜利，根据地得到巩固和扩大，红军发展壮大之时，蒋介石于 3 月中旬下令开始了第二次“围剿”的部署，限令在 5 月底以前“完全肃清”鄂豫皖边区的红军。

敌人的这一次“围剿”采取“追堵兼施”的战术，把兵力分别组成“追剿”部队及各线“堵击”部队。其中，以国民党第三十师、第三十一师、第三十三师组成“追剿”部队，由第二十二路军总指挥兼第三十师师长吉鸿昌任“追剿”总指挥，专寻红军主力作战；另布置李韫珩的第五十三师、戴民权的新编第二十五师、夏斗寅的第十三师、肖之楚的第四十四师、岳盛暄的第四十六师和宋世科的暂编第二旅、赵观涛的第六师，分别组成各线“堵击”部队，配合“追剿”部队进行“清剿”。投入“围剿”的兵力先后增加到 10 多个师，约 13 万人。其计划分为两步：第一步合击新集、七里坪，进攻鄂豫边的红军；第二步转向皖西。在军事“围剿”同时加紧经济封锁，妄图消灭红军、摧毁根据地。4 月初，敌鄂豫皖 3 省边区绥靖督办公署由武汉迁往潢川，就近指挥。

4 月上旬，敌各路“堵击”部队在根据地边沿区展开“清剿”。皖西敌军乘红军中央教导第二师在霍邱、固始、商城 3 县边区开展游击战争之机，先以岳盛暄的第四十六师两个旅和警备第一师 1 个团的兵力，在地方反动武装的配合下，越过淠河向皖西根据地中心区进犯，先后占领独山、诸佛庵和麻埠，并伺机进攻皖西根据地首脑机关所在地的金家寨。

在此危急形势下，中共皖西分特委临时委员会广泛组织群众，发动游击战争，阻击和袭扰入侵之敌。同时连续向中共鄂豫皖特委告急，要求派主力红军支援。特委得此消息后，一方面在 4 月中旬将活动于皖西的中央教导第二师改编为红四军第十二师，从霍邱南部返回根据地中心区，在地方武装及广大群众的支援配合下，投入反“围剿”斗争；另一方面遵照中共中央派来组建鄂豫皖中央分局的张国焘、沈泽民的意见，立即改变红军主力南下计划，首先东进皖西歼敌，然后回师鄂豫边区，对敌实行各个击破。

1931 年 5 月，中共中央鄂豫皖分局和鄂豫皖省委的成立，使鄂豫皖革命根据地的党政军领导发生了重大变化；随后，红四军南下作战取得胜利；从 9 月中旬开展的鄂豫皖苏区的“肃反”运动给党和红军造成极大损失；与此同时，国民党军队准备对鄂豫皖苏区发动第三次“围剿”，红军也在积极准备反“围剿”。在这种大的历史背景下，中国工农红军第二十五军在金寨麻埠成立。

红二十五军成立后，在鄂豫皖苏区就有了红四军和红二十五军两个军。为了统一指挥，1931 年 11 月 7 日，在黄安七里坪成立了中国工农红军第四方面军，红四军军部改为方面军总部，徐向前任总指挥，陈昌浩任政治委员，刘士奇任政治部主任。下辖红四军、红二十五军，总兵力近 3 万人。红四军军长、政治委员分别由徐向前、陈昌浩兼任，共辖 3 个师：第十师，师长倪志亮，政治委员甘元景；第十一师，师长王树声，政治委员甘济时；第十二师，师长陈赓，政治委员刘杞。彭杨军政干部学校直属方面军总部。

二、鄂豫皖红四军的辉煌战绩

（一）红四军在鄂豫边区辗转作战、战果显著

1931 年 1 月中旬，红四军成立后，鉴于进攻鄂豫皖苏区的敌人处于守势，遂决定转入进攻作战。从 1 月下旬到 3 月上旬，集中主力先后攻占了麻城县磨角楼、光山县新集（今属新县）和平汉线的李家集、柳林两处车站及孝感县双桥镇（今属大悟县），共计歼敌 1 万多人。

1. 磨角楼“围点打援”获胜

围攻麻城北部磨角楼是新组建的红四军第一次有计划的运用“围点打援”战术所取得的较大胜利。

1931 年 1 月 6 日，红四军以第十师两个团围攻麻城北部磨角楼守敌第十三师 1 个营，以红十一师和红十师另 1 个团作预备队，引出了麻城守敌 4 个团出援，激战 3 日，共歼敌千余人，缴枪千余支。

2. 攻打新集，挖地道爆破攻城成功

红四军攻打新集首次采取挖地道的方式爆破攻城。2 月 2 日，攻打新集战斗

打响，红十师三十团、二十八团担任主攻。由于新集有高大的石砌围墙围护，守敌用土炮居高临下射击，红军云梯无法靠近，攻了几次未奏效。军部决定采取挖地道的办法，炸毁围墙。在当地群众大力支持下，部队经过艰苦的近 10 天的土工作业，挖掘了四五十米长的坑道，把地道挖到城墙下面；他们找来一口棺材，将 300 斤火药、数枚炮弹和碎铁装进去。2 月 10 日下午将城墙炸开 1 丈多宽的缺口，第三十团冲进去，经 3 小时巷战肉搏，胜利解决了战斗。

3. 李家寨车站三战三捷

2 月下旬，红十一师向信阳以南的平汉路逼近。3 月 1 日，得悉敌一列兵车正向信阳南开来，周维炯率三十三团，奔袭李家寨车站，控制了全站人员和设备，拆除了车站以南的铁轨，在站内布置伏击。2 日晨 7 时，敌兵车进站，周维炯一声命令，全团一齐向兵车开火，敌军未及还手，即被全歼，敌新编第十二师第一旅旅长侯镇华当场被击毙，缴获大量军用物资。周维炯为了钓鱼上钩，又在车站以侯镇华的名义打电话给敌武汉“绥靖”公署，说路遇红军，要求派兵增援。下午，果然又一列车敌兵来援，1 个手枪营全部被我军俘虏。5 日，又袭占柳林车站和再度占领李家集车站，全歼守敌新编第八十二师 1 个营，击溃新编第十二师 2 个团。

4. 双桥镇战斗活捉敌师长岳维峻

红四军在平汉线上的作战行动，使敌人接连遭到打击。信阳之敌大为震惊，频频告急。郑州“绥靖”公署主任刘峙，急令赵观涛的第六师主力开往信阳，并以该部第十八旅和第三十一师九十一旅及张钫的第二十路军六十三旅等部，由信阳、罗山向南推进；武汉“绥靖”公署主任何成浚，亦令李定五的新编第二旅固守广水，第三十一师主力由广水沿铁路线向信阳推进，岳维峻的第三十四师沿平汉路东侧向北推进，企图南北夹击红四军。

3 月 8 日，敌三十四师师长岳维峻率第三团、第四团、第六团和炮营、特务连“进剿”，孤军进至我游击区孝感县双桥镇。

此时红四军已作好战斗准备，决定以第三十团、第三十一团分两路由北向南、由东向西，实施正面突击，第二十九团向双桥镇西迂回，实施包围，第二十八团、第三十三团为预备队。

8 日夜，红军部队向双桥镇地区急进。9 日拂晓，发起攻击。第三十团、第三十一团同时从双桥镇西北和东北突破敌人外围阵地，歼敌两个连，夺占了部分高地，使镇内之敌受到威胁。岳维峻亲自指挥部队，在飞机和炮火掩护下拼命反扑，阵地几度易手，战斗极为激烈。红军党员干部带头冲锋、肉搏，伤亡再大都不后退。红十师师长蔡申熙胳膊负伤，仍坚持指挥战斗。10 时许，第二十九团迂回至双桥镇西南，敌陷入四面包围。但敌仍据守镇边高地顽抗，战斗转成相持。

此时，红十一师副师长兼三十三团团长周维炯正在观察地形，全团随时准备出击。见几个战士押来了一个俘虏，经审问得知这个俘虏是个连长，并从他身上搜出一张地图。周维炯向敌连长交代了政策，敌连长供出了地图上岳维峻指挥部的位置。这时南面枪声大作，军部命令总预备队二十八团和三十三团出击。周维炯立即带领三十三团，冒着敌人密集的炮火，向岳维峻指挥部冲去，打瘫了敌人的指挥系统，使敌指挥失灵，敌阵溃乱。这时，地方党组织也发动了数千名赤卫队员在周围山上打枪放炮，呐喊助威。岳维峻见势不妙，率领部分亲兵突围逃跑，周维炯率三十三团紧追不舍，活捉了岳维峻。

此役俘敌师长岳维峻及以下官兵5000余人，毙敌近1000人，缴枪2000余支、山炮4门、迫击炮10门，这是红四军成立后第一个大胜仗，也是粉碎敌人第一次“围剿”后实施进攻作战所取得的第一次空前大捷，壮大了红军声威，根据地内一片欢腾。

（二）独立团在皖西地区迅速发展，不断壮大

在红四军主力不断取得作战胜利的同时，在皖西活动的红四军独立团也在积极出击、不断取得胜利。

1931年1月中旬，独立团在燕子河地区活动。一天上午，肖方团长得知敌安徽省警备旅将派出1个营驻扎在黑石渡镇作为前哨的消息，当即决定，夜袭敌营。当天下午，肖方率独立团从燕子河出发，直奔黑石渡。天黑后，雨夹雪下个不停，道路泥泞，红军们穿的布鞋经泥水一泡，难以行走。张贤约所在的三连为加快行军速度，不顾严寒，甩掉了泥水浸泡后笨重的鞋子，穿布袜快速行军。部队走了一夜，拂晓时分包围了黑石渡镇，向敌人发起了猛攻。敌人遭到突然袭击，十分惊慌，拼命抵抗，妄图突围。天刚刚亮，战斗更加激烈，有一部分敌人冲出包围，向东逃跑。一连奉命追赶，紧追不放，一直将敌人逼到东淠河边。河对岸有股敌人划着两条船来接应，被红军火力压了回去。河这边的敌人急得直叫喊，有的跳入冰凉的河中涉水向河心走去，水过胸部。红军在岸上高喊：“再向前走只有淹死，还是缴枪投降吧！”敌人毫无办法，只有退回来，缴枪投降。

中午时分，镇里的战斗已经结束。肖方团长看到三连都赤着脚押着俘虏过来时，十分高兴地笑称“三连是赤脚大仙”。

此战，消灭敌人1个营，缴获了一大批武装。张贤约1个人就缴获3支“捷克造”步枪、3条子弹袋和10多颗手榴弹。独立团的装备得到了很大的改善。原来的汉阳造、老套筒，换成了“捷克造”，被换下的武器留给了地方赤卫军。

独立团在诸佛庵地区活动一段时间后，又向徐集、丁集方向出发，消灭丁集的反动武装红枪会。

丁集的红枪会约有千人，人人喝符水，号称刀枪不入，早就扬言要和红军决一死战。肖方对付红枪会很有办法。他将全团集合起来，对大家要求，人员不要分散，不要小股零星出动，火力要集中，统一行动，一声令下，一齐开火。果然，这一招很灵。战斗一开始，敞露胸怀的红枪会徒，手持大刀、长矛和棍棒，大喊大叫，发疯似的蜂拥而上。独立团摆开阵势，沉着冷静，等到敌人一靠近，肖方团长一声令下，几百条枪一齐射击，敌人应声倒下一片，没死的拔腿乱跑。肖方指挥部队追击，敌人被分片包围。这时，肖方又让部队发起政治攻势，争取红枪会中的穷苦弟兄回到革命队伍中来。经过喊话宣传，很快瓦解了红枪会。由当地党组织派人进行整编，组成赤卫队，打起了红旗，成为了革命武装。独立团还帮助当地建立红色政权，打土豪分田地，巩固和扩大了革命根据地。1 月间，独立团共缴枪 500 余支，全团也由改编时的 500 多人迅速扩大到 1100 余人。

（三）中央教导二师在金寨地区顺利组建，不断壮大

1931 年 2 月初，根据党中央的指示，红四军独立团在麻埠扩编为中国工农红军中央教导第二师，肖方任代师长，王效亭任政治委员，方礼政任参谋长，下辖一团、三团两个团，师部设政治处、参谋处、经理处、后方留守处、随营学校、军医院和兵工厂、女子职业厂。全师 1100 余人。

2 月中旬，退守六安城的范熙绩的第四十六师余部，在红军不断胜利和正确执行瓦解敌军的政策影响下，军心日益动摇。一些士兵公开谈论：“红军真正代表穷人利益”，“缴枪给红军受优待”，“给官长拼命不值得!”，等等。而反动军官克扣军饷，更引起士兵的强烈不满。这时，早期打入该师并在一三八旅二七二团担任二营营长的共产党员魏孟贤，利用这一有利时机，与本营六连连长、共产党员柴洪儒一起，制订了起义计划，秘密召集党员开会，进行周密布置。随后联络一营副营长李继武（号鸿烈）等进步军官，决定乘农历年关之际，发动士兵以闹军饷名义举行武装起义。

2 月 15 日（农历腊月二十八），以一、二营为骨干举行起义，很快摧毁了敌人的两个旅部、1 个团部和县政府，毙敌警备第二旅旅长陈孝思及旅参谋长和二七二团团长等反动分子多人，打伤敌一三八旅旅长陈众孚。

第二天，魏孟贤等率领起义官兵冲出六安城，经 3 天转战，进入麻埠苏区，后编入中央教导第二师，魏孟贤任师参谋长，李继武、柴洪儒分别任第一团第一营营长和第三营营长。

这次起义在皖西敌军中产生了很大影响。不久，驻霍邱之敌宋世科部，发生

120余人的兵变。其他零星哗变来归者，时有发生。

中央教导第二师成立后，积极投入保卫皖西苏区和开辟皖西苏区的战斗，在霍邱南部、英山等地区接连取得胜利，部队不断发展壮大。

1. 开辟霍邱南部根据地

中央教导第二师一成立，即开往霍邱南部地区，首先帮助中共霍邱县委发动了白塔畈农民暴动，接着打下了叶家集、大顾店、姚李庙、洪集等地，消灭了地方反动武装，成立了以杜红光为主席的霍邱县临时革命委员会，扩大了根据地范围。

3月上旬，中央独立第二师在霍邱南部活动期间，在追击敌人送军饷的汽车时，被沣河阻隔，得知对岸的河口集驻扎着敌人1个营。代师长肖方决定，趁敌人没有防备之际，突然进攻，打他个措手不及。沣河下游的城西湖，河面并不宽，但水很深，满河都是木帆船。部队迅速组织老乡将木船架成简易浮桥，全师很快通过沣河，攻入河口集。敌人惊慌失措，乱成一团。在肖方指挥下，红军迅速展开，很快将敌人所住的3个大院子包围，敌人见走投无路，纷纷缴械投降，200多人当了俘虏。这一仗缴获了不少武器、弹药，还有马匹、独轮车等物资。随后，中央教导第二师在河口集帮助党组织发动群众，建立农民协会，打土豪，开仓分粮。将收缴的食盐、衣物、布匹等除分给群众外，一部分补充部队，一部分组织群众用独轮车运送到叶集，交给后方机关。

接着，中央教导第二师从河口集向乌龙庙开进。乌龙庙的敌人得知河口集失守，红军袭来，仓皇逃跑。中央教导第二师不战而得乌龙庙。至此，霍邱南部地区全部解放，建立了革命政权，巩固和扩大了革命根据地。

2. 攻打英山和麻埠

3月11日，中央教导第二师奉命南下英山，以凌厉的攻势首先攻占金家铺，接着攻打英山县城。

中央教导第二师在作战时，通过喊话等方式积极开展政治攻势，3月12日，中央教导第二师在攻打英山县城时，面对英勇的红军，潘善斋的新编第五旅三团团长潘友三在英山城外指挥部指挥时，几次命令手下士兵冲锋，但士兵不听命令，因为士兵中有不少被红军俘虏过，受到红军的优待，也亲身感受到红军是穷人的好队伍。当潘友三再次下令时，被他的卫兵击毙。中央教导第二师攻入英山县城后，被俘虏的士兵对红军战士说："我们又缴了一次枪给你们，又给我们精神上一个痛快。"

此战，歼守敌新编第五旅两个团的大部，毙敌团长潘守三以下军官10多名，俘敌800多名，缴获步枪600多支、驳壳枪50多支、手提式机枪10支、迫击炮

1门、子弹2万多发。

中央教导第二师接着挥师北上，于24日将侵入麻埠之敌第四十六师1个团及反动民团等3000多人击溃，俘敌700人，缴获步枪700多支、驳壳枪40多支、手提式机枪8支、重机枪2挺。

4月1日，中央教导第二师返回霍邱南部，消灭河口集、众兴集、张集等处的反动武装。为了打击可能来自西边的敌军，3日攻占了固始县黎集，击溃驻敌戴民权的第二十五师1个团，缴枪240多支，俘敌500多人。4日，又向商城的上石桥、武家桥、方集及固始南部郭陆滩等地发起进攻，歼灭地方民团，迫使戴民权部退守固始县城。

从1931年1月下旬至4月上旬，红四军和中央教导第二师利用打破敌人第一次“围剿”后敌人转入守势的有利时机，适时转入进攻作战，共歼敌1万多人，取得了第一次反“围剿”的彻底胜利。根据地向西恢复到黄安、麻城以南，北面发展到光山、罗山城郊，东部恢复了六安、霍山、英山原有根据地的全部地区，并向北扩大到霍邱、固始南部。根据地人口达到170余万人。红四军由改编时的1.2万人发展到1.5万余人，中央教导第二师也由1100多人扩大到3500余人，装备均有显著改善。

（四）红四军取得第二次反“围剿”胜利

1931年4月中旬，中央教导第二师改编为红四军第十二师后，迅速投入到第二次反“围剿”的战斗。4月23日，第十二师在金家寨附近与从商城向皖西进军的红四军主力会师。

红四军决定首先攻打驻六安县独山镇之敌，以第十一师三十一团、三十三团和第十师二十九团进攻独山之敌，由第十一师师长许继慎统一指挥。以第十二师进占东西鲜花岭，阻止麻埠之敌向东增援。

4月24日下午，红四军的三十一团、三十三团和二十九团在独山镇西北的河滩上召开战斗动员大会。25日，在当地革命武装配合下攻打独山。战斗打响后，第二十九团异常勇猛，战士们奋勇向前，拼命杀敌，所向披靡。3个团密切配合，经4小时激战，歼敌2000余人，缴枪1200余支。

独山之敌被歼后，红四军又给东线敌军“堵击”部队以迎头痛击。麻埠、诸佛庵守敌惧怕被歼，于当天下午仓皇逃回霍山县城。至此，皖西被敌侵占的村镇均又收复。

红四军在取得皖西作战胜利之后，留第十二师镇守皖西根据地，军部率第十师、第十一师迅速西返，先后在新集以北的浒湾、黄安的桃花镇、十里铺，歼灭了大量敌军，迫使敌人陷入被动地位。

与此同时，红十二师又到霍邱，清除洪集等地之敌。在乌龙庙继续扫除敌人，采取挖沟放水的办法攻进了恶霸地主王振元的水旱圩子，缴获了一批枪支弹药和物资。副师长肖方带领三十四团攻打叶集边上反动地主武装的顽固据点李后楼圩子，该圩子防守十分坚固。在群众的大力支援下，红军组织民工挖渠开沟，放干了圩塘的水，攻进圩内，消灭地主武装，缴获钢枪 300 多支，还有大量的银圆和粮食等物资。

5 月初，六安由毛正初率领的革命武装举行了河西起义，攻占了新安集、火星庙、丁家集、郭店子、马头集、王家集等地，歼灭了这一地区的反动武装。

在 1 个多月的反“围剿”作战中，红四军主力东西两线往返机动，北南两线避实击虚，对“追剿”“堵击”的敌军实行各个击破，先后歼敌 5000 余人。敌人的“追剿”部队到处扑空，各线“堵击”部队处处挨打，蒋介石梦想在 5 月底以前“完全肃清”鄂豫皖边区红军的第二次“围剿”又告失败。

（五）红四军南下作战不断取得胜利

1931 年 5 月下旬，鄂豫皖根据地取得第二次反“围剿”胜利后，蒋介石又集中大量兵力对中央根据地发动大规模的第三次“围剿”，而对鄂豫皖根据地则暂取守势，这是红四军向外发展的良好时机。

红四军领导人曾中生等人根据敌我情况分析，向中共鄂豫皖中央分局建议，以主力南下英山，直取蕲水，巩固阵地向前发展，配合中央根据地的反“围剿”斗争。

7 月中旬，徐向前与曾中生率领红四军南下的 5 个团，冒着酷暑，克服一切困难，由商城亲区向东南进发。

8 月 1 日，红十一师师长周维炯率三十一团、三十三团，在红十二师 1 个多团的配合下，攻打英山县城。周维炯手挥大刀，带领战士勇猛冲杀，杀得敌人尸横满街。歼灭国民党守敌第五十七师 1 个团和反动民团 1 部，俘虏敌团长以下官兵 1800 余人，并将国民党英山县县长、县党部主任和豪绅地主一网打尽；缴获长短枪 1000 余支、机关枪 18 挺、迫击炮 4 门及大批弹药等军用物资，南下首战告捷。

8 月 5 日，红四军主力到达蕲春县境内，得知沿江水涨，武穴附近尽成泽国，决定改变部署。8 日，红军进占蕲水，接着攻克罗田。随即一面就地发动群众，一面严阵以待，伺机歼敌。

由于红军南下的不断胜利，打得敌武汉行营主任何成浚坐卧不安，急忙调动驻武穴的新编第八旅阻击红军继续南下。蒋介石亦命令国民党第十军军长徐源泉率四十一师、四十八师的各 1 个旅，由鄂西经武汉赶来堵击。

8 月 18 日，周维炯率三十三团配合第十师 1 个团，冒着酷暑，急行军 100 多里，奔袭进驻蕲春漕河镇的敌新编第八旅。红军于19日拂晓发起攻击。经过1个多小时战斗，全歼该敌。接着又乘胜攻占广济城，直接威胁黄梅、武穴、蕲春，与江南湘鄂赣红军遥相呼应，有力地支持了中央苏区红军的反“围剿”斗争。

8月20日，国民党第十军在进占蕲水（今浠水）后继续东进，妄图切断红军后路，把红军消灭在黄梅、广济（今武穴）地区。8月30日，第十军4个团进入洗马畈地区。9月1日，红四军趁敌立足未稳之机，突然发起猛攻，歼灭敌人3个团的大部。

红四军主力南下作战1个月，仅以5个多团的兵力，取得了连克英山、蕲水、罗田、广济4城，歼敌7个多团的重大胜利，俘敌5000余人，缴获长短枪4000余支、迫击炮28门、机枪26挺、电台1部和大批子弹、药品。既消灭了敌军主力一部，又牵制了敌人原拟派往江西的部分兵力，有效地配合了中央根据地的反“围剿”斗争。同时，缴获和筹集银圆7万块，黄金20余斤，白银1600余斤及南下部队的全部军衣，从而缓解了红军和根据地的经济困难，大大减轻了苏区人民的负担。

三、鄂豫皖红四军的历史贡献

（一）大胆探索、积极创新，创造了很多成功的经典战例

1931年1月中旬，红一军和红十五军合编为红四军之后，更是所向披靡。红四军主动发起进攻的磨角楼之战是鄂豫皖红军第一次有计划地运用“围点打援”战术取得的较大胜利；“新集挖地道攻城”是红军首次采取的“坑道作业方式”；李家寨车站“三战三捷”，双桥镇战斗活捉敌师长，毙敌近1000人、俘敌5000余人，此战既是红四军成立以后的第一个大胜仗，也是粉碎敌人第一次“围剿”计划后实施进攻作战所取得的第一次空前大捷。曾中生、蔡申熙等指挥员都是勤于观察、善于思考的表率，他们善于在新形势、新环境中寻找突破点与结合点，特别是红四军第十师师长蔡申熙，他可以说是一位能文能武、敢做敢当的英雄人物，研究出来的一些新方法、新策略，全部由他负责组织试验、实施。

（二）强化自身、提高素质，切实加强了队伍建设

在部队建设方面，一是部队人数迅速增加。到第二次反“围剿”胜利时，红四军已有第十师、第十一师、第十二师、第十三师，各师均辖3个团，从第二十八团编至第三十九团，近20000人。二是部队装备显著改善。红四军每个师有步枪3000余支、短枪600余支、迫击炮4门，每团有重机枪6挺。此外，党中

央派来的飞机师又将1930年缴获的飞机修好，并命名为“列宁号”，支援红军作战。三是政治工作得到加强。团以上各级建立健全了党务委员会和共青团团务委员会组织。每个师约有党员1000人左右。当时的第十一师、第十二师共有党员2437人。连队建有支部，并编有支部教材用于教育党员。加强了政治思想教育工作，建立了经常的上课和早、晚点名讲话制度，编发有《红军须知》等政治教材。加强了干部的培养教育。除办有学校、教导队外，各级都配有副职，特别注意选拔干部和从实际工作中培养提高干部工作能力。加强了群众工作，除协助地方进行分配土地、建立新区政权等工作外，还举行军民联欢、进行群众纪律检查、帮助群众生产劳动，借物送还、损物赔偿等逐渐形成制度。同时，选派干部打入敌军内部开展分化瓦解工作，切实加强俘虏工作。俘虏不仅可以受到优待，还通过开设训练班对他们进行教育后给他们发路费、召集群众欢送他们。四是军事和后勤建设得到加强。司令部里逐渐健全了作战、侦察、通讯等部门。各级都建立了供给组织。原来的军需处一律改为经理处，分设总务、财政、军需、辎重等科（团设股），并辖有辎重队、监护连（团设排），在军经理处的领导下还设有军械所、被服所等。在卫生工作方面，后方有总医院，师、团有前方医院，营有医务所。通过白区地方党组织帮助和自己培养，建立了一支红色医疗工作者队伍。

在红军战斗素质培养方面，红四军总结出了反“围剿”斗争的一些经验，作战的方式和战斗的规模都有了显著变化，战术水平有了很大提高。主要是：集中兵力、歼灭弱敌；调动敌人于运动中歼灭之；机动灵活，“赚钱就干，赔本不来”，并力争打歼灭战；培养和锻炼部队英勇果敢、猛打猛冲的战斗作风，实施迂回包围、分割穿插的战术。红军作战能力的增强和战斗素质的提高是红军发展成熟和富有战斗力的标志。此时的红四军已经成为一支能够进行较大规模运动战的革命武装力量。

（三）服从领导、维护大局，作出了巨大的牺牲与奉献

在红四军南下作战期间，张国焘独断专行，红四军领导人顾全大局，在军事行动方针上虽不同意张国焘等人的冒险计划，但在组织上仍然是服从命令。1931年8月27日，中央分局、军委会致信曾中生、徐向前，严厉指责红四军领导改变东进计划是“违抗分局命令”，批评红四军放弃援助中央根据地的任务、“重复立三路线”等，严令立即回师。

9月1日，红四军接到中央分局、军委会的来信后，不得不撤叶家湾之围，放弃继续歼敌的机会而遵令北返。9月13日，红四军北返到麻埠。陈昌浩到军部宣布中央分局的决定，撤销了曾中生红四军政委的职务，由他接任政委。随后，张国焘等人就在红军中开始了大规模的“肃反”运动，以“改组派”“AB

团”“第三党”等莫须有的罪名，错杀了许继慎、周维炯、徐百川、肖方、廖业麒、廖炳国等一大批优秀的红军将领，给红军队伍造成极大的损失，留下了极为惨痛的教训。

此外，红四军积极参加反“围剿”斗争、倾力保护人民群众的生命财产安全，在夺取中国革命胜利和根据地的建设与发展等诸多方面都作出了重大的历史贡献。

（作者：胡遵远，原载《祖国》2021年第4期。）

红四方面军发展历程中的七大里程碑

红四方面军是红军的三大主力之一，与红二十五军一样，主要发源于安徽省金寨县。1935 年 3 月，红四方面军强渡嘉陵江、攻克剑门关，揭开了万里长征的序幕。

八万雄师劲旅浩浩荡荡西移，破坚阵、摧强敌，挺进川西北，最终在雪山脚下与中央红军胜利会师。但是，由于张国焘的阴谋夺权导致红军一度分裂，红四方面军由此走上了一条漫漫的长征路。在人迹罕至的雪山草地辗转长达 1 年之久，数万将士的鲜血洒满西北疆域……英雄的红四方面军最终用生命和鲜血战胜了恶劣的环境、反动的武装、错误的路线，夺取了红军长征的伟大胜利。因此，红四方面军的长征，更加艰难曲折、更加悲壮震撼、更加可歌可泣，并且鲜为人知、充满传奇。

本文着重记叙红四方面军发展历程中具有里程碑意义的 7 件大事。

一、红四方面军的成立

中国工农红军第四方面军，是在 1931 年 10 月底由鄂豫皖革命根据地的第四军、第二十五军共同组建的。11 月 7 日，在湖北省黄安县（现为红安县）七里坪镇建立，徐向前任总指挥、陈昌浩任政治委员、刘士奇任政治部主任，实际领导权由张国焘控制。红四方面军下辖第四军、第二十五军。第四军军长为徐向前（兼），政委为陈昌浩（兼）；第二十五军军长为旷继勋，政委为王平章。原第四军军部改为方面军总部，两军所辖各师归总部直接指挥，总兵力 3 万余人，共 7 个师、1 个旅、2 个团，其中有 5 个师和 1 个旅组建于金寨县，是党领导的仅次于中央红军的军事力量。

红四方面军成立初期，在 1931 年 12 月下旬攻克鄂东重镇黄安获重大胜利后，《红色中华》报道中即称红四方面军为“红军第四军团”。史载此时在鄂豫皖苏区活动和取得上述战绩的红军非四方面军莫属，故红四军团即是红四方面军。

二、鄂豫皖反“围剿”

1932年7月开始，国民党军队以30万人兵力，对鄂豫皖革命根据地发起“围剿”，这是第四次反“围剿”战争的一部分。10月12日，红四方面军主力离开鄂豫皖革命根据地，军部和主力红十师、红十一师、红十二师和红七十三师转战陕西南部，取消各军番号，12月转移到四川、陕西边界地区，建立川陕革命根据地。留下的红七十五师及各独立部队组建成新的红二十五军，由沈泽民负责领导，坚持游击战。

三、粉碎敌军三路、六路围攻

1933年7月，红四方面军击败川军的三路围攻，力量迅速壮大，遂将所辖4个师升格为军，依次改编为红四军、红九军、红三十军和红三十一军，又将川东游击队改编为红三十三军，共辖5个军，总兵力达8万人。

1933年10月至1934年8月，红四方面军再一次击败以刘湘为首的川军的六路围攻，歼灭大量川军部队，并缴获众多武器物资，大大充实了红四方面军的实力，使川陕革命根据地的力量达到顶峰。

四、发起嘉陵江战役

红四方面军的长征，从1935年3月强渡嘉陵江西进开始，到1936年10月与红一方面军会宁会师结束，历时1年零7个月，途经4个省，行程1万余里。

1935年3月，红四方面军为向四川、甘肃边界发展，并配合中央红军在川、黔、滇边境地区的作战行动，决定发起嘉陵江战役。国民党川军邓锡侯的第二十八军和田颂尧的第二十九军共52个团的兵力，布防于广元至南部长约300公里的嘉陵江西岸，企图凭借嘉陵江及其西侧后剑门关险要地形，扼住红军西进发展的通路。红四方面军总指挥徐向前、政治委员陈昌浩决定集中方面军主力，分成两个梯队，选择守军防御薄弱部位实施多路而有重点的突破，而后向两翼及纵深发展，进占嘉陵江、涪江间广大地区，求得在运动中大量歼敌。

1935年3月上、中旬，红四方面军各部进行了充分准备后，一举攻克仪陇、苍溪，扫清了渡江障碍。28日晚，战役开始。红三十军一部在苍溪城南塔子山附近秘密渡江，迫近对岸时被守军发现，突击部队在炮火支援下登岸，全歼守敌1个营，攻占滩头阵地。29日拂晓，红三十军主力相继渡江投入战斗，攻占西岸飞虎山、高城山、万年山等制高点，并击退援敌1个旅。与此同时，红三十一军在苍溪城北鸳溪口强渡成功，一举攻占对岸险要阵地火烧寺，击溃守敌1个旅，直插剑门关。红九军一部在阆中城北涧溪口顺利渡江，于31日攻占阆中。第一梯队占领西岸要点后，迅速向守敌纵深及两翼发展进攻。第二梯队红四军从苍溪渡江投入战斗。红九军一部击溃守敌2个旅的阻击后向南疾进，并在红四军一部配合下，于4月2日攻占南部县城。红三十军及红九军另一部于3月31日攻占剑阁后，红三十军一部和红三十一军随即进攻战略要冲剑门关。4月2日抵达剑门关，经激战，全歼守敌3个团。接着星夜兼程，于3日攻占剑门关西北的昭化县城。

国民党军遭此打击后，其第二十九军退守射洪、盐亭、三台，第二十八军主力退缩至广元及其以北地区，另以一部布防梓潼、江油、中坝等地。据此，红四方面军首长决定集中主力歼灭梓潼、江油地区之敌，并伺机向川甘边界发展攻势。10日，红四方面军主力攻占梓潼，包围江油县城，前锋直逼战略要地中坝。邓锡侯急忙亲率10个团增援江油。红四方面军主力于14日至15日，在江油以南击溃援敌，并于18日至19日连克中坝、彰明。同时，红三十军一部溯白龙江而上，于10日攻占青川，而后北上摩天岭，歼胡宗南部1个营，14日攻占平武。红四军一部于21日攻占北川。至此，战役结束。

嘉陵江战役，红军共歼国民党军约1万人，攻克县城9座，控制了东起嘉陵江、西至北川、南起梓潼、北抵川甘边界纵横100余公里的广大新区，为红四方面军向川甘发展创造了有利条件，并从战略上配合了中央红军的行动。

五、红军主力会师

1935年6月，红四方面军在四川懋功与红一方面军会师。8月，两军混编共同北上，红四方面军主力和红军总司令部为左路军。但是，张国焘率左路军穿过松潘草地到达阿坝后，拒绝执行中央北上方针，擅自率领左路军重过草地，向南退却到天全、芦山、大小金川等地。南下途中，部队损失严重，付出了惨重代价。在党中央和共产国际的一再电令下，1936年3月，南下部队陆续撤离天（全）芦（山）地区，向西康东北部转移。4月上旬，攻占道孚、炉霍、甘孜等地后，部队进行了整编。整编后红四方面军的序列是：总指挥徐向前，政治委员陈昌浩，参谋长李特，政治部主任李卓然。辖5个军1个骑兵师：第四军辖第十师、第十一师、第十二师和独立师，各师直辖营，不设团部；第九军辖第二十五师、第二十六师、第二十七师和模范师，师直辖营，不设团部；第三十军、第三十一军仍各辖2个师；第三十三军番号撤销并入第五军，军长董振堂，政治委员黄超，副军长罗南辉，参谋长李屏仁，政治部主任杨克明，下辖第三十师、第十五师和2个直属团；第三十二军辖第九十四师、第九十六师；红军骑兵师，师长许世友，下辖3个团，约3000骑兵。还有红军大学：校长刘伯承，政治委员何畏；中共大金省委：省委书记何柱成（后为邵式平）；大金省苏维埃政府：主席邵式平；“抗日救国军”总指挥部：总指挥王维舟；金川军区：司令员倪志亮，政治委员邵式平。

1936年6月，红四方面军与长征到达甘孜地区的红二、六军团会师。7月2日，根据党中央的指示，红二、六军团正式编成中国工农红军第二方面军。红军总部决定将第三十二军编入红二方面军建制。这时，张国焘在党中央的耐心争取和红二、四方面军广大指战员的强烈要求下，同意北上同中央红军会合。7月初，红二、四方面军编成左、中、右3路纵队北进。左路纵队，由第四军第十师、第十一师、第三十军第八十八师和红二方面军组成，由朱德、贺龙率领，7月3日从甘孜地区出发。中路纵队，由第四军第十二师、第四军独立师、第九军、第三十一军第九十三师和四方面军总部组成，由徐向前率领，7月2日从炉霍地区出动。右路纵队，由第五军和第三十一军第九十一师组成，由董振堂率领，7月10日，从绥靖（大金）、崇化地区出动，负责后卫。

10月，红四方面军同红一方面军在会宁地区胜利会师。11月中旬，在前敌总指挥部总指挥彭德怀、总政委任弼时、总参谋长刘伯承的统一指挥下，红四方面军第四军和第三十一军协同红一、二方面军，取得了山城堡战斗的胜利。12月2日，朱德、张国焘率红军总部到达保安同党中央及中革军委会合，顺利完成长征。

六、红四方面军的西征

红四方面军总部率第五军、第九军、第三十军，共21800余人，于1936年10月下旬，根据党中央和中革军委的指示西渡黄河。11月10日，中革军委电令授予渡河部队“西路军”称号，指示组成西路军军政委员会，并指定陈昌浩为军政委员会主席、徐向前为副主席，统一指挥西路军的作战行动。由于敌人的强大和处境的恶劣，西路军虽经半年的征战厮杀，付出了重大牺牲，到1937年4月，终遭失败。余下的一部800多人由李先念等率领转战祁连山，在中央代表陈云的接应下，至新疆后返延安；另一部900余人在王树声、李聚奎等率领下分散游击绕回陕北。徐向前与秦基伟在警卫全部战死的情况下，乔装商人艰难返回陕北。陈昌浩突围后，在当地一湖北老乡家隐藏近半年，寻找党组织未果，返回湖北老家，3年后返回陕北。

七、奔赴抗日前线

1937 年 8 月，红四方面军余部和红二十九军等整编为八路军第一二九师，结束了艰苦的历程，广大指战员紧密地团结在党中央和中革军委的周围，在党中央的直接领导下，投入抗日战争。

（作者：胡遵远、李雨迪，原载《党史纵览》2016 年第 11 期。）

忠诚奉献跟党走，生命热血铸风流

——探析红二十五军和红四方面军的鲜明特点

伟大的红二十五军和红四方面军在全国红军队伍中有着特殊地位，他们英勇顽强、不怕牺牲、勇于奉献、对党忠诚的精神值得我们深入学习，弘扬传承。

一、红二十五军和红四方面军为长征胜利和中国革命胜利作出了巨大贡献

（一）勇于探索、敢创新路，为长征胜利、中国革命胜利进行了积极的探索和大胆的实践

1932 年 7 月开始，国民党军队以 30 万的兵力，对鄂豫皖革命根据地发起“围剿”。面对严峻形势，红四方面军为了求生存、求发展，主动实行战略转移，开始进行西征，转战川陕，成功地开创了川陕革命根据地，并且使之得到较快发展，为长征胜利和中国革命胜利保存了力量。

1935 年 5 月，红二十五军在长征途中粉碎了国民党军队的两次“围剿”，创建了鄂豫陕革命根据地，是四支长征队伍中唯一创下这项骄人战绩的队伍。到达陕北后，与刘志丹的红军队伍组建成红十五军团，进一步巩固和壮大了陕甘革命根据地，为党中央和中央红军在陕北驻扎立足、创业发展打下了坚实基础。

（二）积极支持、全力配合中央红军战胜多重困扰，完成长征任务

1935 年 3 月，红四方面军为配合中央红军在川、黔、滇边界地区的作战行动，及时发起嘉陵江战役。1935 年 7 月，在得知中央红军和红四方西军北上的动向后，与其失去联系的红二十五军立即开始行动，袭击胡宗南的后方基地，打乱其阻截红一、红四方面军的计划。8 月 14 日又逼近静宁县城，切断陕甘两省的交通大动脉，迫使敌人一批批地抽回原来用于堵截中央红军的兵力。此外，红二

十五军在长征途中，积极做好群众工作、严格执行民族政策，融洽了军民关系、减轻了前进阻力，为长征胜利和中国革命胜利作出了独特的贡献。同年 8 月，中央红军经过宁夏回族居住区时，受到了当地群众热烈欢迎。当毛泽东知道这是因为红二十五军之前经过这里赢得了群众信任时，连夸红二十五军政策水平很高、民族政策执行得很好。特别是中央红军到达陕北后，面对中央红军极度困难、财力非常拮据的现实，徐海东下令将红二十五军积蓄的 7000 块银圆中拿出 5000 块来支持中央红军，并送去许多重要物资和大量驳壳枪等，为中央红军度过艰难期作出一定贡献。因此，毛泽东曾多次夸奖，“徐海东是对中国革命有大功的人”。

二、红二十五军和红四方面军为长征胜利和中国革命胜利立下汗马功劳，功勋卓著

（一）红二十五军在长征途中创下的“第一”和“唯一”

一是第一支到达陕北的长征队伍，是长征先锋，为迎接党中央及三大主力红军到达陕北做了很多准备工作，为党中央和中央红军在陕北“立足创业谋发展”打下了坚实基础。二是四支长征队伍中唯一一支增员的队伍。红军三大主力长征时总人数约为 20 万人，到达陕北后，只剩下 5 万人，减少了 3/4。而红二十五军长征出发时，共 2980 人，到达陕北时是 3400 余人，多了 420 多人。另外，还有 2000 人留在陕南，人员“不减反增”，这在四支长征队伍中是唯一的。三是四支长征队伍中唯一一支创建了根据地的队伍。在当时全国革命根据地大部分受损的情况下，红二十五军却在鄂豫陕边区播下了红军种子，创建了涉及豫陕、鄂陕边区 10 余县的鄂豫陕革命根据地。四是四支长征队伍中唯一一支发展了地方游击师和红七十四师的队伍，为中国工农红军增添了新鲜血液和有生力量。

（二）红四方面军作出了六大杰出贡献

一是强渡嘉陵江，有力地配合了红一方面军（中央红军）的军事行动。二是打赢了包座战役，全歼了胡宗南 1 个主力师，粉碎了敌人企图困死红军于雪山草地的设想，打开了红军向甘南进军的门户，为实现党中央北上作出了积极贡献。三是发起了绥崇丹懋战役，打响了天芦名雅邛大战役和百丈关战役，顶住了蒋介石部队和川军 40 多万人的猛烈进攻，消灭了敌人部分有生力量，减轻了中央红军的压力。四是保证了中央红军长征从不中埋伏。长征结束后，毛泽东在延安时曾对宋侃夫讲：“你们红四方面军电台的同志辛苦了，有功劳呀！在我们困

难的时候，在四渡赤水前后，是你们提供了情报，使我们比较顺利地克服了困难。”这些史实都充分印证了红四方面对中央红军所作的重大贡献。五是有力地接应了红二方面军，实现了甘孜会师。六是与红二方面军共同北上，实现了三大主力会师，胜利地结束长征。

三、红二十五军和红四方面军各具特色，亮点纷呈

（一）红二十五军特色鲜明、亮点繁多

1. 红二十五军是一支“童子军”“儿童军”“娃娃军”

长征开始时，包括几位军领导在内，红二十五军的官兵都很年轻，军长程子华 29 岁、军政委吴焕先 27 岁，年龄稍大一点的是副军长徐海东，当时也才 33 岁。营团干部多是 20 岁刚出头，连排干部大多数不到 20 岁。军部机关的工作人员和警卫人员只有十七八岁。尤其令人感动的是，在红二十五军的队伍中还有一批十二三岁的少年儿童。

2. 红二十五军的长征是孤军行动，独立作战

红二十五军长期与中央失去联系，虽然身陷困境，但他们依然坚定革命必胜的理想信念，怀揣革命信心，坚持组织领导，对党忠诚、勇敢作战，靠自己幼嫩的肩膀撑起了革命的大旗。

3. 红二十五军英勇善战、屡创佳绩

红二十五军之所以能取得一个个骄人战绩，其中，最重要的原因是军队最高领导能够带头冲杀在一线战场。独树镇战斗中，政委吴焕先在危急关头，抽出一把大刀，第一个冲上去，并且高呼：“共产党员，跟我上!”在他的带领下，广大官兵奋不顾身地冲上去与敌人展开白刃格斗，最后杀出一条血路。副军长徐海东在一次战斗中，一颗子弹从左眼底射入、从后颈穿出，被抬下阵地后第 5 天才醒过来。而这位英雄将领，此后就一直躺在担架上指挥全军顺利到达陕北。军长程子华直到逝世前，仍担任着中国残疾人福利基金会理事，他那双“爪子似的伤残的手”就是长征给他留下的“永久记忆”。最高领导带头冲锋、身先士卒，广大官兵舍生忘死、勇往直前，在长征途中，红二十五军就是靠着这股冲劲，一次又一次地从敌人的虎口中脱险，在十分艰难、十分危险的环境中创造了一个又一个奇迹、创造了一个又一个辉煌。

4. 红二十五军人才辈出

全军共走出 97 位开国将军，培育了 10 位大将之一、36 位军事家之一的徐海

东；红军著名将领吴焕先、程子华，上将刘震、韩先楚，中将李耀、陈先瑞、林维先，少将刘华清、宋维栻、詹大南等，功勋卓著、威名远扬，其中陈先瑞被毛泽东称为“陕南王”、林维先被毛泽东称为“游击大师”。

5. 红二十五军的传奇较多、流传广泛

有关红二十五军作战的传奇故事较多。比如，危险之战——独树镇战斗，生死之战——庾家河战斗以及石塔寺伏击战、袁家沟口“布口袋”战役、四坡村战役等。再比如，显现神威的游击战斗——全歼陕西“皇家军”、重拳痛击“马家军”以及劳山、榆林桥大捷等，流传广泛、影响全局，此外，还有红二十五军的“将军班”、长征途中的“七仙女”故事等，更是颇具传奇色彩。

6. 红二十五军牺牲惨重、损失巨大

为了赢得革命胜利，红二十五军作出了重大牺牲，很多军人在对敌作战、掩护中央红军过程中牺牲，特别是中共鄂豫皖省委书记徐宝珊同志的积劳病逝、红二十五军政治委员吴焕先的英勇牺牲等。

（二）红四方面军具有坚定的革命信念、顽强的革命意志以及牺牲奉献、永跟党走的伟大精神

红四方面军是红军的三大主力之一，从 1935 年 3 月，强渡嘉陵江、攻克剑门关开始，8 万雄师劲旅，浩浩荡荡西移，破坚阵、摧强敌，挺进川西北，最终在雪山脚下与中央红军胜利会师。在人迹罕至的雪山草地，辗转长达一年之久，数万将士数过雪山、三过草地，鲜血洒满了西北疆域……英雄的红四方面军最终还是用生命和鲜血战胜了恶劣环境、反动武装、错误路线，夺取了红军长征的伟大胜利。因此，红四方面军的长征，更加艰难曲折、更加悲壮震撼、更加可歌可泣。特别是后来的西路军奉命渡河西征之后，与马家骑兵展开的浴血奋战，谱写了一曲曲惊天地，泣鬼神的英雄凯歌。

1. 红四方面军的信念坚定、意志坚强

1932 年 7 月，在著名的安徽霍邱保卫战中，敌人在飞机、大炮的配合下，炸开了城墙垛口，用机枪封住西门，并从三面包抄围攻。守城部队与敌人展开巷战、逐屋争夺、浴血拼杀，子弹打光了拼刺刀，刺刀拼弯了用枪托砸、用牙咬，最后，守城部队和地方党政人员，在敌人机枪的猛烈扫射下，前面的同志手挽手地组成人墙，用身体挡住敌人的子弹，掩护后面的同志撤退。红二十五军军长旷继勋在弹尽粮绝的情况下，手持大刀，与指战员们一起奋勇拼杀，身边的 4 名警卫员全部壮烈牺牲，旷军长也数处负伤，最终才从西门突围脱险。1932 年 10 月，面对敌人的疯狂“围剿”，红四方面军主力 4 个师由鄂豫皖苏区突围，经鄂豫西

入陕南，两越秦岭、涉汉水、翻大巴山，行程3000多里，歼敌8万人，粉碎了敌人的围追堵截，于12月下旬，转移到川陕边界，保存了革命力量，并随之开创新的革命根据地。

1933年1月至1934年8月，红四方面军在创建和保卫川陕革命根据地的过程中，接连不断地采取了一系列军事斗争。先是发起了粉碎田颂尧部队三路围攻的战役，接着主动发起仪南、营渠、宣达三大战役，最后进行了粉碎刘湘六路围攻的战役。而这些战役，却是红四方面军发展史上规模最大、时间最长、最为艰苦的战役。四川军阀头子刘湘在蒋介石的支持下，纠集140个团的兵力，妄想在3个月内消灭红四方面军。对此，红四方面军集中兵力，克服人力、物力、兵力严重缺乏的突出困难，历尽千难万险，浴血奋战10个月，最终取得战役的胜利。1935年6—7月，蒋介石调集川军各路部队共20万兵力，迅速压迫红军于岷江以西，企图困死红军。对此，前敌总指挥徐向前和政委陈昌浩积极建议由红四方面军的第三十军、第四军承担包座战斗的主攻任务。在歼敌过程中，战士们冲入敌阵，用手榴弹、刺刀等同敌人进行厮杀，前赴后继。特别是在最后段的歼敌过程中，几乎每一步都洒下了红军战士的鲜血。他们吃的是野菜、树皮，奉献的是鲜血和生命，最后以千人左右的伤亡代价，取得了包座战斗的胜利，粉碎了蒋介石企图困死红军于雪山草地的恶毒计划，打开了红军北上甘南的大门。

2. 红四方面军牺牲巨大、损失惨重、命运多厄、可歌可泣

1935年6月，红四方面军与红一方面军会师后，两军混编、共同北上。不久，张国焘却拒绝执行中央的北上方针，擅自率部队重过草地南下。在此过程中，队伍损失严重，付出沉重代价，红军由南下时的8万之众锐减到3.8万人。1936年10月，长征胜利后，红四方面军的第五军、第九军、第三十军共21800余人，根据党中央和中央军委的指示，西渡黄河。由于敌人过于强大、自然环境十分恶劣，经过征战厮杀，到1937年4月，西路军终遭失败，战死者7000余人，被俘者12000余人。被俘后惨遭杀害者6000余人，回到家乡者3000余人，经过营救回到延安者4500余人，流落西北各地者1000多人，仅有400余人的西路军指战员溃至新疆。西路军所属各部队，是经过中国共产党长期教育并在艰苦斗争中锻炼成长起来的英雄部队。在同国民党军队进行的殊死搏斗中，西路军的广大官兵视死如归，创造了可歌可泣的不朽功绩，他们所表现出的坚定的革命理想信念、不畏艰险的英雄主义气概，为党和人民献身的英勇主义精神，永远值得我们尊敬和怀念。

3. 红四方面军铁心跟党走、永远不回头

红四方面军的大部分同志都经历了翻雪山、三过草地，其中部分同志还四过草地。尽管遇到十分恶劣的环境，困难重重，但是没有人打“退堂鼓”、吃“后

悔药"，一心一意跟党走。鄂豫皖革命根据地的创始人之一、红二十五军政委吴焕先，其父亲、哥哥、嫂子、侄女等同时被敌人杀害。然而，吴焕先并没有被敌人的嚣张气焰所吓倒，而是强忍着失去亲人的巨大悲痛，继续战斗。在第四次反"围剿"失败后，红四方面军向川陕转移时，红军将部分后勤人员进行遣散。时为红军服装厂工人的金寨籍女战士林月琴（后为罗荣桓元帅夫人），带领10多个女孩子，从金寨一直跟到川北。面对张国焘的错误路线、南下行为，广大官兵一致反对，一致要求跟随党中央。林月琴对张国焘的飞扬跋扈和另立"中央"感到十分愤怒，在康克清的帮助下，她勇敢地与张国焘作斗争。1936年秋，在洮州召开的"西进"动员会上，素有"小钢炮"之称的妇女独立师妇女部部长刘坚出面反对张国焘的"西进计划"。她说："从军心看，广大指战员一致要求共同北上抗日，同意'西进计划'的只是少数人，如果一意孤行，必然会导致部队人员的思想混乱，影响军心。从物质条件讲，现在御寒品和粮食都少得可怜，即使不被敌人消灭，自己也会冻死、饿死，我们应该北上才对。"在广大指战员的一致反对下，张国焘不得不放弃他的"西进计划"。

西征途中，尽管牺牲巨大、前途未知，但广大指战员仍然坚定革命信念。在古浪战役中，一次性伤亡2000余人，参谋长陈伯稚和1个师长、1个师政委以及大部分排以上干部牺牲。此后，中央令西路军停止西进，就地创建根据地。面对进不进、退不退的全局，尤其是语言不通、文化不通的危险境地，红四方面军毅然就地展开大规模惨烈战斗。最后在没有救兵、没有供给、弹尽粮绝的情况下，基本全军覆没。只剩下少量的溃败的指战员组成"新兵营"，为新疆送去革命火种。后遭新疆军阀的大肆逮捕、关押和残害，直到1946年才得以解救。即使如此，红四方面军的广大官兵依然积极发奋努力，用生命和鲜血践行忠诚，无私奉献。包座战斗中，著名的"夜摸将军"、屡建战功的红四军第十师师长王友钧端起机枪，架在警卫员的肩膀上，向敌人展开猛烈射击，最后不幸中弹身亡，年仅24岁。在西路军惨烈的征战中，大批金寨籍红军将士血洒疆场，被打伤或被打散。但是，他们都怀着对党的无限忠诚，从甘肃沿途乞讨回到陕北。开国中将林维先，21岁时（1933年）就任红八十二师师长，被打成改组派后，在公审大会上，全师战士为他求情，最后被开除党籍，下放到苦工队当苦工。面对冤屈和困境，林维先始终对党坚信不疑，带着苦工队用扁担同敌人作战，最后重新得到组织的信任，又从战士开始起步，直到营长、团长、新四军第四支队参谋长，1955年被授予中将军衔。金寨籍将军洪学智，我军唯一一位两授上将军衔的将军，他的一生"四起三落"，曾因"彭德怀事件"受牵连，46岁的他从总后勤部部长降为吉林省农机厅厅长，后又下放到农场，长达17年之久。在此期间，洪学智仍然坚信党、忠于党，积极努力、乐观向上，最终得以平反昭雪，重任总后勤部部长，并成长为党和国家的领导人之一。

（三）红二十五军和红四方面军的伟大精神和红色基因必须认真研究、积极传承

红二十五军和红四方面军创造了辉煌历史，作出了巨大牺牲和卓越贡献，为红军长征胜利和建立新中国立下汗马功劳。其中，有很多经验值得总结，很多精神应该弘扬传承。我们要着力做好以下 8 项工作：一要研究好红色历史。集中精力、集中时间，深入研究土地革命、抗日战争、解放战争时期金寨的组织建设、政权建设、经济建设、文化建设等历史；深入研究红四方面军、红二十五军、红二十八军、新四军第四支队等队伍的发展史、战斗史；深入研究金寨籍革命历史人物。通过采取自主研究、合作开发、对外发包等多种方式，主攻重点、带动一般，多出成果、快见效果。二要编纂好红色书籍。应尽快启动、尽快完成《金寨与红二十八军》《将星闪耀》《金寨大校传》《金寨红军的发展与演变》《金寨抗日战争历史》等红色书籍的编纂工作，确保传承红色文化的实际需要。三要讲述好红色故事。通过编书、编剧本、拍电影、拍电视剧等多种方式，把金寨的红色历史、红色故事传播好。用“讲故事”的方式宣传金寨的红色文化，让人们在“听故事”中受教育、受启迪，让引人入胜的故事情节产生潜移默化、润物无声的积极效果。四要宣传好红色金寨。积极撰写外宣文章、广泛寻求合作支持，进一步提高金寨的知名度和影响力。五要展示好红色老区。利用博物馆、纪念馆、展览馆等展示平台，运用声、光、电等现代科学技术，充分展示老区的红色历史和红色经典。六要开展好红色教育。联合党史、党校、宣传、文化、广电等相关单位，广泛开展红色文化进课堂、进工厂、进社区、进农家等灵活多样、丰富多彩的活动，让全县广大干部群众，尤其是广大青少年学生受到良好的革命传统教育，真正树立起正确的世界观、人生观、价值观。七要传承好红色基因。广辟渠道、多式并举，切实把红色基因融入广大党员干部和人民群众的脑海中、血液里，使其浸入心扉、深入骨髓、永远铭记、代代相传。八要谱写好红色新篇。着力为全县经济社会发展，为建设美丽、红色的新金寨努力奋斗、积极奉献，为实现伟大复兴的中国梦筑牢坚实的思想基础、提供强大的精神动力。

（作者：胡遵远，原载《实践论坛》2017 年第 4 期。）

长征路上的“七仙女”

1934 年 11 月，红二十五军从河南罗山何家冲出发开始长征。在这支近 3000 人的队伍里，有七名女战士格外引人注目，她们就是被官兵们称为“七仙女”的红军医院女护士周东屏、戴觉敏、余国清、田喜兰、曾纪兰、张桂香、曹宗楷。

一、活着是红军的人，死了是红军的鬼

1934 年 11 月 16 日，中共鄂豫皖省委和红二十五军近 3000 名指战员，高举“中国工农红军北上抗日第二先遣队”的旗帜，告别大别山区，开始向陕甘苏区进行战略转移。

11 月 17 日，红二十五军行进到平汉铁路附近后，部队面临前有阻敌、后有追兵的不利境地。军政治部主任戴季英考虑到形势严峻，担心女红军出现意外，就和红军医院政委苏焕清一起找到周东屏、戴觉敏、余国清、田喜兰、曾纪兰、张桂香、曹宗楷这七位女战士，动员她们返回根据地。军政治部还给每个女战士发了 8 块银圆。

面对这突如其来的决定，女战士们心情十分沉重，有人急得哭出了声。因为她们从心里不愿离开部队。

年龄稍大的曾纪兰第一个表示了拒绝：“不行，我们不能留下，要随部队走。”

胆大泼辣的周东屏把银圆往地上一甩，冲着戴季英喊道：“回去？回哪里去？我是出来参加革命的，你没有排斥女同志革命的权利！”

周东屏这一喊，其余几个女战士的胆子也大了起来，她们纷纷上前和戴季英理论。无论戴季英如何劝说，女战士们就是不肯离开部队。

正在这时，红二十五军副军长徐海东骑着马路过此处。他见这边吵吵闹闹的，就问戴季英：“这些女孩子是怎么回事？”

戴季英回答：“要跟队伍走。”

徐海东又问：“就她们几个?”

“对，就她们 7 人!”戴季英答道。

徐海东看了一眼女战士们，然后说道：“这些女孩子，都经历过最艰苦的考验。她们既然有决心，就给她们一个锻炼的机会吧。”

七名女战士就像见到了救星一样，她们坚定地向徐海东表示：一定奋勇向前，决不当逃兵!

部队常常在夜间行动，每天都要行军四五十公里以上。七名女战士为了防止掉队，就把绑腿解下来，结成一条长长的带子，互相牵引着在夜色中摸索前进。由于长途行军，每次到达宿营地后，她们累得身体就像散了架一样。尽管这样，她们还是坚持给伤病员送药，争着去做护理工作。

由于敌情日益严重，环境更加险恶，军首长在长征路上再一次动员七名女战士离队，并表示待形势好转后接她们回来。女战士们纷纷向首长表示：部队走到哪里，我们就跟到哪里。我们活着是红军的人，死了是红军的鬼。让我们离开部队，绝对不行!

七名女战士的精神再次感动了领导，她们又被允许跟随部队继续前进。

二、伤病员欢迎的“七仙女”

1934 年 12 月 10 日，红二十五军在伏牛山区的庾家河与敌展开激战，击毙敌军 300 多人。红军也付出了伤亡 190 余人的代价，军长程子华、副军长徐海东身负重伤。

徐海东昏迷了四天四夜，女战士周东屏一直守护在他的身边。

徐海东醒来后第一句话就问：“部队怎么样了?”

周东屏眼里闪着激动的泪花，答非所问地说道：“首长可醒过来了。你四天四夜不省人事，把大家都快急死了!”

徐海东风趣地说：“我可没着急，倒是睡了一场好觉。”

周东屏找来一碗面条，用小勺一口一口地喂给徐海东吃。徐海东吃了面条，精神恢复了许多，便向周东屏询问部队这几天的情况。当他听说程子华伤势很重时，立即对周东屏说：“你不要管我，去好好照顾程军长。”

七名女战士日夜守护在重伤员身边，精心照料。她们用盐水和自制的高锰酸钾天天给伤员消毒，用采来的草药为伤员清洗伤口，挽救了不少战友的生命。

几位负伤的首长感慨地说，是“七仙女”救了我们的命啊!

红二十五军在长征途中，积极宣传党的政策和主张，号召群众团结起来与反动势力作斗争。部队采取召开群众大会、表演文艺节目等形式，发动群众组织起来打土豪、分田地，建立苏维埃政权，动员青年踊跃参加红军。

这七名女战士，就是表演文艺节目的骨干。她们根据军政治部编排的节目，在群众大会上进行表演。有时，她们还利用自己熟悉的曲目或家乡小调，编写新词后进行演出。女战士们演出的节目，受到红军官兵和当地群众的欢迎。

1935 年 8 月 15 日，红二十五军进入甘肃静宁县回民聚居的兴隆镇。几位女红军表演的文艺节目，受到了回族群众的好评。一个回民家庭热情地将几位女战士拉到家里，让她们吃上了一顿丰盛的饭菜。

三天后，部队离开兴隆镇。镇上的男女老幼站在街道两旁，放起鞭炮、端着点心为红军送行。

三、两女长眠长征路，五女远征到陕北

由于长途行军、战斗频繁、环境恶劣，曾纪兰、曹宗楷这两位女战士永远地倒下了，她俩默默地长眠在漫漫征途上，像家乡的大别山一样朴实无华。

两位战友的牺牲，并没有吓倒其余五名红军女战士，她们意志坚定地继续走在充满艰难险阻的长征路上。

红二十五军转战到陕甘边境的黄土高原时，出现了严重的食物短缺，战士们吃了上顿没下顿，有时只能用野菜或树叶充饥。几位女红军又累又饿，精疲力竭，险些昏倒在路上。幸亏部队设法向群众购买了一些土豆和作马料用的黑豆，及时填饱了战士们的肚子，红军指战员们总算渡过了难关。

周东屏、戴觉敏、余国清、田喜兰、张桂香这五名红军女战士，以坚定的信念、顽强的毅力战胜了艰难困苦，走完了长征路。1935 年 9 月 15 日，当红二十五军在陕北延川县永坪镇同陕北红军胜利会师时，五姐妹念叨着已经牺牲的曾纪兰、曹宗楷的名字，禁不住热泪盈眶……

（作者：胡遵远，原载《中国老区建设》2017 年第 2 期。）

红二十五军的长征故事

1934 年 10 月，第五次反“围剿”失败后，中央主力红军（红一方面军）为了摆脱国民党军队的包围追击，被迫实行战略大转移，退出中央根据地进行长征。

长征是人类历史上的伟大奇迹，中央红军共进行了 380 余次战斗，攻占县城 700 多座，牺牲营以上干部 430 人，平均年龄不到 30 岁；击溃国民党军数百个团。其间经过 11 个省，翻越 18 座大山，跨过 24 条大河，走过荒无人烟的草地，翻过连绵起伏的雪山，行程约二万五千里，于 1935 年 10 月到达陕北，与陕北红军胜利会师。1936 年 10 月红二方面军和红四方面军到达甘肃与红一方面军会师。红军三大主力胜利会师，宣告红军长征胜利结束。

参加长征的红军队伍共有 4 支：

第一支是中央红军（后改称红一方面军），于 1934 年 10 月 10 日由江西瑞金等地出发，1935 年 10 月 19 日到达陕西吴起镇，行程达二万五千里。

第二支是红四方面军，于 1935 年 5 月初放弃川陕苏区，由彰明、中坝、青川、平武等地出发，向岷江地区西进，1936 年 10 月 9 日到达甘肃会宁，与红一方面军会师，行程一万余里。

第三支是红二十五军（后编入红一方面军），于 1934 年 11 月 16 日由河南罗山何家冲出发，1935 年 9 月 15 日到达陕西延川永坪镇，同陕甘红军会师，合编为红十五军团，行程近万里，是最早到达陕北的一支红军队伍。

第四支是红二军团、红六军团（后同红一方面军第三十二军合编为红二方面军），于 1935 年 11 月 19 日由湖南桑植刘家坪等地出发，1936 年 10 月 22 日到达会宁以东的将台堡，同红一方面军会师，行程两万余里。

中国工农红军第二十五军，1931 年建立于金寨县麻埠镇，原属红四方面军编制。1932 年 10 月，红二十五军下属第七十三师、第七十四师随红四方面军向川陕转移，11 月，中共鄂豫皖省委以留下的第七十五师和皖西部分红军为基础，重建了红二十五军。蒋介石随即集中重兵对鄂豫皖苏区进行连续的“清乡”、

“清剿”和“围剿”。对此，红二十五军进行了艰苦卓绝的斗争。

鄂豫皖省委于1934年11月11日召开常委会，讨论红二十五军实行战略转移的问题。决定红二十五军向平汉铁路以西的桐柏山区和伏牛山区转移。11月16日，红二十五军共2900余人，由河南省罗山县何家冲出发，向平汉铁路以西转移，开始长征。1935年5月，经过蔡玉窑、文公岭、荆紫关、袁家沟口等战斗，粉碎了国民党军的两次“围剿”，建立了鄂豫陕苏区，部队发展到3700余人。

1935年8月3日，红二十五军进入甘肃，攻占两当县城。随即北上，11日北渡渭河，进占秦安，威逼静宁，切断了西（安）兰（州）公路交通。17日攻占隆德，尔后翻越六盘山，向东挺进。21日，在泾川县的四坡村与拦截之国民党军一个团激战，将其全歼。战斗中，政治委员吴焕先牺牲。9月15日到达陕甘苏区的永坪镇，次日同西北红军第二十六、第二十七军会师，长征结束。

1935年8月18日，红军第二十五、第二十六、第二十七军合编为红军第十五军团，徐海东任军团长，程子华任政治委员。红二十五军改编为第七十五师。毛泽东曾称赞红二十五军的远征为中国革命立下了大功。

红二十五军长征历时10个月，途经安徽、湖北、河南、陕西、甘肃五个省，转战近万里。红第二十五军是皖西人民的子弟兵，在长征过程中，创下了不朽的功绩：（1）红二十五军是四支长征队伍中最先到达陕北的一支工农红军，是长征先锋；（2）红二十五军是长征队伍中唯一一支增员的中国工农红军，长征途中，抗击了敌人30多个团的围追堵截，不仅没有减员，到达陕北时，部队还增加了200多人；（3）红二十五军是长征队伍中唯一一支创建了根据地（豫陕、鄂陕边区十余县）的中国工农红军。在全国各革命根据地大部分受损的情况下，红二十五军却在鄂豫陕边区播下了红军种子、创建了鄂豫陕革命根据地；（4）红二十五军是长征队伍中唯一一支发展了地方游击师——红七十四师的中国工农红军，为中国工农红军增加了新鲜血液。

一、红二十五军长征途中的六大战斗

（一）危险之战：独树镇战斗

1934年11月16日，红二十五军从河南省罗山县何家冲出发，开始长征。17日，越过平汉线，直抵桐柏山区。蒋介石得知红二十五军西进，十分震惊，急忙调动豫鄂皖三省围剿总队的5个支队和3个师等大批兵力进行围追堵截，妄图围歼红二十五军。红二十五军采用机动灵活的战略战术，26日进抵方城县以东地区。这天寒风刺骨，风雪交加。红军指战员顶风冒雪，踏着泥泞，步履艰难地朝着独树镇七里岗急速行进，准备在此越过许（昌）南（阳）公路，进入伏牛山。

下午1时许，程子华、吴焕先率一梯队到达独树镇七里岗一带。七里岗是伏牛山东麓向南延伸的一条土岗，东面是河，地势陡峭，西南连着一片平原，许南公路与七里岗交叉处，岗顶与公路落差十几米，形成人工地堑，易守难攻。敌第四十军第一一五旅和骑兵团已抢先两小时占领了马岗、七里岗、砚山铺一带。由于气候恶劣，能见度低，红军先头部队没有发现敌情。当红二十五军第一梯队（第二二四团）沿七里岗脊北进接近许南公路时，突然遭敌炮火猛烈阻击。敌人开火后，第二二四团几乎完全暴露在敌人的火力之下，加上寒流袭击，红军战士穿着单薄，手冻僵了，一时连枪栓都拉不开，不能有效地反击敌人，处境十分被动。敌军趁此机会发起冲锋，从两翼包围上来。

危急时刻，从后面跑步赶到阵前的军政委吴焕先一面指挥第二二五团冲到前面反击，一面高声呼喊："同志们，就地卧倒，坚决顶住敌人！"在吴焕先的指挥下，指战员们迅速趴在泥地里，利用地形地物进行反击。敌人仍气势汹汹地扑过来，吴焕先手持大刀指挥红军从雪地上跃起，勇猛地冲上去，与敌人展开白刃格斗，连天杀声，震撼山冈。当战斗激烈进行时，副军长徐海东带领第二梯队（第二二三团）跑步赶到，立即投入战斗。经过一番恶战，我军终于把正面进攻的敌人压了下去，占领了公路两侧的有利地形。

随后，敌军连续发起数次进攻，都被红二十五军打退。为了打开一道缺口，通过公路，军首长指挥第二二三团向七里岗发起冲锋。正面之敌挡不住红军的凌厉进攻，纷纷向东西两边退去。红军冲过公路，占领了七里岗村北五百米处的任岗村。敌人急忙组织火力封锁，并炮击公路南北两侧的红军阵地。红军不得已退到公路以南。

天黑后，风雪不止。红二十五军乘机撤到张庄附近。此时，敌骑兵五师和追剿纵队已分别由羊册象河关向独树镇一带逼近。红二十五军处在数万敌人前后夹击的危险境地。根据当地老乡提供的情况，军首长决定连夜绕道突围。当夜一更天，红二十五军指战员忍着极度的饥饿和疲劳，由中共鄂豫边工委书记张星江和张庄农民王永合带路，冒着风雪，悄然出发。

独树镇战斗是关系红二十五军生死存亡的一场恶战。在敌强我弱、敌锐我疲、地形与天气都不利的情况下，指战员们舍生忘死，英勇战斗，终于突出重围，转危为安。

（二）生死之战：庾家河战斗

庾家河战斗是红二十五军长征入陕后与国民党追剿部队在庾家河的一次生死之战。

1934年12月10日，中共鄂豫皖省委会议正在庾家河街春永茂中药铺进行之时，尾追而来的国民党第六十师先头部队第三六〇团很快抢占了庾家河街东七里荫山梁的有利地形。当哨兵发现时，敌军居高临下，向红二十五军军部驻地庾家河街发起进攻。午后1时接火，红二十五军手枪团迅速赶到前哨阵地，一面拼命阻击敌人，一面报告军部。情况紧急，会议中止。红二十五军副军长徐海东首先带领第二二三团跑步出发，军长程子华、军政委吴焕先各带一个团迅速跟了上去。第二二三团奋力夺回了七里荫山梁，第二二四团、第二二五团抢占了两侧高地，协同第二二三团将敌击退。这时，敌第六十师的后继部队第三五五团、第三五七团相继赶到，激烈的争夺战全线展开。激战中，徐海东、程子华先后身负重伤，红二十五军全体指战员在军政委吴焕先的指挥下殊死奋战，经过20多次反复冲杀，打死打伤敌人300多名，终于挫败了敌人的追击，迫使敌军于黄昏时分撤出战斗，红二十五军也伤亡100多人。

庾家河战斗是红二十五军长征途中最险恶的战斗之一。此战获胜，结束了红二十五军历时20多天、长驱1800百余里挺进陕南的战斗历程，使红二十五军暂时摆脱了困境，为创建鄂豫陕革命根据地打下了坚实的基础。

（三）石塔寺伏击战

1935年2月，红二十五军得知红四方面军发动陕南战役且前锋已抵汉中以西的消息，结合中共鄂豫陕省委提出的“要扩大斗争区域”的要求，为配合红四方面军进行陕南战役，红二十五军由湖北郧西地区西进。

途中，连克陕西宁陕、佛坪二座县城。3月8日，进至陕西洋县华阳镇。这时，由郧西尾追而来的国民党陕军警备第二旅进至华阳镇以东地区。红二十五军为解除后面的威胁，打开华阳地区局面，决心消灭该敌。3月10日拂晓前，红二十五军秘密开至华阳镇东南的石塔寺附近设伏。当日上午，国民党陕军警备第二旅2个团进入红二十五军伏击区域。红二十五军突然出击、向敌猛冲，经激战，击溃陕军5个多营，毙伤敌人200余人，俘其团长以下400余人，缴获长短枪500余支。战后，红二十五军乘胜追击，在很短的时间里，建立了华阳、石塔寺、商家坝、吊坝河、瓦子沟、红石窑、小华阳等7个乡的革命政权，并成立了华阳革命委员会，创建了华阳革命根据地，扩大了红军二十五军的回旋区域，为发展太白山以南、汉中以北山区的游击战争创造了有利条件。

（四）袁家沟口“布袋战”

袁家沟口战役是红二十五军在山阳袁家沟口进行的一次成功的伏击战。1935年6月下旬，为打破敌军对鄂豫陕革命根据地的“围剿”，红二十五军主动出击，在山阳县袁家沟口设伏，准备消灭跟踪而来的敌陕军警备第一旅。中共鄂豫陕省委组织鄂陕第三路、第四路游击师等地方武装和鄂陕边区苏维埃政府，积极动员当地群众修筑工事，配合部队作战。

6月29日下午，陕军警备第一旅进至黑山街附近。为诱敌深入，红二十五军稍稍与之接触后，立即向小河口撤退。经实地勘察，红二十五军发现小河口地形较开阔、不便设伏，遂向西退到袁家沟口。袁家沟口及其以西的桃园岭一带是一条长约5公里的深沟，沟的两侧山高林密，便于部队隐蔽，利于伏击。这一带也是鄂陕边区苏维埃政府所在地，群众基础很好。军首长当即决定以此为战场。30日，警备第一旅追到小河口，红二十五军为诱敌全部进入预设的“布袋”战场，遂向西北红岩寺转移。

7月1日，敌警备第一旅追到袁家沟口。红二十五军连夜返回桃园岭。军部立即命令：第二二三团占领袁家沟口北面高地；第二二五团的2个营占领袁家沟口西南的东沟、李家沟高地，另一个营占领桃园岭及其以东地区；第三路、第四路游击师在袁家沟口以南两处高地控制沟口，断敌退路，并且担任战场警戒。部队全部于第二天凌晨进入阵地。袁家沟是一条长几十里的山沟，沟两旁高山入云，杂草丛生，乔木、灌木茂密成林。沟心有一条小路，沿着一条小溪蜿蜒而行。整个山沟像一条长长的口袋，摆在万山丛中。庙梁子是进入这个口袋的必经之路，100多米高，地势险要，一条弯曲小路，只能单人单马而行。

7月2日上午10点左右，敌警备第一旅通过庙梁子进入伏击圈。7月的天气骄阳似火，空旷的河谷回响着聒噪的蝉鸣，敌警备第一旅在红二十五军实施运动战术后，被拖得疲惫不堪，他们倒扛着枪没精打采地跟着队伍向前走，不时停下来挤到树荫下乘凉，有的还解开纽扣不停地扇着衣服下摆，兜来一丝丝微风，有的则脱下上衣顶在头上挡太阳，有的干脆赤裸着全身下河洗澡。早早进入阵地，埋伏在山沟两岸密林中的红二十五军将士和游击师勇士们让毒辣的日头晒得嗓子冒烟，一大早吃了点随身带来的干粮，这会儿肚子也叫唤起来了，但是，他们看着山脚下蠕动着的那队有气无力的队伍，个个充满了必胜的信心。他们潜伏在树木、草丛和山石的后面，杏目圆睁、严阵以待。11时许，敌警备第一旅全部进入伏击圈，隐蔽在庙梁子的第三路、第四路游击师按预先计划，悄悄移动，截断了敌军退路，扎紧了“布袋口”。这时，设在袁家沟口西北凤凰山的红二十五军指挥部吹响了嘹亮的冲锋号，划破了寂静的山沟。各种武器突然朝敌人猛烈射击，数不清的红军战士带着杀声震天的怒吼冲出树林，直奔河沟。敌警备第一旅被这突如其来的枪声、吼声惊呆了、吓蒙了！有的滚鞍下马，四处逃窜；有的拼命向山上爬，企图夺路逃跑。红二十五军战士和游击队员们士气高昂、英勇冲杀，迅速把敌人分割包围在河沟之中，与其展开了白刃战。

河沟里枪声、刺刀碰撞声、喊杀声和敌人号叫声混成一片，在红二十五军将士猛烈的冲杀下，国民党陕警第一旅士气全无，士兵们纷纷把枪举过头顶，缴械投降。经过 4 个小时的激战，红二十五军获得了全胜，俘敌旅长唐嗣桐及以下 1400 余人，毙伤敌团长以下 300 余人，缴获轻重机枪 40 挺、长短枪 1600 余支。

战斗结束后，根据地人民群众更加热爱红军。广大群众自觉组织起来救护和转运伤员。在几处红军后方医院的所在地，有不少被红军战士称为“干妈”的老大娘，她们主动地把红军伤员接到自己家里，精心照看、治疗。许多山村的群众敲锣打鼓地把猪羊送到军政治部，热情慰劳红军。袁家沟口区苏维埃政府也召开群众大会，庆祝红军打了大胜仗。这一出色的歼灭战，是红二十五军第二次反“围剿”中灵活运用游击战术，在运动中拖垮、打击、消灭敌人的著名战斗，也是红二十五军在第二次反“围剿”中继奇袭荆紫关战斗之后获得的第二个大胜利。战后，为了继续掌握主动，在商县杨家斜街，鄂豫陕省委决定率红二十五军再次转到外线行动，西出终南、威逼西安。

（五）四坡村战斗

1935 年 8 月中旬，红二十五军长征到甘肃平凉以东地域。这时，敌马鸿宾率领的第三十五师，在泾川以西设防，阻止红军前进，8 月 21 日上午，红军由平凉白水镇出发，到达泾川县城以西的四坡村一带，发现第三十五师已设防阻击，遂决定南渡汭河，摆脱敌军纠缠。可是，正当红军涉水渡河时，第三十五师 1 个团向四坡村扑来，向正在渡河的红军发起猖狂攻击。这时，红二十五军一部已渡过汭河，后续部队背水作战，形势极为不利。此时，军政治委员吴焕先已随先头部队过河。当他看到对岸兵力单薄、情势急危时，便率部分部队回渡汭河以北，向敌阵地猛烈冲去，占领制高点，遏制住敌人的攻击。但吴焕先不幸中弹，身负重伤，光荣牺牲。副军长徐海东听说政委受了重伤，急忙率领部队插向敌后，将敌人压在一个大沟洼里，全歼该敌，敌团长马开基也被打死。

（六）围城打援的劳山战役

1935 年 10 月，红十五军团在陕西省甘泉县劳山地区对国民党军展开的劳山伏击战，是迎接中央红军到达陕北的重要一战，也是著名的直罗镇战役的前奏。它是粉碎国民党军对陕甘苏区第三次“围剿”的重要战役之一，为党中央把全国革命的大本营放在西北创造了有利条件。

1935 年 9 月，陕甘革命根据地（亦称陕甘苏区）正在进行第三次反“围剿”，红二十五军长征到达陕甘苏区，同红二十六军、红二十七军合编为红军第十五军团。此时，国民党军为了进一步加紧对陕甘苏区的“围剿”，南线的第六十七军由中部（今黄陵）、洛川地区北进，第一〇七师、一一七师进驻鄜县（今富县）、洛川等地，第一二九师一部进驻甘泉；第六十七军军部则率第一二九师主力和第一一〇师进至延安。

红十五军团军团长徐海东、政治委员程子华、副军团长刘志丹，根据第六十七军兵力比较分散和甘泉至延安之间的地形特点，决定采用“围城打援”的战术，安排一部分兵力包围甘泉县城，调动国民党军从延安回援甘泉；主力部队则进至树木茂密、便于设伏的大小劳山地区隐蔽集结，伺机歼灭由延安回援的第六十七军。

9月下旬，红十五军团从延川县永坪地区出发，经3天急行军，进至甘泉县王家坪地区集结。28日，红十五军团第八十一师第二四三团围困甘泉县城守军。30日，红十五军团主力进入大小劳山伏击地域，以红七十五师师部率第二二三团、第二二五团位于劳山东西两侧，红七十八师师部率第二三二团位于小劳山两侧，红八十一师师部率第二四一团位于甘泉县城以北白土坡地域，骑兵团位于卢家村、土黄沟地域。

10月1日晨，国民党军第一一〇师主力从延安出发回援甘泉，进至三十里铺时，留1个团在该地守备；师部率第六二八团、第六二九团主力通过九燕山后，即分4路纵队前进。15时许，当该部进入伏击地域后，红军突然发起攻击，激战至黄昏，全歼敌第一一〇师师部和近2个团，俘敌2000余人。随后，红十五军团挥师南下，于25日攻克甘泉以南的榆林桥，再歼敌第一〇七师4个营，俘敌1800百余人。劳山战役，歼灭了国民党军的有生力量，增强了陕甘苏区军民反“围剿”斗争的信心和决心。

二、红二十五军长征途中的四则故事

（一）游击战术显神威

1934年11月16日，奉中共中央命令，红二十五军高举“北上抗日第二先遣队”的旗帜，穿越中原，向北疾进，于1935年1月中旬，到达鄂豫陕边区，创建根据地。经过3个多月的努力，成立了鄂陕、豫陕两个特委及五个红色县级政权，扩充红军800多人，建立了3支地方红军游击师和红七十四师。

蒋介石对红二十五军穿越中原，在鄂豫陕边区创建根据地、扩大红军、发展游击师，十分不安。因为，这不仅对他“围剿”中央红军不利，而且也威胁到关中地区的安全。于是，蒋介石调动了东北军九个团，河南的国民党第四十军四十四师9个团，陕军三十八军及其警备第一旅、第二旅，湖北5个团，共30多个团的兵力，对鄂豫陕根据地实施“围剿”，限令3个月内剿清红军。

为了粉碎敌人的“围剿”，鄂豫皖省委在洛南县的葛牌镇举行会议。根据鄂豫陕边区山高、交通不便、敌人辎重运输困难等情况，制定了以营团为单位分散游击的作战方针，利用红军和游击师山熟、路熟、人熟、机动灵活的有利条件，采取大迂回、绕圈子的战术调动敌人、疲劳敌人。1个多月内，敌人不但没有找到红军主力，有时还被红军、游击师从背后“反咬一口”。石塔寺伏击战，就是一例。1935年3月6日，红二十五军副军长徐海东率领第二二三团在华阳河活动，敌陕军警备第二旅旅长张飞生获悉，立即率全旅向华阳河扑来。徐海东决定调动该敌，寻机歼灭，便率二二三团向镇安方向奔去。敌扑空后，又跟踪向镇安追来，徐海东又率第二二三团折向华阳河。就这样，来回三次，拖得警二旅疲惫不堪，不得不于3月10日在石塔寺补充休息。徐海东则率第二二三团连夜飞驰50里，于拂晓时发起猛攻，疲惫不堪的敌人，怎么也不会想到红军会从天而降，有的连衣服也没来得及穿，仓促应战。这个3000之众的一旅之敌，被不足千人的红军打得狼狈不堪。敌旅长张飞生中弹后，躲在死尸中装死，得以逃脱，其余大部分被歼。被俘的敌团长刘长生说：“我们追了你们三天三夜，没找到你们的影子，认为你们害怕我们，怎么也没想到你们会找着我们打，所以我们一点准备也没有。你们红军打仗实在鬼得很！”

由于蒋介石限令“剿灭”红军的日期将近，敌人便在根据地内划分“剿区”，实行“驻剿”，又派一部分兵力专门追剿红军。省委命令红军和游击师主力转移外线，到敌人后方去活动，留小部分红军在根据地内打游击，牵制敌人。敌人在根据地内剿来剿去，总是找不到红军主力。

为了巩固根据地，补充红军给养和枪支弹药，省委决定远程奔袭敌后方重要供应基地荆紫关。荆紫关是鄂、豫、陕三省交界要地，属国民党第四十军防区，驻有守敌1个团。6月15日，红二十五军副军长徐海东率领第二二三团和手枪团疾行一昼夜，行程65公里，来到距荆紫关10公里的刘庄。经过了解，荆紫关守敌，有1个连在关前警戒，其余驻关内。城墙高一丈，两面环山，两面都是开阔地，很难接近。徐海东命令手枪团化装成敌人智取。手枪团团长杜本润率部化装成敌五十七军追剿队，来到荆紫关和警戒连通话后，警戒连连长很客气地迎接。当敌人要开城门时，敌军需处长说要有总部命令才行。这时，手枪团已被敌警戒连怀疑，便决定缴警戒连的械。杜团长大声骂道：“你们怀疑国军，延误追剿军机，八成是私通红军，全部缴械！”手枪团战士们一听杜团长发话，300多支长短枪一齐对准了警戒连，敌人还在发呆时，即全部被红军缴械。这时，徐海东率第二二三团已赶到关前，一齐向敌人开火。徐海东组织6挺机枪掩护，命手枪团一分队搭人梯登城。经过半小时激战，一分队登城成功，打开城门，红军一拥而进，敌人大部被歼，军需处长王均生被生俘，缴获了大批枪支弹药和军需民用物资，红军给养和枪支弹药得到了补充。

红军飞奔石塔寺和攻打荆紫关的胜利，使“围剿”红军的敌人大为震惊，不得不调动大批敌人向后方回援。随着时间的推移，不仅敌人的“围剿”部署被打乱，蒋介石限令3个月剿清红军的计划也随之破产！

（二）全歼陕西“皇家军”

蒋介石限期3个月剿清红军的计划破产后，很快又重新部署了新的“围剿”计划。为了提高“西北王”杨虎城的地位，便任命杨虎城为“剿匪”总指挥，调动西北军大部及东北军的2个军，河南、湖北各1个军，向鄂豫陕根据地的柞水、山阳、商县、镇安进攻。可是这些部队都非蒋介石嫡系，他们虽然不得不服从蒋介石调动，但都又痛恨蒋介石利用非嫡系部队攻打红军、消灭异己的行为。荆紫关是西北“剿总”杨虎城的后方供应基地，其被红军缴获弹药后曾向蒋介石报告要求补给，蒋介石不仅一毛不拔，还责怪其防范不力；河南的敌四十四军被红军消灭1个旅，要求蒋介石补充兵员，蒋介石非但不给补充，反而将该旅番号取消。因而，各进攻之敌都各怀鬼胎，一面想借消灭红军捞一把，提高自己的声望；一面又怕在作战中失败，伤了元气，被蒋介石改编或被取消番号。杨虎城虽然被蒋介石任命为总指挥，但他深怀民族正义感，九一八事变后，多次向蒋介石提出团结一切力量抗日的主张，均被蒋介石训斥，因而对蒋介石极为不满，此次受命也是迫不得已。

省委得悉敌人新的部署后，决定以运动战和游击战相结合的方针，诱敌深入，先拖后打。军长程子华、副军长徐海东分别率第二二三团、第二二五团在根据地活动一周后，出陕南、上豫西、走鄂北，大踏步地运动，来回调动敌人。6月中旬，当大批敌人被调出陕南时，程子华、徐海东又率部回到了陕南的山阳县黑山街休整。这时，奉命在根据地监视红军的敌陕军警备第一旅闻讯，即向黑山街扑来。程子华对徐海东说：“警一旅是陕军当家部队，旅长唐嗣桐是杨虎城亲信，自认是陕西‘皇家军’，装备好、傲气十足，看不起其他部队。我们如果能狠揍他一下，对于震慑其他敌人，打破敌人‘围剿’计划，具有重要意义。”程子华说罢，建议徐海东考虑作战方案。

徐海东根据警一旅孤军深入、邀功心切的情况，打算先在山阳南部山区与敌周旋一两天，再寻机将其歼灭。6月30日，程子华、徐海东分别率第二二三团、第二二五团牵着警一旅在山阳县南部山区转了两天后，7月1日，转到袁家沟。这里是一个两面高山、中间一条小路的大山沟。徐海东认为这是个歼敌的好地方，便和程子华商量，决定在这里设伏，歼灭警一旅。徐海东率第二二三团隐蔽在袁家沟北面山坡丛林里，程子华率第二二五团一营、二营隐蔽在南面山坡丛林里，第三营在沟口堵击，调第三路、第四路游击师在袁家沟入口处隐蔽，断敌退路。7月2日拂晓，部队进入指定位置。上午10点钟，追寻红军作战的警一旅先头团大摇大摆地进入沟口，向两面山上打了一阵空炮后，未发现动静，便继续前进，其后续两个团分三路纵队跟进。当敌人全部进入沟里后，程子华军长一声令下："打!"在3颗红色信号弹飞上天的同时，各种火器一齐射杀，密集的敌人遭此突然袭击，被打得人仰马翻。由于人员拥挤，敌人火力一时难以施展，自相践踏、狼狈不堪。红军战士乘势猛冲下山，机关枪、步枪、手榴弹，打得敌人血肉横飞、溃不成军。敌旅长唐嗣桐率领其警卫营慌忙后退，也被游击师猛烈炮火堵回；向北口突围时，又遭第二二五团第三营阻击，其警卫营被歼近半。唐嗣桐见进退无路，便指挥残部困兽犹斗。可是兵败如山倒，任凭唐嗣桐如何叫嚣，被打得溃不成军的残部也很难组织起有杀伤力的火力。战斗近2个小时，警一旅大部被歼，余部弃枪逃入山林。唐嗣桐率警卫营残部50多人，占据一农家大院，做垂死挣扎。由于这个农家院是建在一座五米高的石岸上，后面是数丈高的悬崖，敌人4挺机枪向外射击，红军难以接近，而且又没有远射程武器，第二二三团攻击半小时也未奏效。徐海东命令全团机枪集中掩护，特务营带炸药包向院墙底部运动，后爆破成功，战士们顺着被炸塌的石岸，爬上院墙，连续扔下10多捆手榴弹，压住敌人火力，冲进院内。在"缴枪不杀"的呼喊声中，残敌30多人被迫放下武器。旅长唐嗣桐躲在锅灶后面被生俘。

敌警一旅被全歼，不但大挫了杨虎城和西北军的锐气，也使其他敌人闻风丧胆，不敢轻易出动了。

（三）重拳痛击"马家军"

红二十五军歼灭了陕军"皇家军"警备第一旅，给西北"剿匪"总指挥杨虎城一个沉重打击。杨虎城正在心痛之时，蒋介石又来电催逼其"清剿"红军。当杨虎城向将介石报告警一旅被红军吃掉，要求补充兵员和弹药时，蒋介石却打起官腔，说西北军"剿匪"不力，罪有应得！既然警一旅已被红军吃掉了，存在也就没有必要了，番号取消！

这明摆着是蒋介石用借刀杀人的手段来削弱西北军势力。这使本来就和蒋介石有矛盾、不愿与红军作战、要求团结抗日的杨虎城，更加痛恨蒋介石了。就在这时，杨虎城又接到蒋介石任命甘肃省主席朱绍良为西北"剿匪"总司令的命令。杨虎城心里明白：朱绍良这个蒋介石的亲信，本来只是甘肃省主席，现在要统帅整个西北军队，自己也在他管辖之下。这分明是蒋介石不信任自己了，实有大权旁落之感。

朱绍良新官上任三把火，主力军自然是马鸿逵、马鸿宾、马步芳、马步青等以骑兵为主的马家军，马家军纷纷向鄂豫陕根据地开来。当时，横向陕西、甘肃的西兰公路，是敌人的重要防线，马鸿宾第三十五骑兵师就驻西兰公路要冲平凉城。师长马鸿宾听其侦察员报告说，红二十五军都是一些娃娃兵，所以气焰极为嚣张，遂对其部下说："这支从大别山里跑出来的小崽兵，到我们这里来，我们要像老鹰抓小鸡那样，把他们全部消灭在平凉城下！"

红二十五军当时的情况是：歼灭了敌警一旅后，即获悉中央红军和红四方面军在四川西部懋功会师的消息。为了配合中央红军北上，迎接党中央和中央红军，省委决定率红二十五军出陕南，攻打平凉县城，穿越西兰公路向北行动。7月16日，留下指示信给鄂陕、豫陕2个特委和红七十四师，命令他们继续坚持鄂豫陕根据地斗争。8月7日，红二十五军在翻越六盘山时，担任后卫的徐海东率领第二二三团与敌马鸿宾的骑兵第三十五师侦察连相遇，将其大部歼灭。经审问俘虏，才知敌第三十五师重兵把守普平凉城。根据敌情变化，徐海东毅然放弃原定计划，转向平凉以北的塬上前进。马鸿宾得知红军绕过平凉县城北行，便命第一〇三旅旅长马应图率领1个骑兵团追击红军。红二十五军政委吴焕先、军长程子华、副军长徐海东得知情报，决定教训一下骄横得不可一世的马家军，不然红军北上就不会轻松。他们商量由徐海东率领第二二三团选择有利地势伏击。8月19日，徐海东率领第二二三团来到平凉东北30公里的马莲铺，这是个高低落差很大的塬区，如果在塬上设伏，敌骑兵在塬下难以上来，正是歼敌的好地方。徐海东便命第二二三团二营埋伏在马莲铺的西边高塬上，自己率领第三营正面吸引敌人。当日下午，敌第一〇三旅旅长马应图率领骑兵团攻来，徐海东率第三营且战且退。当敌人进入伏击阵地时，两面塬上红军多种火力一齐向敌人射杀，打得敌人人仰马翻。红军战士趁敌混乱之际，勇猛冲向敌阵，与敌短兵相接。激战半小时，敌一团骑兵除旅长马应图率少数警卫人员逃脱外，大部分被歼。

8月21日，红二十五军到达陕甘边界的泾川县，准备渡泾河向陕北推进。刚到河边，敌骑兵第一〇四旅二〇六团、二〇八团跟踪而来，向正在渡河的省委和军部机关疯狂射击。这时，已经过河的军政委吴焕先又率领第二二四团两个营和学兵连渡河回来，向敌指挥所杀去，攻打左翼的一营也掩杀过来，打得敌人阵脚大乱，被迫退到一条沟里抵抗。吴焕先又大声高喊："同志们，冲啊，全歼马家军！"战士们冲向敌群，和敌人白刃格斗，杀得敌人自相践踏、各不相顾。这时，一个骑白马的敌人正夺路向塬口飞奔。吴焕先命通讯班长周世忠："快追击，那家伙一定是个当官的，不要放他跑了！"周世忠跨上敌人的一匹战马，唰唰两鞭，向骑白马的敌人追去。

这个通讯班长周世忠是全军有名的骑手，骑马速度能追上汽车，在马上能做各式射击，百发百中。吴焕先看着飞驰而去的周世忠，对徐海东说：“那家伙今天算遇到骑兵老祖宗了!”话音刚落，只听“叭”的一声枪响，那个骑白马的家伙摔下马去。不一会，周世忠便将那个摔下马的家伙驮了回来，经敌人俘虏辨认：正是敌第一〇四旅二〇八团团长马开基!

这时，敌人的2个团已大部被歼，还有少量流窜敌人在顽抗。吴焕先对徐海东说：“我们不能恋战了，赶快渡河吧!”可就在这时，一颗罪恶的流弹飞过来，军政委吴焕先，这位年仅28岁的红军将领，倒在了长征路上……

军政委的牺牲，全军上下，无不悲痛万分！徐海东这位子弹都打不出眼泪的钢铁汉子，也落下了伤心的泪水……

（四）两场胜仗迎会师

痛击马家军后，红二十五军不顾疲劳，冒着连日大雨，继续向陕北方向疾进。9月3日，部队到达合水县板桥镇时又和敌第三十五骑兵师一〇五旅打了一仗。9月9日，进到保安县永宁山，与中共陕甘边区特委取得了联系。陕甘特委立即派边区苏维埃政府主席习仲勋、军委主席刘景范前来迎接。在习仲勋、刘景范的带领下，9月15日，部队到达了延川县永平镇，和刘志丹率领的红二十六军、红二十七军胜利会师。17日，中共鄂豫陕省委和中共西北工委召开联席会议，为统一红军领导，决定成立红十五军团，军团长徐海东、政委程子华、副军团长兼参谋长刘志丹、副主任郭述申，下编第七十五师、第七十八师、第八十一师3个师和1个手枪团，全军团7000余人。

9月18日，在永坪镇一所学校的操场上，举行了红军胜利会师和红十五军团成立大会。周围十几里的群众都赶来参加大会。“欢迎大别山来的红军兄弟!”“团结起来，打个大胜仗，迎接党中央!”口号声此起彼伏，响彻云霄。毛泽东发来了祝贺信，称红二十五军和陕北红军的会合“是中国苏维埃运动的一个伟大胜利，是西北革命大开展的导炮!”

会后，红十五军团决定打两个大胜仗，迎接党中央和中央红军。这时，蒋介石正在调兵遣将，对西北地区红军进行第三次“围剿”。除马家军外，还有西北军的6个团和东北军的5个师。徐海东问刘志丹：“这一带是你的大本营，地形熟悉，你看怎么打法?”刘志丹说：“我们现在虽然人数多了，但比起敌人来，还是少数，不能靠硬拼，要以围城打援的战法，引诱延安援敌，埋伏奇袭为好。”经过研究，决定在延安至甘泉中部的劳山设伏歼敌。刘志丹率第七十八师一部正面吸引敌人，徐海东指挥第七十五师、第八十二师埋伏奇袭。9月28日，红军以3个团的兵力将甘泉城围住佯攻，主力则隐蔽在延安至甘泉必经之地的劳山两侧丛林里，准备歼灭从延安增援甘泉之敌。红军指战员硬是在这里埋伏等待两夜三天。10月1日下午4时，敌第一一〇师在刘志丹所率部队的火力牵引下，进入红军伏击圈，第七十八师、第八十二师对敌实施猛烈炮火攻击，敌溃不成军，此战歼敌1800百多人，俘敌3700多人，缴获战马300多匹、大炮28门、轻重机枪186挺，枪支3000多支和大量弹药。接着，红军乘胜攻打榆林桥的敌第一〇七师，经过半日激战，歼敌2个团，俘敌第六一九团团长高福源及以下1800多人。高福源原是张学良的警卫营营长，深受张学良信任。被红军俘虏后，受红军抗日政策的感召，愿意参加抗日救亡运动，做沟通红军和东北军的联络工作。后来，中共中央代表李克农与张学良的多次会见，就是由高福源引荐的，很大程度上促进了西安事变的爆发。

劳山、榆林桥两战的胜利，缴获了大量枪支弹药和给养，大大改善了红十五军团的装备和生活上的困难，对巩固西北根据地具有重要意义，也是胜利会师后的两大奠基礼。10月19日，毛泽东、周恩来率领中央红军到达陕北吴起镇。不久，毛泽东、周恩来、彭德怀来到红十五军团，接见了徐海东、程子华、刘志丹、郭述申，给了红二十五军、西北红军很高评价。至此，作为长征先期到达陕北的红二十五军，完成了光荣的历史使命，为中国革命史写下了光辉的一页。

三、屡创奇迹、独具特色的红二十五军长征

（一）屡创奇迹的红二十五军长征

提到长征，人们往往着重讲红军的“三大主力”，即红一、红二、红四方面军的万里征程。其实，除此之外，徐海东、程子华、吴焕先等人率领的红二十五军也进行了一次近万千里的“小长征”，从鄂豫皖根据地出发、率先到达陕北。毛泽东后来一再称赞红二十五军军长徐海东，称他是“对中国革命有大功的人”。

红二十五军长征的同时，沿途建立了新的革命根据地，长征结束时的人数比出发时的人数不减反增……创造了许多奇迹。

1. 鄂豫皖根据地陷入危机，鲁迅帮助成仿吾去中央苏区

红二十五军诞生于以大别山为中心的鄂豫皖革命根据地、安徽省金寨县麻埠镇，原属红四方面军的一部。1932年以前，鄂豫皖是仅次于中央苏区的全国第二大苏区。1932年秋，蒋介石亲率50万国民党军队重兵“围剿”鄂豫皖根据地，红四方面军主力突围西进川陕，留在当地坚持斗争的红二十五军处境日益艰难。至1933年秋，红二十五军人数由1万多人减少至4000余人，根据地也大大缩小并被分割成几个小块，并因为没有电台，就同中共中央失去了联络。

面对根据地的危险局面，中共鄂豫皖省委书记沈泽民派出在当地担任县委书记的中国近代著名文学家成仿吾找中央汇报。在上百名便衣队员的掩护下，几经转战，成仿吾走出山区，经过化装到达武汉后，又乘船去了上海。他按照沈泽民写在自己棉衣上的几个秘密地址找到了联络点。可是，这些地下机关均已被破坏。他在患病且旅费用尽时，想到鲁迅可能与我党有联系，便到内山书店碰面。在鲁迅的帮助下，成仿吾终于同中央苏区的交通员接上关系，经几个月的跋涉到达瑞金。周恩来见到他后，马上对参加第二次全国苏维埃代表大会的同志们介绍："红四方面军的代表来了！"

听到成仿吾汇报鄂豫皖苏区的严重形势，周恩来经过反复考虑，决定派红二十二师的师长程子华为中央代表前去传达新精神。1934 年 8 月，程子华出发前，周恩来找他谈话交代，如果红二十五军继续留在当地，部队和根据地都会因力量枯竭而被消灭。他强调说："出路是什么呢？中央已经决定了，红军主力要作战略转移，去建立新的根据地。这样，部队就能得到发展，同时也把敌军主力引走，减轻鄂豫皖根据地的压力。"

周恩来的这一想法，正好同推行"左"倾错误的领导人强调的"不放弃根据地一寸土地"完全相反，为红二十五军和鄂豫皖根据地指明了唯一的出路。程子华牢记这些内容后，便在几个交通员的"接力"护送下，经过闽西、汕头、上海、武汉，终于潜入鄂豫皖根据地，传达了周恩来的指示，至于转移方向则要当地领导根据实际而定。此时沈泽民已因病牺牲，当地负责人吴焕先、徐海东等经过研究，决定率红二十五军主力突围西进至豫陕边界一带开辟新的根据地。

2. 军首长挥大刀、带头冲杀脱险境

红二十五军转移时，领导班子重新调整，大家推举中央派来的程子华任军长，吴焕先为政委，徐海东由军长改任副军长。中央红军出发长征后的 1 个月，红二十五军于 1934 年 11 月 16 日从河南罗山县何家冲出发，向平汉铁路以西开始长征。出发部队对外称"中国工农红军北上抗日第二先遣队"，留下 1 个团及地方武装重建红二十八军，继续坚持鄂豫皖革命根据地的斗争。

出发时红二十五军人数不足 3000 人。出发 10 天后，部队越过许（昌）南（阳）公路时，在独树镇遭到敌人 1 个旅和 1 个骑兵团的伏击，追兵 2 个旅也从后面围攻上来，红二十五军陷于生死存亡的危急关头。这时，军政委吴焕先从通迅员身上抽出 1 把大刀，振臂高呼："共产党员跟我来！"在他的率领下，指战员们奋不顾身地冲上去与敌军展开白刃格斗，终于杀出一条血路。

3. 占天水、逼西安，蒋介石悬赏捉拿徐海东

1934 年 12 月，红二十五军转战到陕西省雒南（今洛南）县落脚，此后在这

一地区进行了半年游击战，开辟了一块有50万人口的鄂豫陕边苏区，并招收数千青年入伍扩大红军。长征中的红军能够建立一块较为稳定的根据地，这是仅有的一例。

1935年7月，红二十五军在袁家沟口歼灭国民党西北军1个旅，北出终南山威逼西安。这时徐海东、吴焕先等人从缴获的报纸和交通员口信中知道，红一、四方面军在川西会师并准备北上，便决定留第七十四师在陕南，以主力西征迎接党中央。红二十五军一度袭占了蒋介石嫡系胡宗南所部的后方基地天水城，缴获了大量武器和军需物资，迫使国民党军从川西调兵回援，打乱了敌人阻截红一、四方面军的部署。蒋介石在恼怒之下，把徐海东与毛泽东、朱德并列为全国通缉悬赏额最高的3人，标定头颅赏格均为25万块大洋。红二十五军西进甘肃攻占两当县时，遇国民党军围攻，同时得不到党中央的确切消息，徐海东等决定先到陕北会合当地红军。于是部队转向北进，于9月16日进至陕甘革命根据地的永坪镇，同红二十六军、红二十七军会师。此时红二十五军还有3400人，加上在陕南留下的2000多人，比长征开始时的人数还有增加。

4. 悍将带出顽强队伍：政委牺牲、军长眼睛被打穿

自红二十五军从鄂豫皖出发长征后，“围剿”那里的国民党东北军便被调到陕甘，鄂豫皖苏区的压力有所减轻，新建的红二十八军得到发展，确如周恩来事先估计的那样，这一出征使红军和根据地两方面都得到了保存。

按照红二十五军从鄂豫皖出发到达陕北的行军距离计算，总计近10000华里，历时10个月。同红军3个方面军相比，红二十五军长征距离短一些，途中也未经过雪山、草地，因此被有些人称为“小长征”。尽管当时追击它的国民党军大都系地方军阀部队，但战斗仍十分激烈残酷，徐海东、程子华都因身先士卒负过重伤，政委吴焕先更是在火线中带头冲击时阵亡。吴焕先牺牲后，徐海东改任军长，程子华任政委。

部队最高领导带头挥大刀在一线率部冲杀，是红二十五军顽强战斗精神的突出体现。徐海东在途中的一次激战中被子弹从左眼底下打入、后颈穿出，抬下阵地后第五天才醒来。他醒后第一句话就问：“现在几点了？部队该出发了吧？”身边的护士周东屏（后为他的夫人）回答：“四天四夜人事不省，真把人急死了！”徐海东却不在乎地说：“我倒睡了个好觉。”

5. 长征后军容齐整，每个连配6挺轻机枪

经过长征最先到达陕北的红二十五军，给当地军民带来了全新的感观。这支部队差不多每个连都有六挺轻机枪，指战员都戴着八角帽，服装整齐，装备和军容都大大超过原先由游击队改编而成的陕北红军。红二十五军的到来，大大加强

了陕甘根据地的革命力量，它与原来的陕甘红军合编为红十五军团、徐海东任军团长、程子华任政委，刘志丹任副军团长兼参谋长。部队在陕甘打开了局面，为随后到达的中央红军顺利落脚奠定了重要的基础。

1935 年 11 月初，徐海东同毛泽东首次会面，马上表达了渴望在中央直接领导下长期奋斗的愿望。毛泽东当即决定拨给他 1 部电台，从而能够保障联络。徐海东回部队后马上下令，把军中积蓄的大部分银圆交给远征万里后急需补充的中央红军，还抽出许多重要物资和大量驳壳枪送去，一时被称为雪中送炭。

（二）独具特色的红二十五军长征

红二十五军是长征中人数最少的一支队伍，却走出了 97 名共和国的将军；长征结束时，兵员比出发时不减反增，经历数百场战斗总能以少胜多；在与中共中央长期失去联系的情况下，却能坚持根据地斗争，主动策应全局，单独转移并先期到达陕北。

毛泽东称赞红二十五军“为革命立了大功”。

红二十五军重建时差不多没有年过 18 岁的战斗员，大多数是鄂豫皖根据地在战斗中牺牲者的子女，有一些是随红四方面军入川的子弟。他们在异常艰苦的条件下参加游击队，后来组成以“儿童军”著称的红二十五军。这些年轻的红军将士以尚显稚嫩的肩膀，独立撑起了曾是仅次于中央苏区的鄂豫皖根据地的革命大旗。

1. 红二十五军是“儿童军”

从当时的年龄结构看，说红二十五军是“儿童军”是有道理的。长征开始时，包括几位军领导在内，都很年轻。如军长程子华 29 岁，军政委吴焕先 27 岁，年龄稍大一点的是副军长徐海东，但也才 33 岁。营团干部多是 20 岁出头，连、排干部大多数不到 20 岁。军部机关的工作人员和警卫人员也只有十七八岁。尤其令人感动的是，在红二十五军的队伍中，还有一批十二三岁的少年儿童。

《共产国际》的文章中对此有过这样的描述：“在鄂豫皖边界人迹罕见的崇山峻岭上，十一二岁的儿童上山寻找自己的父亲，他们还是幼弱儿童就如大人一样懂事，他们亲眼见过白色恐怖的一切惨状，他们在幼年童稚时代就领略了一些政治常识。这样就产生了新的红二十五军，产生了儿童军。这一部队大多数战斗员的年龄都是从十三岁到十八岁。”这就是红二十五军这支“儿童军”的真实写照，既表明了这支“儿童军”产生的背景，也反映出“儿童军”的政治本色和年龄特点。红二十五军长征中每到一地，老百姓都叫红二十五军“童子军”或“娃娃军”。

2. 红二十五军长征是孤军行动

"完全是孤军行动，经常与强敌打遭遇战。"

"走着走着，数不清的敌人一下子就冒出来了。紧要关头，军政委吴焕先抽出一把大刀第一个冲上去。军领导带头，大家都不要命了。就靠这么一股劲儿，一次次从敌人虎口脱险……"曾任军部卫生员的老红军李天忠，忆及70多年前的往事仍感惊心动魄。

部队最高领导带头挥刀在一线冲杀，是这支部队中常见的现象，也正是他们每次都能化险为夷的一个重要原因。

军长程子华直到逝世前，仍担任着中国残疾人福利基金会的理事。他那双美国作家索尔兹伯里所描述的"爪子似的伤残的手"，正是长征给他留下的永久印记；副军长徐海东在一次激战中被子弹从左眼底下打入、后颈穿出，抬下阵地后第五天才醒来，这位英雄的红军将领，此后是躺在担架上指挥全军到达陕北的；当陕北在望，在甘肃泾川四坡村战斗中，军政委吴焕先再次身先士卒地冲锋时，不幸英勇牺牲……

红二十五军虽未经过雪山、草地，却是4支长征队伍中唯一一支牺牲了主要领导人的红军队伍。

主要领导人一死数伤，部队却能坚持到最后并取得全面胜利，在世界军事史上，也实属罕见。

3. 红二十五军万里征战，人数不减反增

红军三大主力长征出发时总人数20余万人，结束时仅剩5万多人。而红二十五军虽然是一支弱小的红军队伍，却在国民党统治的中枢地带纵横驰骋、越打越强。

为何能创造这一奇迹？

"红二十五军的每个同志都有一双铁腿铜脚。""因为常打恶仗缴获多，武器较好且弹药充足，就连后勤保障单位都实现了战斗化，全军行动便捷，战斗力强，一天一夜就能走一百多里。"

"进攻时突然、勇猛，防御时敢于和敌人白刃格斗，转移时迅速持久，使敌人追不上，堵不住……"中央党史研究室王新生研究员指出，国民党军队虽然常常数倍乃至数十倍于红二十五军，却总是被各个击破，红二十五军靠的就是这种成熟的战术素养！

红二十五军非常善于做群众工作。从军领导到普通战士，每个人都是出色的宣传员，部队每到一地都能发动群众。1934年底进至秦岭以南时，全军只剩下2500人，但照样派出大量干部到群众中做工作。

此后的半年中，红二十五军开辟了一块有 50 万人口的鄂豫陕边苏区，招收数千青年参加红军。长征中的红军能建立一块较稳定的根据地，仅此一例。

这支打不垮的红军引起了蒋介石的不安。他先后调动驻河南、湖北、陕西的 41 个团，组织了两次大规模的“围剿”。

第一次“围剿”结束，红二十五军增至 3700 人；第二次“围剿”，红二十五军诱敌进至根据地中心区，全歼敌军整个旅 1700 余人……

能够在一次战斗中歼灭装备精良的整团整旅之敌，标志着红二十五军在军事指挥方面达到了比较成熟的程度。

1935 年 7 月，为配合中央红军行动，红二十五军再度远征。沿陕甘边界行军时，整个部队断粮已经几天，有的人走着走着就昏倒在地……

但却没有一个人开小差。大家同吃一锅饭，同睡一个炕，小鬼们经常枕在军首长的腿上就睡着了。共同的革命理想，情似手足的氛围……给了大家战胜一切困难的巨大力量。

9 月 15 日，红二十五军到达陕西延川永坪镇，胜利完成长征。这时全军共 3400 多人，加上留在陕南的 2000 多人，总共 5400 多人。

长征中，红二十五军军政委吴焕先和副军长徐海东都经常说，歼敌 2 个师，不如缴获 1 部电台。

长征中，红二十五军曾长期与中央失去联系，独立作战、艰苦卓绝。

直到 1935 年 7 月，红二十五军才从国民党报纸上得悉中央红军和红四方面军的北上动向。7 月 15 日，接到交通员带来的几个月前的中央文件，才确认了此消息。

“当晚吴焕先就主持召开紧急会议，决定以主力西征迎接中央。第二天部队就迅速行动。”王远德说，红二十五军一度袭占了胡宗南所部的后方基地天水城，迫使国民党军从川西调兵回援，一下子打乱了其阻截红一、四方面军的部署。

“即使我们这 3000 多人牺牲了，也是光荣的。”徐海东曾这样动员部队。

8 月 14 日，红二十五军逼近静宁县城，横贯陕甘两省的交通大动脉西（安）兰（州）公路被切断 18 天，迫使敌人一再抽调原用于堵截中央红军的兵力对付红二十五军。

“更可贵的是，红二十五军能自觉地分析形势，独立自主地作出一系列重大决定。”国防大学教授徐焰说，事实证明这是符合党中央的战略意图的，为中国革命的胜利起到了独特的作用。

中央红军经过宁夏回族聚居区时，受到了当地群众亲人般地热烈欢迎，当毛泽东知道是因为红二十五军之前经过这里时赢得了群众信任，连夸红二十五军政策水平很高、民族政策执行得很好。

长征出发时，红二十五军即打出了“中国工农红军北上抗日第二先遣队”的旗帜，一路宣传党的抗日主张。

徐焰指出，张学良正是因为最初与红二十五军的数度交手，得出了“和红军打仗没法打”的结论。

与陕北红军会合后，他们先后发起了劳山战役和榆林桥战斗，巩固和扩大了陕甘革命根据地，为迎接党中央和中央红军到达陕北奠定了坚实的基础。中央红军到达陕北后，徐海东下令把军中积蓄的7000块银圆拿出5000块银圆交给急需补充的中央红军，还抽出许多重要物资和大量驳壳枪送去。

（作者：胡遵远，原载《六安红军与长征》第378—408页。）

红二十五军从金寨到陕北的艰辛历程

红二十五军从1934年11月6日金寨县的葛藤山开始转移，16日由河南罗山何家冲出发长征，1935年9月15日到达陕西延川永坪镇，同陕甘红军会师，合编为红十五军团。红二十五军历时10个月行程近万里，历经千辛万苦，转战安徽、河南、湖北、甘肃、宁夏、陕西，并创建了鄂豫陕革命根据地，最早到达陕北，迎接中央红军，被誉为“长征先锋”。红二十五军也是唯一一支到达陕北根据地时人数多于出发时人数的红军部队。

一、奔赴到鄂东

1934年11月4日，红二十五军正在金寨县葛藤山下的大埠口休整，鄂东北道委书记郑位三派陈锦秀（红二十五军营政治委员）化装成货郎从鄂东送来了信。信上说：“中央派程子华同志送来了重要指示，已到我处，请你们接信后，火速率领红二十五军到鄂东来找我们。”

当时，红二十五军刚与国民党第四十七师打了一仗，部队伤亡很大，供给困难，下一步如何行动还没有决定，接到此信，鄂豫皖省委书记徐宝珊和红二十五军军长徐海东、政委吴焕先的心中非常高兴。研究了一番，随即成立一个后方留守处，布置了皖西的工作，于6日晚从葛藤山向鄂东出发。

从出发地到鄂东，要通过敌人四道封锁线。第一道封锁线从商城到麻城，国民党的东北军第一〇九师在此堵击，红二十五军在南汤池打了一仗，全歼敌人4个连，越过了第一道封锁线。接着又继续通过敌人从商城到新集的第二道封锁线。次日在大柳树与国民党东北军第一〇七师两个团相遇，红二十五军采取分割包围战术，激战半日，将敌击溃，歼其一部，冲过第二道封锁线。

这两仗，红二十五军以很少的伤亡，缴获大量武器。可是两夜一天的行军打仗，部队相当疲劳。战斗的时候，战士们个个生龙活虎。一结束，大家往地上一躺就睡着了。红二十五军战士稍作休息，吃了些干粮，又继续前进。

通过余家集进至汪桥附近时，部队实在走不动了，肩膀上的粮食也空了。此时，离敌人比较远，临时决定就地休息半天，准备当晚来个急行军，冲过敌人的第三、第四道封锁线。

休息过后，战士们又精神了。下午 5 时，部队出发了。夜晚 10 时左右通过了敌人在双柳树至新县的第三道封锁线。接近第四道封锁线时，天已拂晓。为迅速甩掉敌人，部队跑步前进。

部队在尘土飞扬的道路上跑步前进。1 个多钟头就冲出了 25 里，暂时把后尾的敌人甩开。天亮后，红二十五军通过敌人从仁和集到砖桥公路上的第四道封锁线。

9 日上午十点左右，红二十五军刚刚在光山县的斛山寨驻下，敌人的 4 个师又从三面包围上来。有东北军刘镇华的第六十四师和第六十五师，他们想来个“聚而歼之”。然而，红二十五军已经走了整整一夜，再靠两条腿把敌人 4 个师摆脱掉，那是不可能的。徐海东、吴焕先当时就看准了这种“必打”的形势。这一仗，能够将敌人打垮，后顾之忧就可以解除，便可以顺利到达鄂东地区。

决定性的一仗便在这里展开了。红二十五军指挥部设在斛山寨附近的高山上。敌人的气焰很高，在飞机的掩护下，疯狂地向红二十五军扼守的寨子发起攻击。

红二十五军战士坚守阵地，一次又一次地迎击敌人的进攻。从上午打到黄昏，敌人多次进攻不成，锐气大减。红二十五军领导看反击的时机到了，红二十五军从扼守的各个山头洪水般地涌下。这一突然反击，敌人跑的跑，退的退。这一仗，共毙俘敌人 4000 多人，缴获机枪 100 多挺。

红二十五军伤亡也比较大。红七十五师政委姚志修（安徽霍邱县人，1930 年参加红军，先后在红一军、红四军做政治工作，1932 年后任红二十五军七十五师团政委、七十四师政委）牺牲，红七十四师师长梁从学负伤。部队减员大，而俘虏的人数又超过红二十五军的人数，部队要继续西进，这些俘虏就成了累赘。经研究决定：对俘虏训话后全部释放。

战斗结束后，放了俘虏，安置好伤员，埋葬了牺牲的同志，红二十五军战士好好吃了一顿饱饭，半夜又出发了。

经过连夜的急行军，10 日下午到了光山西南的花山寨，与鄂东北道委书记郑位三和中央派来人员程子华相遇。中央指示的内容大意是：鄂豫皖根据地经过敌人第四、五次“围剿”，人力、物力损失甚大，粮食已空，红二十五军应离开老区，开辟新的根据地。

11 日夜，鄂豫皖省委在花山寨召开第 14 次常委会议，会议整整开了一夜。会议讨论了红二十五军战略转移的问题。省委根据中央文件精神和中央军委副主席周恩来的口头指示，分析了鄂豫皖苏区两年来斗争形势的演变，认真讨论了下一步的行动计划。省委成员一致认为，根据鄂豫皖革命根据地实际，按照党中央的指示精神，应该率红二十五军实行远距离的战略转移，创建新的革命根据地。会议确定以鄂豫边界的桐柏山区和豫西的伏牛山区为初步目标。同时，省委常委会还就红二十五军部队整编、领导成员的调整问题进行酝酿决定。会议增补程子华为省委委员、省委常委。常委会同意徐海东的提议，由程子华担任红二十五军军长、徐海东为副军长，吴焕先继续担任政治委员、戴季英为参谋长、郑位三为政治部主任。红二十五军行动中，对外称“中国工农红军北上抗日第二先遣队”。省委还给远在皖西北的省委常委、皖西北道委书记高敬亭留了一封指示信，责成他组建鄂皖边区党的组织，重建红二十八军，继续坚持鄂豫皖边区斗争。

根据鄂豫皖省委的决定，红二十五军在罗山县何家冲休整了几天，11 月 16 日夜从何家冲出发，开始了转移。

二、征战鄂豫陕

红二十五军急行军转战，于 1934 年 11 月 17 日进入鄂豫交界的桐柏、枣阳一带，向桐柏县城逼近，实现战略转移的初步目标，并与当地的党组织中共鄂豫边工委取得联系。但桐柏山地处平汉铁路与汉江之间，回旋余地小，不利于大部队发展，并且国民党重兵压境，地埋物资不够丰富，省委决定放弃在桐柏山区创建根据地的计划，向伏牛山挺进。11 月 20 日，省委在河南、湖北交界处召开会议决定：立即通过豫西平原，挺进伏牛山。红二十五军经过枣阳，激战独树镇，穿过许（昌）南（阳）公路，于 27 日进入伏牛山山脉。

伏牛山位于河南西部，地形狭窄，交通不便，土地贫瘠，加之土匪豫西“内乡王”别廷芳在这里经营多年，反动统治十分严密，地主全部修了围寨，把群众全部圈了起来，红军无法接近，更无法开展工作，在伏牛山也无法立足。因此，省委决定再次改变计划，继续向西进陕南山区谋求发展。红二十五军绕道通过朱阳关、卢氏县的敌人堵击防线，翻过中锥山，越过豫陕交界的铁锁关，于 12 月 8 日进入陕西境内。

12 月 10 日，省委在雒南县（今洛南）庾家河召开常委会议，决定改组鄂豫皖省委为鄂豫陕省委，并决定：红二十五军今后的任务是创建鄂豫陕革命根据地。就在会议正在进行时，遭遇国民党第六十师的突然袭击，省委立即中断会议，组织红二十五军投入战斗，与敌人展开血战。激战至当日夜里，红二十五军离开庾家河向西转移。战斗中，红二十五军军长程子华、副军长徐海东均负伤。11 日到达蔡家川。在蔡家川，省委继续召开会议，对红二十五军进行了整编，抽调得力干部创建根据地。

在省委领导下，红二十五军在豫陕边、鄂陕边和华阳地区，经数月的艰苦斗争，粉碎了敌人无数次“围剿”，打了许多胜仗。从 1934 年底至 1935 年 7 月，在鄂豫陕边界地区先后开辟四块革命根据地，并建立了中共鄂陕、豫陕 2 个特委和 5 个县工委。先后在柞水县红岩寺、山阳县小河口、郧西县二天门，先后分别组建了第三、第四、第六路游击师。又相继把鄂陕游击师、山阳县游击武装改编为第七、第九路游击师。

1935 年 3 月中旬，在陕西葛牌镇，省委召开了扩大会议，总结了自 1933 年 7 月鄂豫皖省委第二次扩大会议以后的工作经验，肯定了入陕 4 个月来的成绩，提出了准备粉碎敌人再次“围剿”和建设根据地的任务，正式改组成立鄂豫陕省委。不幸的是，5 月 9 日，鄂豫陕省委书记徐宝珊由于长期征战，积劳成疾，在陕南龙驹寨病逝。省委决定，由吴焕先代理鄂豫陕省委书记。

5 月上旬，敌人集中了 30 多个团的兵力向鄂豫陕地区发动了“围剿”。因为敌人的兵力强大，红二十五军采用了“诱敌深入、先拖后打”的反“围剿”作战方针。牵着敌人的鼻子，今天走 80 里，明天走 100 里。敌人像武装大游行似的，日夜跟在后边。

战士们对这种“先拖后打”的方针非常不理解，红二十五军的各级政治干部就深入到连队去做动员解释工作。军政委吴焕先一天去参加好几个支部会，耐心地对下层干部和战士们进行解释。

几天后，红二十五军打下了河南的荆紫关，消灭了敌人 1 个连。荆紫关是敌人的兵站，红军缴获大量的面粉、猪肉、白糖和布匹，战士们高兴地说：“现在到了我们撵敌人的时候了。”有的说：“这回不再走了。”

但是当夜，红二十五军又开始了急行军。第一天走了 140 里，第二天又走了 140 里，翻山涉水。接连走了 4 天，走出了 560 里，进入了陕南黑山街一带。

大兵团的敌人被远远地甩在 200 里之外。3 天后，陕军的警备一旅爬行似的远道而来。红二十五军把警备一旅引入山阳以西的袁家沟口，将其全部歼灭，旅长唐嗣桐被活捉。

红二十五军经过一连串的艰苦战斗，粉碎了敌人的“围剿”。

由于红二十五军长期转战于山区，兵源、给养严重不足。为了解决物资供应问题和扩充部队，扩大政治影响，省委决定：打出秦岭，逼近西安。

1935 年 7 月中旬，红二十五军从杨家斜出发，跨过终南山，在西安西南 45 里的殷家卫，从国民党处看到了一张《大公报》，上面有一条消息：共军一、四方面军在川西会师后，继续向北逃窜，先头部队到达松潘……

红二十五军终于得到中央红军和红四方面军的行动消息。

在子午镇西 20 里的一个地方，鄂豫陕省委召开紧急会议。经过讨论，决定红二十五军立刻西进甘肃，牵制敌人，迎接党中央和红一、四方面军。陕南留下郑位三（陕南特委书记）及陈先瑞同志，坚持鄂豫陕游击根据地。

于是，红二十五军离开了陕南，向西行动。

当时，红二十五军提出了一个口号：“积极前进，迎接中央，迎接一、四方面军。”

战士们听说要见毛主席，情绪空前高涨，连日向西挺进。

走了 10 多天，行程数百里，经过周至、骆驼口、佛坪、西江，到达甘肃和陕西交界的双石铺。这是古战场，三国时代马谡失街亭就在此地。拂晓，红二十五军 1 支部队和胡宗南的别动队 4 个连遭遇，将他们全部歼灭，并活捉了 1 个少将参议。从这位少将的口供里，证实红一、四方面军先头部队确实越过了松潘。还得知：胡宗南的主力部队已经全部西调去抗击北上的红军，后方留守处设在天水。

红二十五军在双石铺停留了 1 天，开会纪念了“八一”建军节，第二天一早，便向天水挺进。

刚打下天水北关，敌人 1 个旅的增援部队到了。红二十五军放弃攻占天水的计划，连日转向凤凰山、沿河镇，强渡了渭水。

过渭水时，全军只有 1 条小木船。除了指挥部的几个同志和 7 名女护士乘船渡过的外，全军沿着一条绳子徒涉过去。过了渭水后，便打下了秦安。为牵制国民党军毛炳文部的主力，部队又继续向通渭前进，一直威逼到静宁附近。这一带是回民地区，全军指战员坚决地执行党的民族政策，做好争取与团结回民的工作。为了尊重回民的风俗习惯，部队不入清真寺，不吃猪肉，不动用回民的家具。军部还向回民送匾和银锭。这些行动，使当地的回民深受感动。回民们杀羊宰牛慰劳红军，阿訇摆上香案、点心迎接红军。还有不少的回民青年自愿参加红军。

在兴隆镇一带休整了 3 天，因仍得不到党中央和红一、四方面军的消息，省委又进行了研究，认为目前远离陕南孤军作战，要转回去也非常困难，如果再打听不到党中央的消息，就奔陕北，与刘志丹领导的陕北红军会合。

休整以后，部队继续前进，打下隆德。当天傍晚，毛炳文的主力部队从兰州增援上来，红二十五军与敌激战一阵，又开始转移。

部队边打边走。政委吴焕先同志在前头领着大队，副军长徐海东在后面指挥打敌人的追兵。从隆德转战到六盘山，从瓦亭到平凉，日夜行军。在白水镇打垮马鸿宾的 1 个旅（消灭 1 个多营），在泾川消灭马开基的 1 个团，团长马开基被打死，活捉了 400 多人。

不幸的是，就在泾川四坡村战斗中，中共鄂豫陕省委代理书记兼红二十五军政委吴焕先不幸牺牲。

9月7日，红二十五军到达合水东北的豹子川（今属华池），鄂豫陕省委召开会议，决定由程子华代理省委书记兼红二十五军政治委员，副军长徐海东改任军长，戴季英任参谋长，郭述申任政治委员。

红二十五军从泾川西进，威逼崇信，在西兰公路与敌人周旋17天之久，天天派人打听，也没打听到中央和红一、四方面军的确实消息。毛炳文的部队乘着80辆汽车，配合马鸿宾的一部分部队，从背后赶来，红二十五军在此孤军作战，处境不利，便按照原定的计划去陕北。陕北是老根据地，到那里可以与刘志丹领导的红军会合，还可能打听到党中央的消息。

三、北上到陕北

红二十五军强渡泾水，经过数天的行军，便进入了陕甘根据地的边沿——绍山一带。这里是白区和红区交界的地方，部队翻山越岭走了3天，也没碰到一个村庄。背的干粮吃光了，全军两天没吃上东西，许多同志饿得昏倒在路上。这天下午，忽然发现了1个羊群，有500多只羊。一盘问，是羊贩子的。红二十五军领导和贩羊的人进行商量，同意将羊卖给红二十五军。部队就吃起羊肉来。没有盐，锅也少，有脸盆的用脸盆煮，没有脸盆的，把羊肉切成薄片片放在石板上烤，有的拿着羊腿放在火上烧。幸亏有了这群羊，使红二十五军坚持到了陕甘根据地。

进入陕甘根据地后，由于口音不同，群众不知是什么队伍，纷纷逃走。当得知红二十五军是红军时，相继归来，分外亲切。消息传得很快，习仲勋、刘景范等陕甘革命根据地领导同志先后找来，召开群众大会欢迎红二十五军。

红二十五军与陕北红军会面后，又经过连续4天的行军，于9月15日到达了陕北延川的永坪镇，胜利结束了长征。在这里，与刘志丹部队会合。

两军会合之后，红二十五军和陕甘红二十六、红二十七军合编为红十五军团，并决定由徐海东任军团长，程子华同志任政治委员，刘志丹同志任军副团长。

1935年9月18日，九一八事变4周年，在永坪西南一个干部学校门前操场上，举行了红十五军团成立大会。会上，党的负责同志和红十五军团主要负责同志作了讲话。

（作者：张仁衮，原载《六安红军与长征》第369—377页。）

长征先锋，百将之师

——叙说英雄的红二十五军

1934 年 11 月 16 日，诞生于金寨、成长于大别山的英雄之师、威武之师——红二十五军高举着“中国工农红军北上抗日第二先遣队”的旗帜，开始进行长征。

红二十五军自 1931 年 10 月正式成立，到 1937 年 8 月改编，走过了 6 年的光辉战斗历程。在中国共产党的领导和人民群众的支援下，红二十五军历尽千辛万苦、战胜千难万险，胜利地完成了历史使命，为中国人民的革命事业作出了重大贡献。本文着重讲述红二十五军的光辉历史、显著特色、英雄传奇等几个方面的内容。

一、红二十五军的光辉历史

红二十五军于 1931 年 10 月在安徽金寨麻埠组建，是金寨地区组建的第一支成军建制的红军队伍，也是金寨地区组建的第七支红军队伍。首任军长旷继勋、政委王平章。历任军长旷继勋、蔡申熙、吴焕先、徐海东、程子华；历任政委王平章、戴季英、郭述申、吴焕先、程子华。创建时只有军部和第七十三师，后来又发展了第七十五师和第七十四师。红二十五军的发展可以分为 4 个阶段。

第一阶段：建立初期阶段（1931 年 10 月至 1932 年 10 月）。红二十五军建立初期，在红四方面军编制内，参加了鄂豫皖革命根据地的商（城）潢（川）战役、苏家埠战役、潢（川）光（山）战役等和第四次反“围剿”斗争。

第二阶段：坚持斗争阶段（1932 年 11 月至 1934 年 11 月）。1932 年 10 月，红二十五军军部及第七十三师随红四方面军主力进行战略转移后，中共鄂豫皖省委重建了红二十五军。重建的红二十五军，接连取得了一些胜利，有力地扭转了鄂豫皖革命根据地的斗争危局，并使自身发展到 1 万余人。在错误和挫折面前，省委和红二十五军领导认真吸取教训，及时转变斗争方针，形势逐渐好转。红二十五军在大于自己数十倍的敌人重兵的“围剿”下，在极其艰难困苦的环境中，辗转游击、几经苦斗，取得了葛藤山、长岭岗、扶山寨等几次大的战斗胜利，坚持了第五次反“围剿”斗争。

第三阶段：进行长征阶段（1934 年 11 月至 1935 年 9 月）。1934 年 11 月 16 日，红二十五军在省委领导下，以不足 3000 人的兵力，打破了敌人 30 多个团的围追堵截，转战桐柏山、豫西平原、伏牛山，进至陕南。继而以武装斗争为先导，广泛发动和武装群众，在石塔寺、袁家沟口等地，给敌人以沉重的打击，并创建了鄂豫陕革命根据地。

第四阶段：转战陕甘阶段（1935 年 9 月至 1937 年 8 月）。1935 年 9 月，红二十五军和红二十六军、红二十七军合编为中国工农红军第十五军团后，胜利地打响了劳山战役和榆林桥战斗，为迎接党中央和中央红军到达陕北作出了贡献。随后编入中国工农红军第一方面军。在中共中央、中央军委的直接指挥下，参加了直罗镇战役，粉碎了敌人对陕甘革命根据地的第三次“围剿”，为把全国革命的大本营放在西北奠定了基础礼。

西安事变后，奉命南下陕南，参与抗击国民党亲日派的军事进攻，促进了西安事变的和平解决。

1937 年 8 月，红十五军团奉命改编为国民革命军第八路军一一五师三四四旅，出师抗战，开赴华北抗日前线，投入到伟大的抗日战争之中。

二、红二十五军的显著特色

红二十五军有着坚定的革命信念和坚强的党性观念，参加创建了鄂豫皖革命根据地，并在极端困难的条件下，坚持了那里的武装斗争；独立创建了鄂豫陕革命根据地，使自己得以休养生息；西征北上的战略行动，成为主力红军北上的先导，为把中国革命的大本营建在西北建立了特殊的功勋。纵观红二十五军的光荣历史，我们发现它具有以下几个显著的特色。

（一）英勇无畏，独撑蓝天

这一点特别集中体现在红二十五军的长征过程中。可以这么说，红二十五军的长征几乎是在与世隔绝的情况下进行的，一切决策、一切决定全凭自己的分析和判断。由于红二十五军的将士年纪都很小，所以有人这样说：红二十五军用自己柔嫩的肩膀撑起了一片蔚蓝的天空。

（二）顽强拼搏，能征善战

据统计，在红二十五军的历史中，仅是有记载、有影响的战役战斗就有 70 多次，歼敌10多万人，其中，独树镇、庾家河、石塔寺、袁家沟口等战役战斗差一点就让红二十五军全军覆没，还有著名的劳山战役、榆林桥战斗和直罗镇战役，都是大仗、恶仗、险仗。事实证明：红二十五军是一支英勇顽强，能征善战，纪律严明，作风过硬，勇于吃大苦、耐大劳，敢于打硬仗、打恶仗的英雄部队。

（三）人民公认，领袖称赞

红二十五军虽然是一支年轻的部队，但是纪律严明、作风过硬，特别是在长征过程中，红二十五军严格执行我们党的民族政策，注重与少数民族地区的群众搞好关系。毛泽东说，红二十五军了不起，是执行民族政策的典范。

红一方面军长征结束时，几乎到了弹尽粮绝的地步。红二十五军军长徐海东知道后，立即安排人查清了家底，然后迅速地从所剩的7000块银圆中拿出5000块银圆，同时又从各个连队抽调一批武器和战士，连人带枪带钱送给中央红军。

对此，毛泽东深受感动、始终铭记于心。后来，在多种场合下，毛泽东都对红二十五军和徐海东给予了高度评价。他说，徐海东是对中国革命有大功的人，他是中国工人阶级的一面旗帜，并且在徐海东生病住院期间给予了很多特殊的关照。

当然，毛泽东对徐海东的特殊关照，并不仅仅是因为徐海东给红一方面军送了5000块银圆。徐海东一家为中国革命牺牲了66口人，一生受了10多次伤，去世的时候身上还有10多个窟窿，他的确为中国革命立了大功。

（四）人才济济，将星璀璨

红二十五军人才济济、英雄辈出，仅开国将军就有97位，他们中有开国大将1名：徐海东；上将2名：刘震、韩先楚；中将6名：李耀、张天云、张池明、陈先瑞、林维先、梁从学；少将88名，有方升普、邬兰亭、肖选进、闵鸿友、陈祥、胡继成、熊挺等。另外，还有红二十五军军魂人物吴焕先、率部长征的红二十五军军长程子华、曾任中央军委副主席的刘华清等重要人物。

三、红二十五军的战斗传奇

（一）将军班，充满神秘

将军班的故事，是红二十五军众多传奇故事之一。班长陈先瑞就是安徽金寨籍的开国中将，另外两位则是后来的开国上将韩先楚和刘震。

这个“将军班”以其丰富的实践经验和敌人斗智斗勇，充分展现了他们随机应变、临危不乱的能力和水平。特别是班长陈先瑞，国民党军把他的名字写成“陈光瑞”，出现在“战斗详情”中。毛泽东主席称他为红军的“陕南王”。红军时期，陈先瑞曾先后“四进陕南”，为红二十五军扩大规模、壮大队伍立下了汗马功劳。

（二）发展中，逢凶化吉

红二十五军在发展中遇到过很多困难，也面临过很多危险，特别是在长征途中几次面临全军覆没的危险。但是，不论环境多么危险、条件多么恶劣，最终都会逢凶化吉、转危为安。为什么会这样呢？这其中一个重要的原因就是红二十五军的首长们，凡事都能自己带头、以身作则，每当战斗出现危机的时候，首长们都是冲锋在前，他们叫“同志们，跟我上！”，而不是叫“同志们，给我上！”应该说，这就是红二十五军一路披荆斩棘、化险为夷、转危为安的制胜法宝！

（作者：胡遵远、李雨迪、李泽波，原载《皖西日报》2019 年 11 月 27 日。）

红二十八军的改编及新四军四支队的抗战历程

1937年7月7日夜，日本侵略军在北平西南的卢沟桥附近突然向中国驻军发起进攻，中国官兵奋起抵抗。中华民族全面抗战由此爆发。

一、举行停战谈判，签订停战协议

实际上，1936年12月西安事变后，中国共产党以民族利益为重，力促停止内战、共同抗日，推动了第二次国共合作。1937年5月，长期与中央失去联系的鄂豫皖边区党组织和红军派人到西安，得到中央代表林伯渠、红军总政治部主任王稼祥的指示和中共关于国共合作抗日的文件精神。7月14日，红二十八军政委高敬亭决定与国民党豫鄂皖边区督办卫立煌举行停战谈判。为此，高敬亭致信卫立煌："我奉我党中央停止内战、枪口对外、国共合作、团结抗日的指示，向你提出：一、接信后凡驻我附近的国民党兵立即撤退；二、双方派出代表进行谈判。"

7月18日，高敬亭化名李守义，以红二十八军政治部主任的身份与卫立煌的代表商谈正式谈判的有关事宜。高敬亭在此机智地提出了举行停战谈判的3个先决条件：第一，为创造一个停战谈判的和平气氛，包围红军驻地的国民党军队必须后撤10公里；第二，鉴于谈判在安徽省岳西县城举行，必须确保红军谈判代表的人身安全；第三，此次谈判只是局部停战谈判，涉及的一切重大问题应由国共两党中央解决。只有这3个先决条件得到确认和实施后，方能派出代表谈判。

此时的卫立煌刚刚经历了一场人生变故，思想有了很大的转变。西安事变发生时，他正住在西安最豪华的西京招待所，半夜里他被一阵枪声和嘈杂声惊醒之后，便和住在招待所里的20多名国民党要员一起成了杨虎城的俘虏。他原以为像他这样一个和红军打仗最多、最狠、积仇最深的人，肯定是凶多吉少。然而，当西安事变在中国共产党的努力下得以和平解决时，他却意外地和其他国民党要员一起平安地回到了南京。回到南京以后，他回想起自己在西安事变中的惊险经历，以及张学良的谈话和中共方面的意见，不禁感慨万千，从而意识到抗日救国确实是全国人民的共同要求，不抗日就会沦为民族的千古罪人。共产党对他这样的人能不念旧恶，从宽释放，促使他下决心放弃内战，与共产党携手抗日。所以，当他接到高敬亭的信后，便以积极的态度来寻求和高敬亭进行停止内战、共同抗日的谈判。

7月28日，鄂豫皖边区国共双方经过数轮谈判，在岳西县九河签订了停战协议书，从而使中国共产党抗日民族统一战线纲领在鄂豫皖边区得以实现，成为南方八省中最早实现区域性国共合作抗日的地区。

二、谨慎定决策，勇赴“鸿门宴”

1937年8月上旬，红二十八军政委高敬亭发布抗日命令：“当此国难日亟、民族危亡之际，凡本部同仁愿意抗日者，一律到黄安县七里坪集中。”

停战协定签订之后，高敬亭在岳西县鹞落坪召开红二十八军和皖鄂边区特委干部会议，再次宣传党的抗日民族统一战线纲领，传达岳西停战谈判新达成的协议，着重研究向七里坪集中问题。高敬亭告诫全体同志，虽然停战协议签了字，但要提高警惕，严防国民党内的极端分子利用停战后的和平心理，搞突然袭击。为确保部队安全，会议重新确定了从皖西到七里坪的行军路线。会议还决定派人分赴各地，向红二十八军所属部队地方武装和便衣队宣传国共合作、共同抗日，通知他们到七里坪一带集中。8月上旬，高敬亭和皖西特委书记何耀榜率领红二十八军手枪团和二、三分队及潜太游击队，从岳西县鹞落坪出发，经罗田县北部的东界岭，麻城县乘马岗，扶县箭厂河、闵家山、高山岗、卡房等地，前往黄安县七里坪，没有按照国民党鄂豫皖边区督办公署规定的路线行进。事前，高敬亭还派出侦察人员了解情况，并命令部队分散行军，备足干粮，途中尽量不做饭，不耽误时间，以防被袭。

进驻七里坪之时，国民党武汉行营派极端反动的专员程汝怀在七里坪设“鸿门宴”，明里邀请何耀榜及随员赴宴，暗中却在七里坪及附近大量构筑工事，企图以其优势兵力，先逮捕何耀榜，再围歼到达七里坪附近的红军。地下党的同志及时送来情报，高敬亭和何耀榜等人分析，如果去赴宴，很可能遭毒手；如果不去，对方则可以借口红军放弃七里坪，撕毁原定协议。面对这一情况，红军采取积极对策：高敬亭指挥部队在外面做接应，何耀榜带领挑选出来的红军战士组成警卫队，前去“赴宴”，机智地控制了宴会厅，使对方慑于自身安危而未敢施以毒手，从而避免了一场可能发生的破坏停战协议的流血事件。程汝怀的阴谋失败后，国民党武汉行营致函红军，表示遵守停战协议，欢迎红军进驻七里坪。不久国民党一〇三师所部撤出，高敬亭率部进驻七里坪。

三、进驻七里坪，部队改为四支队

李世焱奉命前往金刚台找赤南县委书记张泽礼（绰号“张三铁匠”），通知便衣队下山到七里坪集中。“我比较了解张泽礼同志，他出身贫寒，早年参加革命，对国民党有着刻骨仇恨，现在一听说国共合作的事，思想上会不会转过来?”李世焱有点担忧。高敬亭立即写了一封致赤南县委的信，又叫秘书拿来好多张布告，一并交给了李世焱，又嘱咐他们：“将这封信亲手交给张泽礼。记住，虽说国共合作了，一些反动家伙还想搞阴谋，你们的任务是找到赤南县委，不要和敌人正面接触。”李世焱找到张泽礼时，曾在一起战斗过的亲密战友相见分外亲热，但张泽礼一见到卫立煌签发的通行证，马上惊疑起来，立即命令便衣队持枪严厉监视李世焱等人，在经过反复核对高敬亭的信件确凿无误后，又开会商量，最后才说：“好！既是上级的决定，我们坚决服从。马上下通知集中便衣队，开赴七里坪!”李世焱完成任务后，向高敬亭汇报说：“军政委，这次找到张泽礼同志，差点送了老命。”高敬亭笑笑说：“我知道你们有危险，但我相信你们会把工作做好，‘张三铁匠’是个好同志嘛!”

1937 年 9 月 9 日，高敬亭、何耀榜到七里坪后致信中共中央，报告了鄂豫皖边区三年游击战争及同国民党谈判的经过和结果。接到报告后，毛泽东于 9 月 15 日致电林伯渠，作出对红二十八军的指示。9 月中旬，郑位三、肖望东、张体学、程启文等受中共中央派遣去七里坪。行前，毛泽东专门接见他们，作了重要指示，并对鄂豫皖边区党和红军胜利坚持三年游击战争给予高度评价。红二十八军和地方武装、便衣队集结后，由郑位三、肖望东等负责，在七里坪附近的秦家祠堂举办了干部培训班，学习毛泽东的《中国共产党在抗日时期的任务》《为争取千百万群众进入抗日民族统一战线而斗争》等文章和中共中央文件。

1937 年 12 月 25 日，根据国共两党达成的协议，国民革命军新编第四军军部在湖北汉口成立，叶挺任军长，项英任副军长，张云逸任参谋长，袁国平任政治部主任，周子昆任副参谋长，邓子恢任政治部副主任。全军辖 4 个支队和 1 个特务营，共 1 万余人。

1938 年 1 月 18 日，第十八集团军总参谋长叶剑英到七里坪视察，检查红二十八军整训情况和东进抗日的准备工作，并具体部署了东进抗日和创建敌后抗日根据地的任务。

在南方八省红军和游击队整编会议上，周恩来代表中共中央宣布活动在鄂豫皖边的红二十八军和鄂豫边红军游击队改编为新四军四支队。1938 年 2 月中旬，新四军第四支队改编完成，高敬亭任司令员，肖望东任政治部主任，下辖 4 个团，共 3100 余人。

四、东进上战场，打响第一枪

1937 年 3 月 8 日，新四军四支队召开东进誓师会，随即分别从七里坪和信阳县邢集出发，成为首批奔赴皖中、皖东抗日前线的新四军部队。新四军四支队东进抗日时，分别在七里坪和竹沟设立了留守处，这两处成为豫鄂边区抗战的战略支撑点。

1938 年 3 月下旬，高敬亭率领的新四军四支队主力和由豫南人民抗日独立团改编的四支队八团在皖西流波䃥（今金寨县境内）会师。根据中共中央长江局的指示，成立了新四军四支队军政委员会，高敬亭任主席，戴季英任副主席，林维先、吴先元、胡继亭为委员。随后，部队继续东进，于 4 月初抵达皖中地区。

1938 年 5 月，日本侵略军继攻占南京并进行惨绝人寰的南京大屠杀之后，兵分两路向西猖狂进犯。日军侵略淮南后，疯狂掠夺当地的煤矿资源，残酷地榨取矿工的血汗，数以万计的工人惨死在日本侵略者的魔掌下。1938 年 5 月 12 日，新四军四支队先遣队在巢湖以南蒋家口西岸，出其不意地伏击日军巢县守备队，当场击毁两艘日军汽艇，毙伤敌 46 人，缴枪 11 支，残敌狼狈逃走。蒋家口战斗打响了新四军在华中敌后抗战的第一枪。这场战斗首战告捷，有力打击了日本侵略者的嚣张气焰，增强了华中军民的抗战信心。蒋介石于 5 月 16 日发出致新四军的表彰电报："贵军四支队蒋家口出奇挫敌，殊堪嘉慰。"

1938 年 5 月至 10 月，首先进抵华中抗日前线的新四军四支队大力开展敌后抗日游击战争，英勇顽强地打击日军，配合正面战场的武汉会战，连续展开 28 场战斗，连战连捷，毙伤敌 940 余人，俘虏日军 8 人，击毁敌军车 156 辆，为打开江北抗战局面和创建皖中皖东抗日根据地奠定了基础。

五、伏击棋盘岭，打个大胜仗

安合公路是日军进攻武汉的重要通道，公路上每日均有几十辆至上百辆日本军车通过。1938 年 9 月 2 日，高敬亭根据侦察员的报告，了解到敌人对于安合公路天然要隘棋盘岭的警戒有些忽视，于是抓住战机，果断命令新四军四支队特务营配合七团三营，立即从驻地出发，到棋盘岭设伏。受命部队于 3 日拂晓前到达伏击地域，对伏击地域两端的范家岗和新安渡各派出一个排担任警戒，其余部队按照主攻、预备队分工，各占据有利地形设伏。上午 9 点左右，由 80 多辆汽车组成的敌人车队逐渐驶近。当敌人前面两辆汽车来到棋盘岭隘口时，埋伏的便衣班一跃而起立即将其炸毁，第三辆车接着被集束手榴弹炸翻，车上 10 名日本兵被全部击毙。这时，敌人的车队全部进入了新四军四支队的伏击圈，停在公路上有 10 里长，敌人正在迟疑，伏击部队迅猛出击，车上 200 多名押车的日本兵纷纷跳车，四散逃跑；一部分被伏击部队的火力杀伤，一部分至棠梨山负隅顽抗。新四军四支队用汽油烧毁了 20 多辆汽车，又用手榴弹炸毁了 20 多辆车，战斗持续了半个多小时。棋盘岭伏击战，新四军四支队共击毙敌人 70 余人，毁坏军车 50 余辆，缴获大量枪弹和军用物资。

棋盘岭战斗后，皖中一带国民党部队溃兵如蚁、土匪为患。高敬亭指挥部队先后攻克庐江、无为县城及肥西的刘家老围子，肃清了皖中的国民党散兵游勇和一大批土匪，开辟了皖中抗日根据地。为了巩固根据地，高敬亭派出大批干部到地方上去做群众工作，四支队很快发展到 8000 多人，成为新四军的主力部队。据不完全统计，高敬亭从率部东进至 1939 年 6 月罹难的 1 年零 4 个月里，指挥所部先后同日伪军战斗 90 余次。其中，同敌千人以上部队作战 4 次，阻击 80 至 500 辆汽车的车队 6 次，毙伤敌 2300 余人（包括日军 1700 余人），俘敌 400 余人（包括日军 9 人），消灭反动武装和土匪 3700 余人，缴获长短枪 1400 余枝、轻机枪 17 挺、军马 20 匹，击毁汽车 156 辆、汽艇两艘，给日伪军以沉重打击，给人民群众以极大鼓舞。

六、花开两朵并蒂红，兵分两路建功勋

1939 年 5 月，新四军军长叶挺、政治部主任邓子恢等相继从皖南来庐江，于江北第四支队驻地严家松园，组建国民革命军新编第四军江北指挥部，张云逸任指挥，徐海东、罗炳辉任副指挥，赖传珠任参谋长，邓子恢任政治部主任。

1939 年 7 月，新四军四支队分编为第四支队和第五支队两个支队。原红二十八军军长徐海东任新四军江北指挥部副指挥兼第四支队司令员，戴季英任政委，下辖第七团、第九团、第十四团，开辟了以定远藕塘为中心的津浦路西抗日根据地；第五支队司令员罗炳辉，政委郭述申，下辖第八团、第十团、第十五团，开辟了以来安半塔为中心的津浦路东抗日根据地。1939 年 12 月 21 日至 23 日，新四军四支队在徐海东指挥下于周家岗等地同日伪军激战，毙伤敌 160 多人，收复大片失地。1940 年 3 月 4 日至 12 日，新四军第四支队、第五支队在定远自卫反击战中，歼俘顽军 3000 余人，并乘胜攻克定远城。1941 年 1 月 25 日，新四军第

四支队、第五支队改编为新四军第二师，开创了淮南抗日民主根据地，坚持到抗战胜利。解放战争时期，先后编入华东野战军第三野战军序列，在莱芜战役、孟良崮战役、济南战役、淮海战役、渡江战役、解放南京和上海等一系列重要战斗中功勋卓著。

（作者：胡遵远，原载《军事史林》2020 年第 7 期。）

革命老区金寨县：抗日战争风云录

一、侵略

抗日战争时期，日军在革命老区安徽省金寨县（当时称立煌县）犯下了种种罪行。其中，最令人发指的有4宗大罪。

（一）狂轰滥炸

1938年6月15日至11月2日，日军飞机先后12次飞抵流波疃一带上空，疯狂扫射居民，投炸弹、燃烧弹100多枚。流波疃5000多户居民的房屋、财产大部分被炸毁焚烧，尤其是镇南的上店子、小河南一带，街道成了一片废墟。据统计，全镇被炸死的市民、商人、学生、农民共500多人，其中，中共六安县委书记邹同礽在流波疃指挥群众疏散隐蔽时，不幸同妻子一起被炸牺牲。

6月30日，日机3次飞临立煌县城金家寨，进行低空轰炸，炸毁房屋400多间，伤亡群众100多人。9月10日和10月23日，日机又多次投弹狂炸，立煌人民的生命财产再次蒙受了巨大损失。

（二）施行“三光”

1938年9月3日，沿浦信公路西进武汉的日军，步兵一大队、骑兵一中队，侵入开顺街，居民群众纷纷外逃，未及逃脱者中26人被杀害，10多名妇女被奸污，数十人被逼为其做苦工，稍有反抗即被刺死。镇上1800多间房屋被烧，谷堆、麻架、粮仓尽被焚毁，家畜家禽被杀光吃尽；未燃尽的门板、家具又被抬去修工事。日军在开顺街肆意践踏了1个多月，撤退时又抓走民夫100多人。

立煌县城金家寨，是战时的安徽省省会，也是国民党第二十一集团军总部所在地，是大别山区敌后根据地的中心，日本侵略军早就蓄意“扫荡”，但慑于大别山险要的地形和众多的驻军，未敢妄进。1942年12月，汉口日军司令攻田家在南京参加军事会议后，乘飞机返回经太湖县境时，日机被国民党第四十八军一三八师炮兵击中坠毁，日军遂调动部队，进犯黄梅、太湖山区，寻获飞机残骸和日军尸体。在此过程中，日军探悉立煌根据地防务空虚，便报告给汉口指挥机关。汉口之敌立即派第三师团于 19 日向鄂东宋埠集中，与先行部队结成一个加强联队，步兵、骑兵、炮兵共约 6000 人，分作东西两路向立煌进袭。九江、安庆、津浦路之敌也同出策应，摆出四面八方围攻大别山的态势。

12 月 25 日，东路之敌陷入罗田后，抵僧塔寺，经瓮门关、中界岭进入立煌后畈。国民党第二十一集团军总部设在后畈黄氏祠的弹药库被日军炸毁，守库的国民党保安第九团 2 个排被枪杀；关押在弹药库中为国民党运输军需物资的 30 多个民工全部被炸丧生。接着，一股日军到泗洲河小街奸污妇女、烧房抢物，直趋龙门石；另一股日军深入国民党第四十八军军部所在地深沟铺，劫掠粮食，焚毁仓库。两股日军在龙门石会合后，又继续西犯，沿途村庄被烧毁的房屋、木材、粮食、家畜不计其数。

（三）血洗茅坪

1943 年 1 月 1 日夜，向立煌进犯的日军，将茅坪小街包围。茅坪是流波礅到立煌县城的交通要道，当夜住宿在此的有国民党部队 1 个排和其押送去立煌的 284 名壮丁，还有客商、挑夫、学生百余人。2 日拂晓前，日军以机枪封锁小街两头的道路，将酣睡中的国民党军警士兵、壮丁、民夫、商人、学生及本地居民数百人集中到街西的河滩上，我同胞骂不绝口，誓死不屈，日军即以刺刀一一捅死，顿时碧血成河，尸骨成堆。街上的 400 多间房屋全被烧毁，群众财物被劫掠一空。几日后，附近群众将死于敌人屠刀下的 562 具尸体，合葬于一个大冢内，称“万人墓”。1945 年，国民党立煌县政府在万人墓前修建了纪念碑，并刻有碑文，翔实地记录了茅坪惨案经过。

（四）践踏县城

1943 年 1 月 2 日上午 10 时，血洗茅坪的日军向古碑冲、金家寨进犯。傍晚，日军占领了立煌县城金家寨。

从西路进犯立煌之敌则由湖北麻城出动，经木子店抵长岭关，一路烧杀，也于 2 日渡过史河侵入金家寨，与东路之敌汇合。

凶残的日军在立煌城区，奸掳焚杀，无恶不作。从古碑冲到金家寨的 25 里长街，数千栋屋宇被烧成废墟；无以计数的军用物资、日用百货、土特名产、竹木粮草均被付诸一炬；机关团体的公文财物和银圆钞票等，或被掠走或被焚烧；100 多名无辜群众被杀害，20 多名女中学生遭蹂躏（后集体含恨自杀）。日军还公然践踏国际法，焚烧立煌邮政局的房屋及所有文件、票券、设备，并杀害2名邮政职工。

日军在立煌县城施尽暴行后，5日晨仍分两股窜出，一路经苏仙石去河南商城；一路沿史河而下，以3架飞机开道，往霍邱方向侵扰，沿途烧杀轰炸。杨家滩小镇被炸光烧尽，死亡居民500多人；青峰岭头至上磊子一带的山沟里，200多个逃难群众被炸丧生。沿途50多里火光冲天，尸骨累累。

二、反击

面对日军的残酷暴行，立煌县军民同仇敌忾、奋起反抗，多次打响了抗击日军的英勇战斗，其中比较著名的有4次。

（一）沈家畈战斗

1938年7月，日本侵略军一小股25人秘窜至白沙河禅堂沈家畈时，当地农民自动组织起来围歼日本侵略军，斑竹园守碉堡的常备队10余人闻讯后赶来共同作战，激战两昼夜，毙日本侵略军7名。后敌弹尽，一名匿逃，余均被农民乱棍打死，并将战果报立煌军事机关验收。战斗中，农民郑家安、郑家礼、郑家松、曾照勉、田南斋、肖大春6人牺牲。11月，逃匿的一名日本侵略军在西河桥被立煌县后备队捕获，于25日将其押送立煌。

（二）富金山血战

富金山原称富鑫山，又称富青山，位于豫、皖边界，大部分属河南，东南部属安徽，南面被长江河切成两岸峭壁名石门口，为军事要点。武汉会战时，富金山北线及纵深区是国民党军宋希濂的第七十一军的防区，南坡和东麓由国民党军于学忠的第五十一军守卫。沿六安至信阳公路西犯富金山的日本侵略军是第十三师团和第十师团，后又增加了第十六师团和第三师团。

1938年9月2日，第五十一军一部进驻富金山南线，迅速修好工事。黄昏，日本侵略军先头部队的一个大队进入马鞍山，经过30分钟激战，日本侵略军死伤过半，退下山去。3日拂晓，富金山血战开始，第七十一军三十六师师长陈瑞河沉着指挥打退日本侵略军6次冲锋，敌死伤甚众。5日下午，日军分三路进犯：一路向马鞍山，一路向主峰，一路向石门口。6日，枪炮声、厮杀拼搏声，终日不断，打退日军无数次冲锋，侵略者丢下数百具尸体。

7日以后，日本侵略军第三师团和第十六师团各一部分逐次加入战斗，并有飞机参战，先是1架，9日上午增至4架轮番轰炸，陆军反复冲杀，富金山山头几乎被削去了 1 尺多。血战极为悲壮惨烈，多数东北籍的第五十一军（第一一三师、第一一四师）战士，怀着国恨家仇，壮烈地为国牺牲；9 月 11 日，富金山虽失陷，但日本侵略军也付出了死亡 1000 余人的代价。

（三）康王寨战斗

1938 年 9 月，日军数百人由河南省商城县长竹园、汪家铺经县境牛食河、雀儿笼绕道去鄂东。驻守大别山的国民党军第二十一集团军第七军闻讯急调第一七一师布防于康王寨附近的邓家湾、西河桥、祝田畈、白沙河等地；10 月 7 日，第一七一师得悉日本侵略军将翻越康王寨东侧鹅公包山的消息，遂取葛家山近道抢占康王寨主峰。为日军带路的农民常国贞将敌诱至康王寨悬崖，两军短兵相接，肉搏拼杀，后续部队则进行远距离的射击。脚蹬皮靴、不识路径的日本侵略军为抢占山头，常跌进深壑峡谷。为第一七一师服务的民夫和群众，也搬动巨石砸入敌群，敌阵混乱，四面挨打。日本侵略军总部得悉该部被围的呼救讯号后，派 10 多架飞机助战，空投物资。因秋雨连绵，云雾笼罩，目标不清，空投的干粮、弹药落于深山密林。绝望的日军舍命突围，沿康王寨北侧滴水崖方向撤退的一路敌军被第一七一师的猛烈炮火逼上悬崖峭壁，多数坠崖毙命，残存的夺路逃遁；循鹅公包背后杨树坪向东南方向逃跑的另一路日军，误入第一七一师伏击圈，面临深谷，退路被炮火封锁，激战半天，大部被歼，少数溃逃。其中有 8 名逃脱的日军，后被西河乡农民阎玉山、汤本仁、吴三载、李侉子等击毙。

（四）查儿岭、长冲岭阻击战

1943 年元旦，进攻立煌的东路日本侵略军，由瓮门关入境，经前后畈、泗洲河、龙门石、八河，夜陷茅坪，2 日晨沿六（安）立（煌）公路直趋立煌。奉命防守立煌东大门——查儿岭的国民革命军第七军一七一师五一三团团长萧湘汤率 3 个营（缺 1 个连）驻查儿岭上端黄毛尖，第八连连长周明率部于柳树沟至查儿岭一带布防，构筑工事，疏散群众。当日 6 时许，日本侵略军前锋经乌鸡河抵查儿岭下柳树沟岔路口，怯于地形险峻，先派 1 个小队向沟内搜索。刚进至沟口，伏于朴刀尖的八连右翼炮手未等大批日军进入伏击圈，便一炮打死 8 名日军和 2 匹马、1 条军犬。由于过早地暴露了目标，余敌退回乌鸡河口，以猛烈的炮火压住八连右翼火力，让大股日本侵略军快速通过朴刀尖射程地带，经柳树店冲向查儿岭盘旋公路。伏于公路转弯处的八连左翼从背后射击，敌猝不及防，溃退至柳树店。日军遂以一部兵力经乌鸡河口冲向石路岭，进攻第二十一集团军总部，牵制查儿岭；同时以炮火封住八连左翼，复冲向盘旋公路，但日军遭遇八连正面火力，再次被挫回柳树店。日本侵略军急于通过这一狭窄地带，抢占山头，遂猛轰八连火力点，妄图摧毁八连阵地，又多次强攻，均未得逞，始终困在沟内。14 时许，日本侵略军改正面攻打为迂回包抄，派 1 支轻武装翻越蜡烛尖，向查儿岭八连后方迂回。此时，八连左翼正由查儿岭山涧向山腰运动，负责左翼的排长发现日军已窜至后方，建议下令撤退，但八连连长周明坚定地率部与阵地共存亡。当地群众冒着枪林弹雨为八连送饭、运弹药、抬伤员。日本侵略军上下夹攻，阵地烟火弥漫。至黄昏，周明等大部分官兵牺牲，阵地失陷。

由乌鸡河向石路岭方向进攻的日军，11 时即抵石路岭头。国民党第五战区战干团驻皖分团 100 余名学员，推朱乃瑞指挥，布防在公路两侧，待敌进至 400 米时突然发起攻击，敌溃退至山下，以机枪、排炮开路，冲上山岭。战干团只有手枪和训练用的少量步枪，无法压制日本侵略军的火力，激战至 16 时许，不支，遂后撤，伤亡 30 余人。

查儿岭、长冲岭阻击战，共击毙日本侵略军 200 余人，八连和战干团伤亡 100 余人。1 月 4 日，当日军撤离立煌时，战干团驻皖分团尾随追击，在关山河一带又歼灭日本侵略军一部。

（作者：胡遵远，原载 2015 年版《志苑》。）

毛泽东亲笔起草的“极密电”，促使刘邓大军提前挺进大别山

1989年11月20日，邓小平在接见二野战史编写人员时谈到进军大别山前夕的一段往事。他说：“部队过黄河后一下消灭了敌人四个师部、九个半旅，旗开得胜，那气势是很了不起的。过黄河实际上就是开始反攻。但是，反攻深入到什么程度？歼敌九个半旅，这只是一个声势，更重要的是我们怎么进一步行动？我们打电报给军委，说趁势还能够在晋冀鲁豫地区继续歼灭一些敌人，吸引和牵制更多的敌人，形势很好啊。毛主席打了个极秘密的电报给我们，写的是陕北甚为困难。当时我们二话没说，立即复电，半个月后行动，跃进到敌人后方去，直出大别山。实际上不到十天，就开始行动。”

“陕北甚为困难”指的是什么？就战局论，当时我军在陕北撤离延安后，灵活机动，以少击众，取得了三战三捷的胜利。同时，我军已转战三边，还准备攻打榆林，这种局面怎么能说“甚为困难”呢？其次，“陕北甚为困难”和“直出大别山”之间又有着怎样的联系呢？

1947年3月，蒋介石对解放区实行重点进攻方略，以代替内战初期的全面进攻方略。其中心战略是集中优势兵力，重拳出击，双管齐下，进攻陕北、山东两大解放区。5月4日，西北野战军取得蟠龙大捷，给陕北及全国战局以极大的震动。就在这一天，毛泽东在陕北王家湾发出致刘邓、陈谢、陈粟并彭习的电文，提出准备派遣刘邓大军南渡黄河的战略构想，这实际上是挺进大别山的最早预案。电报是这样写的：“（刘邓大军）经冀鲁豫出中原，以豫皖苏边区及冀鲁豫边区为根据地，以长江以北，黄河以南，潼关、南阳之线以东，津浦路以西为机动地区，或打郑汉，或打汴徐，或打伏牛山，或打大别山，均可因时制宜，往来机动，并与陈粟密切配合行动：凡有共同作战之处陈粟军受刘邓指挥。”5月8日，毛泽东致电刘伯承、邓小平，指出：“刘邓军6月10日前渡河，向冀鲁豫区与豫皖苏区之敌进击，第二步向中原进击。”5月9日，毛泽东再次致电刘伯承、邓小平，发出“全党全军首先要面向蒋管区，把战争引向更远的敌后”的号令。

由此可见，毛泽东的战略意图非常明确，就是要求刘邓大军尽早结束内线作战，渡过黄河，挺进中原，以调动陕北、山东敌人回援，彻底粉碎敌人的重点进攻，将战争由解放区引向国民党统治区，使全国各地战场转入战略反攻。

从战略上讲，黄河是刘邓大军实施战略进攻、挺进中原必须克服的第一道障碍。蒋介石梦想凭借黄河天险，实行所谓的“黄河战略”，阻挡刘邓大军南进，将其主力消灭在黄河以北地区。而刘伯承、邓小平经过认真分析和部署，6 月 30 日夜率部强渡黄河，一举突破被蒋介石吹嘘能抵挡 40 万大军的“黄河防线”，在鲁西南一带大展手脚，为下一步挺进大别山开辟了通道。通道打开了，但问题是何时挺进大别山？是继续留在鲁西南寻机歼敌，还是下决心不要大后方，直出大别山？毛泽东、刘伯承、邓小平都在思考着。

7 月 10 日和 13 日，毛泽东两次电告刘伯承、邓小平，要求他们争取在陇海路北多消灭敌人，休整之后，进行陇海作战，准备向陇海路以南发展，争取在内线多歼灭敌人，有依托地向外线发展。然而，到了 7 月下旬，情况发生了变化。当时，刘邓大军久战羊山集不下，蒋介石又派重兵分多路向鲁西南增援，形成对刘邓大军的包围之势。在此紧急情况下，7 月 23 日，毛泽东致电刘邓，电报全文八百余字，其中一段尤为精彩：“刘、邓对羊山集、济宁两点之敌，判断确有迅速攻歼把握则攻歼之。否则，立即集中全军休整十天左右，除扫清过路小敌及民团外，不打陇海，不打新黄河以东，亦不打平汉路，下决心不要后方，以半个月行程，直出大别山，占领大别山为中心的数十县，肃清民团，发动群众，建立根据地，吸引敌人向我进攻打运动战。”

7 月 27 日，毛泽东又致电刘伯承、邓小平：“望你们立即集结全军休整补充半个月，执行中央 7 月 23 日电任务。”并提议刘邓大军于 8 月 15 日左右挺进大别山，陈谢兵团提早至 8 月 20 日渡过黄河，挺进豫西，认为如此则可能取得几个星期的时间在豫西及大别山立住脚跟。

收到这封电报后，刘伯承、邓小平正在鲁西南前线指挥作战，故未能及时回电。在指挥所里，他们反复研究这封电报后认为，毛泽东的建议完全正确，但是部队自南渡黄河之后，连续作战，战士极度疲劳，急需休整补充。如果立即直出大别山，部队转入无后方作战，困难确实不小。

7 月 28 日，刘邓大军打下羊山集，并向中央军委回电，一方面表示拥护中央军委提出的方针，另一方面又如实汇报了部队所面临的困难，希望能够在内线继续歼灭敌人，待时机更加成熟后再挺进大别山。第二天，毛泽东向刘邓、陈粟并陈谢及彭德怀发出了一封特殊的电报，这是一份三个“A”级的电报，也就是前文中邓小平所说的那封“极秘密”的电报。该电前面复述了刘伯承、邓小平呈报的军情：“在山东敌不西逃及刘邓所告各种情况下，刘邓全军休整半个月后，仍照刘邓原来计划，第一步依托豫皖苏，保持后方接济，争取大量歼敌，两个月后看情况，或有依托地逐步向南发展，或直出大别山。”接着通报了陈谢的行动计划：“仍照计划八月出潼洛，切断陇海，调动胡军一部增援，相机歼灭之。”最关键的话是下面这句：“现陕北情况甚为困难（已面告陈赓），如陈、谢及刘、邓不能在两个月以内以自己有效行动调动胡军一部，协助陕北打开局面，致陕北不能支持，则两个月后胡军主力可能东调，你们困难亦将增加。”

直陈“困难”且加“甚为”二字，在毛泽东一生文稿中极其罕见，不仅言陈“甚为困难”，而且晓以利害，道出如果不能以有效行动调出胡宗南的部队，则陕北不存，胡宗南即出兵中原参战的预测。话说到这个份儿上，真可谓危难之至了。

是什么原因让毛泽东说出这样沉重的话呢？7 月 30 日，毛泽东致刘邓、陈粟的电报中除对山东军情的指示外，还通报了陕北我军的战况及行动防线，这是挺进中原大战略中两翼牵制之右翼。“八月打榆林方面之敌，吸引敌军增援，以利陈赓出潼洛。”“我军预定给榆林敌一个打击后，即回头打胡，或出关中，或出西兰公路，配合陈赓及你们。”

在这段叙述中，毛泽东加了这样一段话：“边区受胡军蹂躏，人民损失甚大，粮食缺乏，人口减至 90 万。”这段话是对前一天电报中“陕北甚为困难”的注脚，也是在简略揭示一个潜在的本质问题：这是离开战争视线的另一个胜负趋向，是隐藏在军事较量这座冰山下的基础问题！这句话作为战争史叙述和研究，也极容易被忽视。这无疑是一个真实的披露，西北野战军的远征三边，陈谢兵团不来陕北，都和毛泽东以上的话有直接关系。这一点蒋介石看准了，他料定解放区物质基础薄弱，没有工业，农业底子也薄，他的全面进攻和重点进攻首先是摧毁解放区的经济基础和生产秩序。在遭受进攻的解放区内，几十万蒋军来回拉锯，“清剿”劫掠，军事进攻后面掩盖着经济绞杀。这一招首先在陕北显示出了奇效。

西北野战军与十几万胡宗南部队反复周旋，赢得三战三捷，但陕北是苦寒贫瘠之地，经不起折腾，战争对人民家园和生产秩序的破坏尤大。敌军方阵式的行军来来往往，搜索粮食，宰杀牛羊，毁坏畜力农具，使人民流离失所，土地荒芜，十室九空。再加上自然灾害频繁，战争的灾难性后果已经在陕北出现了。电文中说“人口减至 90 万”，按抗战中统计数字边区人口 150 万计，已减少了四成。再看粮食情况。当时来小河村参加会议的陈赓对随从人员说，“陕北苦谁都知道，但想不到连毛主席他们，也天天在吃小米黑豆野菜这些东西了”！

因此，毛泽东电报中所言情况是十分准确的，如果情况不能改变，两个月后陕北将不能支持。这指的当然是经济。赤地千里，陕北部队怎么生存？

这正是蒋介石的老辣之处。他总结当年围剿中央苏区的经验，如解放军诱敌深入，他就集中兵力，方阵前进，方阵后退，占城掠地，反客为主，坐地为桩。大军过后，必有凶年，几次过后解放区的地皮就会被刮净，家底也就大打折扣。

这一恶招，对于受惯了经济封锁又极具战略远见的毛泽东等中共领导人来说，是不难觉察的。毛泽东对战争进程主动权的争取，使他对战略性反攻作了提前安排，1947 年 4 月底开始构想“打出去”“从内线转入外线”的战略部署，5 月初开始部署刘邓大军挺进中原，到 7 月又决定让陈谢兵团也打出去。不同于以往敌进我退的是，这次采取局部的敌进我退，战略全局上的敌进我进。这种军事战略上抢夺先机的主动性，导引解放区的经济及早走出了蒋介石设置在战争幕布后面的陷阱。

刘伯承、邓小平接到这封“极秘密”的电报后，自然会反复阅读“现陕北情况甚为困难”这几个字。他们想到，当下部队虽然疲劳，鲁西南又有歼敌的好机会，但挺进大别山关系整个战略全局和陕北的安危，因而必须克服一切困难，尽早行动。7 月 30 日，刘邓即复电中央军委：“决心休整半月后出动，以适应全局之需。”

1947 年 8 月 1 日，毛泽东及中央纵队离开小河村，踏上了一段艰险跋涉的历程。在追兵逼迫、雷雨泥泞中，毛泽东在给各野战军电报中开始不断提示这样一个明确的战略目标——打到蒋管区去！这是挺进中原逐渐清晰下来的一个具体方向。此时，刘邓大军正在千里跃进大别山的途中；西北野战军正在艰苦地攻击榆林城防；陈谢兵团正在秘密集结茅津渡，进军豫西。8 月 30 日，刘邓向毛泽东报告：“我军已胜利完成渡过淮河、进入大别山之跃进任务，敌人追击计划完全失败。”

这就是前文中一个“极秘密”电报的由来及其关联的一个战略阶段。谈及这段话时，邓小平已是一位 85 岁的老人，但他的记忆还十分清晰、深刻。刘伯承、邓小平当时准确掂量出这封电报的巨大分量，所以“二话没说”，带领部队千里挺进大别山，英勇果敢地完成了我军战略大反攻最关键的一个步骤，实现了“把战争引向蒋管区”的战略转移。

（作者：胡遵远，原载《安徽档案》2017 年第 4 期。）

刘邓大军千里挺进大别山，利刃插进敌心间

1947年6月起，在中共中央、中央军委和毛泽东的悉心指导以及友邻部队的有力策应下，刘伯承、邓小平率领晋冀鲁豫野战军主力，以排山倒海之势强渡黄河，鏖战鲁西南，率先挺进中原，义无反顾地千里挺进大别山，拉开了人民解放军战略进攻的序幕。

刘伯承、邓小平联名致电中央军委，提出挺进中原的战略设想，得到毛泽东等中央领导人的赞许。实施战略进攻的各项准备工作随之展开。1947年8月，刘邓大军冲破国民党军队的沿途堵截，跃进到战略上敌人最敏感的大别山区。在历时7个月的艰苦斗争中，刘邓大军根据毛泽东的指示，“勇敢坚决，多打胜仗”，“坚决执行争取群众的政策”，并与陈粟大军、陈谢兵团互相配合，机动作战，纵横驰骋，扫荡中原，取得了“歼敌十九万人，解放县城百余座，在四千五百万人口的江淮河汉广大地区建立了中原根据地”的重大胜利。

一、千里挺进大别山

大别山雄峙于国民党首都南京与长江中游重镇武汉之间的鄂、豫、皖3省交界处，是敌人战略上最敏感而又最薄弱的地区，那里崇山峻岭，绵延不绝，是老革命根据地，群众基础好，解放军容易立足生根。占据大别山，可以东慑南京，西逼武汉，南扼长江，瞰制中原。毛泽东提出，进军大别山应采取跃进的方式，下决心不要后方，长驱直入，一举插进敌人的战略纵深，先占领广大乡村，建立革命根据地，以乡村包围城市，然后再夺取城市。

当时军委的战略意图是：以刘邓大军挺进大别山；由陈赓、谢富治率领太岳兵团主力为右后军，趁胡宗南陷在陕北，豫西敌军处境不利的时机，以雷霆万钧之势，从晋南渡过黄河挺进豫西，依托伏牛山作战，创建豫陕鄂根据地；由陈毅、粟裕率领华东野战军主力为左后军，挺进苏鲁豫皖地区。两翼牵制是：彭德

怀率领西北野战军出击榆林地区，调动进攻陕北的胡宗南部北上；山东解放军在胶东展开攻势，把进攻山东的国民党军引向海边。中共中央一再要求做到：两翼配合中间，三军确保主力。周恩来曾说："刘邓直插大别山，朝蒋介石的胸膛刺进一刀！陈赓、谢富治兵团南渡黄河，挺进豫西，再砍他一刀！陈毅、粟裕大军进入鲁西南，挺进豫皖苏，再扎他一刀！这三路大军，在战略上就布成了'品'字阵势，互为犄角，协力配合，在南起长江，北至黄河，西从汉水，东到黄海的中原大地上，向敌人展开大规模的进攻。"刘邓大军与随后挺进豫西、豫皖苏的陈谢、陈粟两路大军，形成"品"字形阵势，它们互为犄角，直逼国民党长江防线，使广大中原地区成为夺取全面胜利的前进基地。

1947 年 8 月 7 日，刘伯承、邓小平遵照党中央和毛泽东把战争引向国民党统治区的指示，率领晋冀鲁豫野战军主力突然甩开敌军，兵分三路，向南疾驰，开始了千里挺进大别山的壮举。

千里挺进大别山，说起来容易，可是让一支大军孤军深入到国民党统治区，既没有后方，也没有补给，的确是很危险的一步棋。毛泽东对刘邓大军千里挺进大别山估计了 3 个前途：一是付出了代价站不住脚退回来；二是付出了代价站不稳脚，在周围坚持斗争；三是付出了代价，站稳了脚。这着棋显示了毛泽东作为一个战略家的巨大气魄，但实现这个战略意图，要有刘邓这样既有军事才能，同时又顾全大局的指挥员。

鲁西南战役后，刘邓大军需要休整，但接到毛泽东"陕北情况甚为困难"的电报后，刘邓二话没说，不到 10 天，即率部千里挺进大别山。刘邓当时面临的困难是绝对难以想象的。前面有强大的敌人在堵截，途中有难行的黄泛区等障碍，后有敌军在追，天上飞机轰炸，弹药给养也供给不上。刘邓大军被迫放弃了所有重武器和辎重，以"走到大别山就是胜利""狭路相逢勇者胜"的气魄，坚决贯彻党中央的战略意图，克服重重困难挺进大别山。

从开始进军大别山，到在大别山立足以至建立起根据地，刘邓面临着极其残酷的困难，因为大别山是红四方面军的发源地和根据地。刘邓所带部队的老底子，就是徐向前多年培养的红四方面军，是一支能打硬仗的部队。现在老红军、老部队回了家乡，谁不想打好仗、做好群众工作、站稳脚跟呢？可大别山在国民党统治下已搞得贫困不堪，加之历史上有我们部队的四出大别山（一是红四方面军西征，二是红二十五军长征，三是新四军四支队东进抗日，四是中原突围），有点年纪的人都很懂革命理论，当给群众做工作，讲到分配土地时，群众说："不用你分，我们 1927 年就分好了。""在我们大别山，你们有过四次走出，没有一次不是搞到'箩里精光'（罗山、礼山、经扶、光山），最后还要到'剥皮'（泼陂河）才走的。鬼才相信你们旱鸭子（北方人）不走。"

说来大别山人民真够苦的！红四方面军撤离后，国民党对大别山区进行了极为残酷的镇压“围剿”，常常是十里无人烟、到处无鸡鸣，老百姓生活已经无法维持，刘邓大军进入后，老百姓不敢接近，怕国民党报复，刘伯承、邓小平指挥部队一面作战、一面开展地方工作，发动党员和骨干群众进行土改，镇压地主，打击土匪，严明军纪。

至11月，共歼敌3万余人，发动群众建立了33个县的民主政权，一部分青年开始参军，壮大了自己的力量，初步完成了大别山区的战略展开。

因为这里生活条件十分艰苦，刘邓就带头纺纱织布制作军衣、冬装。经过几个月的艰苦斗争，刘邓在大别山终于站稳了脚跟，实现了党中央指出的最理想的前途。刘邓曾说：我们在大别山背重些，其他战场就可以减轻些，更多地消灭敌人。刘邓这种勇挑重担、顾全大局的观念，在千里挺进大别山中表现得淋漓尽致。

为了要在大别山站稳脚，刘邓把高度集中的大部队散开，变成麻雀满天飞，准备在半年里同蜂拥而来的敌人周旋几个回合。当这种周旋进行到第三个回合时，蒋介石动用4个整编师33个旅的绝对优势兵力，命令国防部长白崇禧坐镇九江统一指挥，寻找我主力部队决战，企图将我军一网打尽。

二、兵分两路游击战

坚守大别山的关键时刻到了！刘邓部队此时吸引了国民党大批军力，大大减轻了陕北的军事压力。

在外线，有陈粟、陈谢两军在郑州至信阳段发起攻击战役支援刘邓，以调动大别山的敌人。大别山的部队，一方面继续坚持内线作战，同时决定在外线再开辟3个战场，以求彻底撕破敌人的阵势。刘邓命令南下的后续部队十纵和十二纵分别向桐柏区（大洪山、桐柏山）和江汉区挺进，同时命一纵由大别山内线向北转出，前进500里，北渡淮河、在淮西展开。

在这最关键的时刻，刘伯承、邓小平分开指挥部队作战。邓小平同李先念、李达组成前线指挥所，指挥大别山内线开展游击战争。刘伯承、张际春率后方指挥部随军转移至淮河以北，指挥外线各纵队。

12月10日夜晚，刘邓两人在王家湾（黄陂站西北）分别。邓小平说：“我到底比你年轻，留在大别山指挥，你到淮西去指挥全局。”刘伯承说：“警卫团都给你留下，我只带一个排就行了；你在大别山行动频繁，我带电台在淮西给你提供敌情。”

当天夜晚宿营，刘伯承率领的野战军直属机关、中共中央中原局机关，即与敌军混住在一起。真巧，刘伯承住的是一个没有敌人的小村庄叫何小岩。这时敌我都没有发现对方，因为双方都疲劳不堪了。当大家听到了北面的零星枪声后，各个机关分队立即闪电般地集合起来，迅速向南走。此时已听到北面担任掩护任务的一纵方向机枪声、炮声大作，敌机也很快来到我军上空盘旋。天亮了，只因云低雾大，敌机才始终未发现我军。

邓小平那里，当晚听到北面的枪炮声时担心得很，估计刘伯承遇到了敌情，马上令六纵派一支部队向北策应，以吸引敌人到南面来。直至接到报来的平安电报，他才完全放下心来。

这以后，敌人在大别山处处围攻，处处扑空，处处受到邓小平在内线指挥的或集中或分散的部队的打击，驻广济的敌青年军一部被我歼灭。在外线，一纵卡住了淮河，在淮西十几个县展开。进入江汉区的部队越过汉水直抵潜江、黄石，威胁了武汉，威胁了敌人的长江防线和大巴山防线。十纵和十二纵先后创建了桐柏军区和江汉军区，吸引大别山的敌军向外扩散。

刘邓虽然分成了两个指挥部，但在上报下发的电报中，这一点从未暴露出来，一切电报仍是签署“刘邓”二字。这时留在大别山的邓小平政委，发了不少关于战略战术的指示电报，都是签署“刘邓”二字。直到他们快要重新会合的时候，刘伯承、邓小平才分别向中央、军委发了一份个人署名的电报。

经过刘邓、陈粟、陈谢三路大军内外配合，积极作战，4 个月歼敌 19.5 万余人，解放县城近百座，创建了长江、淮河、汉水之间的新的中原解放区，把南线敌军总兵力 160 多个旅中的 90 个旅，调动和吸引到中原战场，取得了具有战略意义的重大胜利。

至此，刘邓千里挺进大别山的战略任务已届完成。

（作者：胡遵远、李燕，原载《刘邓大军挺进大别山及皮旅突围在皖西》第 87—93 页。）

刘邓大军摆“口袋阵”歼敌

1947 年夏，刘邓大军主力直入大别山腹地，把战争引向国民党统治区，揭开了人民解放军由战略防御转入战略进攻的序幕。10 月初，蒋介石误以为刘邓大军即将南渡长江，慌忙调兵围堵，命国民党整编第四十师及整编五十二师八十二旅向解放军侧背进攻。

国民党整编第四十师原为第四十军，是蒋介石的精锐部队。该师自豫北一路跟至大别山，充当了“追剿军”的急先锋。刘邓大军抓住整编第四十师及第八十二旅孤军冒进的有利战机，决定集中 10 个旅伏歼该敌。为选择有利地形作战，刘伯承亲自登上鄂东三角山勘察地形，并决定在湖北蕲春县高山铺以东峡谷地带设一个“口袋阵”，在运动中歼灭这股顽敌。

10 月 26 日拂晓，中原独立旅派出小分队沿公路边打边退，沿途引诱、迟滞敌人。一纵一旅得知整编第四十师已逼近高山铺后，旅长杨俊生立即命二团一营于 8 时 30 分占领蚂蚁山西南无名高地。部队刚部署就绪，敌前卫部队即到达，并对无名高地展开抢夺，被一营打退。一团赶到时，敌人一部已进至洪武垴西山腰，一团五连先敌抢占山顶，一团七连的一个排也随即占领界岭制高点。

洪武垴和界岭是敌通往广济咽喉要道上的制高点，也是解放军必须坚守的阻击阵地。一团五连打退敌多次冲锋，因自身伤亡过大，阵地被敌人夺去。11 时许，四连赶到，在七连的火力支援下，再次夺回了洪武垴主阵地。午后，一旅后续部队赶到，把敌人压制在清水河峡谷内。

当天，中原独立旅和一纵五十九团也粉碎了敌夺占茅庵山、大寨山的企图。六纵第四十九团、第五十四团各一部组成的先遣队，在十七旅参谋长宗书阁的指挥下于当日黄昏占领了马奇山、李家寨山，堵住了敌人的退路。26 日夜，二纵二旅（欠四团）、十九旅相继赶到伏击位置，协同一旅由东面、北面的洪武垴、界岭、蚂蚁山、子女山等阵地，中原独立旅由南面的茅庵山、大寨山等阵地，从 3 面对敌形成包围。

刘邓首长原定总攻时间是 27 日上午 11 时 30 分。但到了上午 9 时，二纵司令员杨勇接到一旅旅长杨俊生的电话，发现“敌人溃退了，我已命令二团出击”，遂决定立即发起总攻。

在敌后“扎口袋”的六纵四十九团主力和五十四团二营坚守马奇山和李家寨山阵地，部队伤亡很大，战士们的弹药也快打光了。正在危急时刻，十八旅赶到，宗书阁立即命令部队全线出击。

战斗至午后胜利结束，共歼灭、俘虏敌军12660人，缴获大量的作战物资。当解放军押送俘虏撤离战场时，蒋介石还从武汉派来飞机，在高山铺上空投下大批馒头、烧饼，战士们见敌机空投得差不多了，用机枪对空开火，一架飞机中弹起火，撞到山坡上摔得粉碎。

高山铺战役是解放军进入大别山后取得的第一个重大胜利，对大别山根据地的创立具有重要意义。10月29日，毛泽东亲自拟稿，以中央名义致电刘伯承、邓小平，庆祝在高山铺地区歼灭国民党整编第四十师及第八十二旅的胜利。

（作者：胡遵远，原载《人民政协报》2018年1月11日。）

攻克皖西重镇金家寨

金家寨是皖西重要门户，也是国民党抗战时期安徽省政府驻地，攻下金家寨对刘邓大军挺进皖西具有重大意义。1947 年 8 月 27 日，刘邓大军三纵解放固始县城，直指金家寨。29 日，八旅接到命令，攻下金家寨，解放立煌县。

29 日，八旅在三纵队副司令员郑国仲、旅长马忠全、政委卢南樵率领下，全旅二十二团、二十三团、二十四团 3 个团从固始出发，直向立煌县（金家寨）进发。为了做好攻克前准备工作，旅部派二十四团团长吴先洪带一个营，旅部作战股长王文贞、侦察股长张苏文带侦察排先行出发。31 日午后，八旅经过 2 天急行，抵达立煌县城金家寨史河北岸。在这里，先期派出侦察的王文贞、张苏文已早早地等着纵队和旅部首长的到来，并详细汇报了金家寨驻敌情况。

金家寨镇三面环山，北边史河宽数十公尺，可以徒涉。县城防守部队是安徽省保安团第四总队和国民党第四十六师五六四团的两个营。敌人在城西黑龙潭至城东南之张家畈修筑有密集碉堡和堑壕进行防御。

为了实现首战必胜，旅长马忠全主持召开了作战会议。

会议地点选在一位农民家里，八旅团以上干部参加。马忠全旅长认真地倾听着大家的发言，不时仔细观察挂在墙上的地图。就在会议紧张进行时，一个参谋匆匆走进来，向马忠全报告说："旅长，纵队首长来电，请您亲自接！"马忠全急忙走出会议室。不一会，马忠全神情兴奋地回到会议室，对大家说，刚才纵队司令员陈锡联来电，传达刘伯承、邓小平两位首长指示，要求我们"勇猛顽强，首战必胜，力求全歼，坚决打好这一仗"。他向首长作了保证。郑国仲副司令员勉励大家说："我们的作战指导思想是积极出击，稳扎稳打，力求全歼，打好第一仗，为国民党杀害的父老姐妹报仇！"

经过讨论，决定部队在史河北岸与敌人展开战斗，分别占领有利的进攻地形。部署是：二十二团在河东北的洪家湾待命出发，二十四团部署在河西北一个高地上，二十三团及旅直机关部署在河正面的高地上，面对立煌县城展开。

为查明城内国民党军守备情况，保障主力迅速歼敌，由二十二团派出一个连的兵力渡过史河，摸清城内敌人的防御情况。黄昏时分，二十二团派出三连，利用水声作掩护，偷偷涉过史河，在敌人毫无知觉的情况下，一直插到城南门，然后一阵猛打猛冲，攻入城内。守敌保安团毫无战斗力，听到我军猛烈的机枪声，没做任何反击，犹如惊弓之鸟，溃逃上山。金家寨大部被三连占领，河南岸完全被我军控制。

消息传来，已是9月1日的拂晓，马旅长立即命令各团趁势渡河，向敌发起攻击。二十二团在涂学忠团长指挥下，涉过史河，向黑龙潭以东以南高地进攻。参谋长田世繁率一营从上游过河，插至南山断敌后路。二十四团在吴先洪团长指挥下，从史河下游过河，向张家畈以西及西南高地进攻。二十三团在团长唐兴盛指挥下断后掩护。八旅指战员们在炮火掩护下，多路并进，英勇冲杀，连破敌人两道堑壕，强占了部分火力要点和碉堡。国民党第五六四团两个营守敌凭借碉堡火力疯狂反扑，八旅迫击炮、榴弹炮齐发，有效压制住敌人的火力。战至下午4时，敌人大部被歼，进攻部队在余家湾以北高地会合，残余敌人被我火力压缩在包公祠以西的十几个坚固碉堡里。在战斗中，八旅政委卢南樵一线指挥进攻时，腿部中弹负伤。

为了减轻伤亡，加快进攻速度，八旅采用火力试探的方法，摸清敌人的位置和火力配置。经判定，居于山梁后的第三个大碉堡即敌人的主堡，又是敌人团指挥所。但白天进攻接近目标困难，用炸药包不易炸开碉堡，敌人妄图据此负隅顽抗，前沿部队要求旅部调山炮来支援。

9月2日上午，旅首长调来了山炮连，连长张发根指挥四门山炮进行抵近射击。部队派1个连战士将山炮拉到离敌人100多米处，利用地形，逼近主堡，同时组织好步兵火力队和突击队，准备实施突击。炮手们瞄得准，随着山炮的几声怒吼，炮弹像长了眼睛一样，钻进敌碉堡爆炸。敌人据守的最大一个碉堡被掀翻后，残敌打出白旗投降。八旅突击队立即跃出堑壕，一时间“缴枪不杀”“解放军优待俘虏”的喊话声此起彼伏。

战斗到上午10时全部结束，八旅毙俘国民党军和保安第四总队共100余人，敌五六四团上校团长陈铁汉被击毙，立煌县县长李煊也在莲花山下棺材沟被我军生擒。

三纵八旅攻克金家寨，是邓刘大军进入大别山、立足大别山的一场硬仗，是1个旅在山区单独攻城胜利的尝试，有着重要的政治、军事意义，受到刘邓司令部的表扬。八旅解放金家寨后，挥师东进，分路出击，向皖西腹地挺进。

（作者：张仁衮，原载《刘邓大军挺进大别山及皮旅突围在皖西》第163—165页。）

刘邓大军挺进大别山的第一次大规模战斗

——张家店战役

张家店位于今六安城区以南约 30 公里处的金安区张店镇。1947 年 10 月上旬，这里迎来了刘邓大军千里挺进大别山后的首次大捷。

一、诱敌深入，包围张家店

1947 年 8 月底，刘邓大军胜利完成千里挺进大别山后，立即实施战略展开。与此同时，蒋介石急令尾随刘邓大军南下的国民党军 23 个旅追过淮河，分路扑向大别山区，妄图乘我军立足未稳，寻歼我军或将我军逐出大别山。根据这一情况，刘伯承、邓小平集中大部兵力于豫南，以求歼敌一路，9 月间，在商城以北、以西地区连续组织以歼敌五十八师为主要目标的 3 次作战。但只歼敌两个团，未能实现作战意图。

皖西之敌整编第七师、第四十八师及第四十六师一部等部西入鄂豫后，蒋介石又从徐州调第八十八师进占庐江、桐城、舒城，并向六霍推进。刘邓首长急令三纵："趁敌西调，皖西空虚，迅急回师，放手歼敌。"

三纵司令员陈锡联接到命令后，率领三纵主力 5 个团于 9 月 30 日由商城、固始之间冒雨东返，隐蔽行动，绕道山地行军，经 7 个昼夜，如期赶到霍山、六安之间。此时，敌第八十八师的第六十二旅贪功冒进，孤军深入，正由舒城沿舒（城）霍（山）公路向西进犯。留在皖西的三纵八旅尾随侧击，紧紧咬住敌人。为防止敌人逃跑，陈锡联立即指示各旅，抓住敌人，不必请示，即可合围歼击。

10 月 6 日，八旅二十三团在舒城以西的南官亭附近，与该敌激战数小时，给敌以杀伤后，便主动撤出战斗，诱敌深入。当日夜，纵队主力到达霍山、六安之间的女儿街地区。鉴于敌第八十八师师部及第六十二旅处于运动中，且较孤立，三纵决心集全力歼灭该敌，遂确定：九旅先进至山王河、石河一线，迅速沿霍（山）舒（城）公路向东搜索前进，迎击该敌，七旅主力到舒家庙以南，其十九团到但家庙、大河厂，二十一团带电台，主力到芮草凹，一个营向六安伪装主力，八旅以一部阻敌于山王河以东，进一步查清敌人兵力。7 日夜，敌先头部队在山王河以东遭遇三纵九旅二十五团的迎头痛击，这时敌人才察觉我方作战意图，立即折回迅速向北缩集于毛坦厂西北抱儿岭、落马岭一带，但为时已晚。三纵首长当即命令：七、八、九旅分别由北、东、西南加速向落马岭、东西河口以北山区合围该敌，务求一举歼灭；各部在执行任务中，必须机动灵活捕捉战机，积极主动协同。

8 日拂晓，敌人又向北逃窜，企图摆脱其面临被歼的命运。各部队发现敌人已逃窜时，都毫不犹豫地积极追击敌人。九旅旅长童国贵率二十六团和二十七团两个营取捷径向北追击，各级指挥员都在先头行进，亲自侦察，判断敌情，勘察道路。

八旅先头部队跟踪追击，死死咬住敌人，多次打垮小股敌人的阻击，其余部队相继到达张家店东南外围。8 日黄昏，敌人全部收缩到张家店。24 时，九旅二十六团在马长岗捕捉敌人哨兵，查明敌人全部集中在张家店，二十六团当即占领 295 高地，向敌开火；二十七团迅速逼近韩家畈。与此同时，七旅旅长赵兰田率二十团从北面与敌接触。七旅旅长赵兰田与九旅旅长童国贵共同商量后，决心抓住这一稍纵即逝的战机，以仅有的兵力，大胆实施包围，坚决歼灭敌人，随后一面部署兵力，一面向纵队首长报告。七旅二十团的轻装部队迂回至张家店东、北两方向，在敌人北逃的必经之路上展开阻击。

9 日拂晓，敌人企图从二十团阵地打开缺口，夺路逃向六安。最初是几个连分向几处攻击，继而又以两个营至 4 个营的兵力在山炮和十几门迫击炮火力掩护下连续猛扑。二十团的战士们奋勇出击，打退了敌人一次又一次的突围，最后把仅有的预备队团特务连和旅的侦察连也用上去反冲击。这时位于西、南两面的二十六团从侧翼向敌猛烈进攻，积极支援二十团作战，使敌人首尾受击。15 时，敌人倾全力作最后的挣扎向北突围。七旅二十团和九旅二十六团密切协同、奋力夹击，将敌压回张家店。与此同时，三纵郑国仲副司令员、马忠全旅长率领八旅在朱家冲、聚龙庵一线实施攻击后，于 9 日下午在张家店以东展开，九旅后续部队也迅速赶到，至此，将敌人团团包围在张家店。

二、速战速决，歼敌张家店

张家店是一个东西走向、长约 500 米的小集镇，当时仅有 200 多户居民，住房大多数是泥墙草顶。居民和商人见国民党军闯来，除年迈老人外，几乎全部逃避一空。敌第八十八师以善于防守、重视训练著称，抗日战争时期该部曾成功守卫长沙，在优势日军进攻下坚守衡阳40多天。此时敌人一进张家店，随即据房为营，赶筑工事。他们利用镇周围广布的池塘、水田和土丘山岗修筑了外围工事；各要道又立桩布寨，挖掘堑壕，踞守的民房都挖有枪眼可以互相支援，很快就构成层层道道的防御工事。敌人的指挥部设在镇西北的一个庙里。

根据敌人防御情况，为了迅速歼灭该敌，纵队决定：以九旅由西南面对张家店实施主攻，七旅由北，八旅由东、东南实施攻击。战斗分为两个阶段：第一阶段肃清外围，第二阶段发起总攻。

9日19时，开始肃清外围。部队虽经连续行军追击，极度疲劳，但干部战士仍斗志高昂。七旅二十团一举夺取了镇北小河外的居民点，并派出一个营冲过小河，占领了附近的制高点。九旅二十七团占领了韩家畈，八旅二十二团夺取了张家店以东的胡家祠堂，其他各团亦迅速逼近张家店的前沿阵地。当夜20时，敌外围据点基本被扫清。

为了不给敌人喘息的机会，22时，三纵向敌人发起总攻。先以九旅和纵队配属的炮火从四面八方射向镇内，密集而准确的炮火迅速摧毁了敌人的防御工事和火力点。10日凌晨1时许，我军火炮击中敌师指挥所，引燃了村内草房，风助火威，整个张家店顿时变成火海，敌阵大乱。我各攻击部队趁势发起猛攻，九旅二十七团首先从南面突破，七旅从北面攻入村内，一部敌人向东突围逃窜，被八旅部队歼灭。突入镇内的部队，一面奋勇歼敌，一面协助群众救火。敌人有的被歼，有的投降。战至10日拂晓，除敌第八十八师副师长张世光带少数亲信化装逃跑外，其师部及第六十二旅全部被歼，战斗胜利结束。此役共毙伤敌副团长以下500余人，俘敌第六十二旅副旅长汤家及以下4300余人，缴获山炮1门、迫击炮15门、小炮26门、机枪70余挺、步枪1500余支。

三、堵截援敌，阻击槐树岗

张家店战役即将打响时，考虑到盘踞六安的国民党四十六师很可能会驰援，三纵首长命令七旅派出一个团迅速前往中店槐树岗一带阻击，七旅旅长赵兰田把这一光荣的任务交给了二十一团。为了联系方便，还给二十一团配备了一部电台。

槐树岗距六安城区仅10多公里，距张家店约20公里，是六安通往张家店的必经之地。七旅二十一团进入阵地后，立即在大路两侧的小山坡上构筑简易的防守工事。果然张家店的敌人预感到情况不妙，很快向守卫六安的第四十六师求援了。白崇禧为了救张家店，从第四十六师抽出3个团的援兵增援张家店，然而三纵早已在槐树岗布下了天罗地网。

敌人终于来了，200 米，100 米，直到敌军帽子上的标志都看得清楚了，一声令下，机枪、步枪发出了震耳欲聋的声响，一下就撂倒了几十个敌人。敌人爬着滚着，乱哄哄地退了下去。敌军第一次冲锋被打下去不久，又用猛烈的火力，轰击我方阵地，随后第二次冲锋又开始了。就这样，一天之内连续发起了 5 次进攻，每次都被我方英勇顽强地阻击了回去。

第二天，天刚破晓，张家店方向就传来了隐隐的枪声。与此同时，敌四十六师也开始了新的攻击。敌人居然派出飞机来支援，疯狂地投下一枚枚重磅炸弹，同时伴以密集的炮火。一时间阵地上硝烟弥漫，尘土飞扬。二十一团的战士们面对黑压压的数倍于己的敌人，进行了顽强的阻击。这时张家店的敌人，急得像热锅上的蚂蚁，声嘶力竭地频频向第四十六师呼救。敌第八十八师副师长张世光甚至连起码的保密规则也顾不上，竟用明语在电台上呼救起来，要求第四十六师“赶快靠拢，救兄弟一把”。白崇禧也接二连三地督促第四十六师立即向第八十八师靠拢。

正午时分，敌人发起了更凶猛的进攻。这一次他们居然突破了二十一团右翼阵地，一小股敌人甚至冲到了二十一团指挥所附近，把我方电台的天线杆都打断了。情况十分危急，战士们与敌人进行短兵相接的殊死搏斗。战士们的刺刀捅弯了，就用枪托砸，枪托砸断了，就和敌人抱在一起扭打，敌人的攻势被迫减弱了下来。敌人向来很怕夜战，当晚，战士们采取以攻为守的战术，主动出击。一夜间，阵地上的枪声、手榴弹爆炸声此起彼伏，打得敌人胆战心惊。

10 月 10 日清晨，一道电波传来了喜讯：“张家店歼灭战已经结束，敌第八十八师师部及第六十二旅被全歼……”战士们一片欢腾。3 天来，敌人前进只不过 10 里，二十一团发扬了英勇顽强的战斗精神，经持续 3 昼夜惊心动魄的激烈战斗，把数倍于自己的敌人，阻击在距张家店仅仅 15 公里的中店子地区，圆满完成了任务。

张家店战役是刘邓大军进入大别山以来，在无后方依托的条件下，首次取得消灭敌人一个正规旅以上兵力的重大胜利，这次大捷打开了皖西斗争的新局面，振奋了军心、民心。中共中央和中原军区都发了专电祝贺。

（作者：胡遵远，原载《安徽档案》2017 年第 3 期。）

刘邓大军和大别山人民唇齿相依渡难关

1947年6月30日，刘邓大军一举渡过黄河天险，发起了鲁西南战役，揭开了人民解放军战略进攻的序幕。8月7日，刘邓大军千里挺进大别山，开始了艰苦地创建大别山根据地的斗争。

大别山地区是老革命根据地，红四方面军、红二十五军、红二十八军都曾先后在这里建立过根据地。但是，由于我党我军在此建立根据地后，紧接着又都进行了战略转移。每次红军主力撤走后，国民党都会卷土重来，对根据地人民进行疯狂“围剿”和血腥镇压，革命力量几乎被消灭殆尽，国民党反动派的反攻把当地老百姓害苦了、杀怕了！所以，刘邓大军初到大别山时，老百姓一见到解放军就跑，而且是整村整村地往山里跑。老百姓不敢接近刘邓大军，别说是让老百姓来支前抬担架了，就连找个向导都很困难。

面对这种情况，刘邓首长在给中央军委的报告中提出了两条打算：一是多打胜仗，“如果我们不在半年内歼灭10个旅以上的敌人，就无法使得群众相信我们不会再走而敢于起来斗争”。这一条通过10万将士的拼死奋斗，很快做到了。二是严守群众纪律，“这是树立良好形象，使群众敢于接近（我军）的先决条件”，“一切为了在大别山站住脚”。

刘邓首长亲自给挺进大别山的部队“约法三章”：枪打老百姓者，枪毙；掠夺民财者，枪毙；强奸妇女者，枪毙。邓小平还亲自部署成立了执法小组，严厉惩处违反纪律者。

一、含泪枪毙赵连长

当时影响最大的一件事，就是邓小平直接下令枪毙一个违纪的“老八路”。

这个老八路名叫赵桂良，是野战军总部警卫团三连的副连长，他浑身的伤疤表明他是在抗日战争中屡立大功的功臣。那天，他到一个名叫总路嘴的镇上买东西，可店里没人，没人收钱，他就自己拿了一匹花布和一捆粉条，腋下还夹了一刀白纸和几支毛笔回连队了。据直接调查此事的总部保卫科科长张立轩向邓小平报告，赵桂良拿的东西没有一件是给他自己的：他拿花布是为了给连里最小的战士牛原平做棉衣，牛原平身材瘦小，禁不住冻；拿的纸和笔是要给连里出板报用；拿的粉条是要给喜欢吃炖粉条的一位首长改善一下生活……邓小平听后，长叹一声：“我们有过规定：抢劫民财者，枪毙！”“问题既然已经发生了，只好从我们身边开刀了，张立轩同志，通知部队，下午召开公判大会，另外派一部分同志上山，动员群众下山参加。”

刘伯承也知道，这是一个很不错的副连长，懂得关心战士，打摆子还替战士站岗，打起仗来特别勇敢。刘伯承以痛苦得有些颤抖的语调嘱咐保卫科科长：“你对他讲，对他的处决，我和邓政委都很沉痛。”“希望他能理解，老百姓不是命里注定要跟我们走的，如果我们的纪律搞不好，老百姓为什么不可以跟别人走呢?”

这天下午，审判大会在总路嘴镇樊家榨塆前的平场上举行。会场的一侧坐着部队，整齐肃穆。会场的另一侧坐着群众，寂静无声。野战军组织部部长陈鹤桥宣布公审大会开始。参谋长李达宣读了对赵桂良处决的命令，他沉痛的语气更增添了大会的沉重气氛。跑到山里躲避大军、刚刚赶回来参加大会的店铺老板跑到会场台前，拍着台板大哭：“早知道大军的纪律这么严，说什么我也不往山上跑。如果家里有人，也不会发生这事啊！请刀下留情，刀下留情啊！”野战军政治部副主任张际春的手被颤巍巍跑上台的一位老妈妈拉住：“首长啊！我也闹过红，当过交通。我知道红军的纪律。可……可拿了几把子粉条和几丈花布也算不了啥，你们千万、千万莫枪毙他呀！我、我求你啦，首长！求你啦……”老妈妈“扑通”一声跪在台上。张际春连忙扶起老妈妈，掏出手巾替老人擦泪。

面对群众赤诚而悲烈的情绪，面对眼前慈母般的红军妈妈的一再哀求，被人们称为“政委妈妈”的张际春再也无法自制，再一次去请示刘伯承和邓小平。邓小平说：“那位妈妈的话是肺腑之言，大家理解，我也理解。但我这样想，我们终究不能‘叶公好龙’啊！事情虽小，但军纪如山啊！一个没有纪律的军队是打不了胜仗的。特别是在目前的情况下，我军的纪律更应该是铁是钢，而不能是豆腐渣，不能够一碰就碎！所以，我的意见，还是要……坚决执行纪律！”他握起刘伯承的手，再次征求这个老搭档的意见，他发现刘伯承的手冷得像冰……只见刘伯承点点头，泪水潸然落下。

公判场上的枪声响了！邓小平使劲地控制住自己的泪水，说：“如果赵桂良同志的死能够唤起10万大军，能够激发全军斗志，有利于我们建立起巩固的大别山根据地，那么他会安息的”，“还要通知地方政府，按烈士军属待遇照顾他的家庭。赵桂良同志犯了错误，我们没有教育好，对不起生他养育他盼望他回家的老妈妈……”警卫三连的官兵们捐出自己为数不多的积蓄，买了口厚棺材，安葬了他们的副连长。至今总路嘴镇里上了年纪的居民还记得70多年前的那次公判大会，记得那鲜血染红了的刘邓大军铁的纪律！

二、派人送回两“光洋”

刘邓首长在亲自抓纪律、搞整顿的同时，还处处以身作则，带头执行自己制定的群众纪律。

1947年10月21日，刘邓首长率部来到湖北浠水县三角山的半山腰，部队休息时，警卫员康理找了个向阳背风的地方，铺上干草，扶刘伯承坐下。刘伯承突然听见自己的衣襟里发出“叮叮当当”的金属碰撞声。仔细一摸，有两块银圆被缝在他前襟的补丁里。刘伯承撕开补丁：“我刘伯承真是老眼昏花喽。这一定是房东大娘给补进去的。糟糕糟糕！”

警卫员康理也想起来了。刘邓住在山脚下张家榜的一户老乡家里。早上，刘伯承正在伏案研究地图，房东老大爷泡了一壶茶端上来，谁知水装得太满，不小心洒在了地图上。房东见闯了祸，慌忙用袖子擦地图，结果又把紫砂茶壶碰掉地上摔碎了。“不要紧，不要紧。这叫岁（碎）岁平安嘛。”刘伯承一边弯腰收拾茶壶碎片，一边说着当地的吉利话，又掏出两块银圆：“你是为照顾我们而摔碎了自家的东西，应该由我们赔偿。”房东说什么也不肯收。刘伯承就把钱塞进他的衣袋里：“损坏东西要赔偿，这是我们的纪律。你要是不收下，我心里会不安的。”房东没了主意，赶忙回屋去找老伴。康理在院子里听见房东大娘骂她老头：“你真是越老越糊涂了！东西是你自己摔坏的，能让人家赔吗？再说，还收人家两块银圆，你那把破壶能值那么多钱吗？”过了一会儿，房东大娘又端上两碗茶水，递给刘伯承和邓小平。她发现刘伯承的衣襟上破了个大口子，就说：“你们这些当兵打仗的人呐，就像薛平贵，衣裳破了都没人缝补。快脱下来，我帮你补补。”刘伯承难却大娘的好意，就把军装交给了大娘，没想她竟把那两块银圆缝了进来……

刘伯承掂着两块亮光闪闪的银圆说：“这倒成了难题了。钱是一定要还的，可是已经上了半山，我再回去，你们肯定不同意。那么，只好麻烦哪位辛苦一趟了。”警卫员们都争着要去。于是，刘伯承就选了一个身强体壮的，把银圆放在他的手中：“那就请你代劳了。记住，务必送到！”直到送银圆的同志回来报告说银圆已经送到了老大娘手中，刘伯承才放下心来。

三、实事求是搞土改

1947年12月31日，邓小平主持召开鄂豫边区地、县负责人会议，收听了毛泽东刚刚发表的《目前形势和我们的任务》后，各地在汇报工作时介绍了土地改革中存在的一些问题。金寨县委书记张延积汇报说："由于我们人民政权刚刚建立起来，人民群众怕我们又像红军时期那样站不住脚，因而不断有农民把分给自己的田地上插的牌子，偷偷地拔掉了。"

第二天，邓小平就和张延积在漆店区召开贫农代表座谈会，询问大家为什么不敢要分得的田地。一位叫廖祥武的代表说："人民解放军能不能站稳脚，群众有怀疑，所以分的田地老百姓不敢要。"邓小平又了解了其他一些地区的土改情况，大体都是如此。他和李先念副司令员以及前方指挥所的领导同志研究后，认为不能这样搞土改，因为这里敌情还很严重，如果强制进行土改，不但不能发动群众，还要脱离群众。

大家意见统一后，邓小平立即给党中央写了报告，详细介绍了大别山的土改情况，建议土地改革分区域进行，在解放区、很巩固的地方可以搞土改，不巩固或是游击区，暂时不宜搞土改。

党中央、毛泽东十分重视邓小平的意见，很快复电，同意分区域进行土地改革，并将这个意见通知其他解放区参照执行。邓小平得到党中央和毛主席的指示后，立即召开中原局地区负责人会议，停止了土地改革。

事实证明，邓小平的意见是实事求是的，扭转了新解放区土地改革工作的被动局面。

四、人心向共鱼水情

由于刘邓首长率先垂范、严肃军纪，因此进入大别山的10万大军所到之处都做到了秋毫无犯，邓小平晚年回忆起这段经历时说，"这样搞了两个月，我们向中央军委、毛主席报告，我们在大别山站稳了，实现了战略任务"。所谓"在大别山站稳了"，就是人心向共，军队的同志每逢危急情况和紧要关头，群众都能挺身相助，甚至是舍命相救。

有这样几句话，是对大别山人民拥军情、鱼水情的最好写照：真的是"最后一把米，拿去当军粮，最后一块布，拿去做军装，最后一件袄，盖在担架上，最后一个儿，送去上战场"。在此期间，大别山人民还主动地为部队传送情报，为部队装上"千里眼""顺风耳"。

在大别山人民和各级政府的大力支持下，刘邓大军越战越勇，十分圆满地完成了战斗任务，为实现党中央的战略决策，巩固和发展大别山根据地，打响解放战争、迎接新中国诞生，作出了重大贡献。

（作者：胡遵远，原载《江淮时报》2017 年 10 月 20 日。）

刘邓大军留在大别山的感人故事

1947年8月30日，遵照中共中央和毛泽东主席的战略部署，在刘伯承、邓小平的率领下，人民解放军晋冀鲁豫野战军主力强渡黄河，千里挺进大别山，将战争引向国民党统治区，揭开了中国人民解放军战略进攻的序幕。这是中国人民解放战争从战略防御到战略进攻的一个伟大转折。英雄的刘邓大军不仅在巍巍的大别山上建立了彪炳史册的功勋，而且留下了光辉灿烂的足迹和感人至深的故事。

一、坚决找回大爷的耕牛

一天晚上，邓小平和李达在金寨下楼房与漆店区委书记江川起研究土地改革问题，一位姓漆的老人跑来告状，说他的耕牛被解放军牵走了。房东吴大娘说："你胡讲什么，这里住的是人民军队，就是当年的红军，他们怎么会牵你的耕牛呢?"这时，邓小平刚好从屋里出来，问吴大娘发生了什么事。吴大娘就向邓小平说了漆老头找耕牛的事。邓小平详细地询问了他丢失耕牛的情况，并且说："真是解放军牵了你的牛，一定会还给你的。"邓小平心想，这肯定是一场误会。于是，就叫江川和区武装工作队好好查查，要坚决找回大爷的耕牛。

第二天中午，江川报告说，前天夜晚，二纵十二团在黑河村和抢劫老百姓财物的土匪打了一仗，耕牛是土匪抢去、又被十三团同志抢回来的，因为当时不知道耕牛是谁家的，所以就放在十三团养着，他们准备开个群众会，让群众来认领。邓小平听了，高兴地说："十三团考虑得很好，要让他们在群众会上好好宣传一下人民军队的三大纪律、八项注意，欢迎人民群众监督人民军队。"

第三天早上，漆老头提了一篮糍粑和一袋红芋来见邓小平，连声说："我是来请罪的，你们军队这么关心老百姓，我却冤枉说你们军队牵了我的牛……"邓小平说："一点误会，没有关系，你丢了耕牛向我们报告，说明你老人家相信我们。"漆老头定要邓小平收下糍粑、红芋。邓小平说："我们有三大纪律、八项注意，请你老人家理解我们。”漆老头说：“你要是不收，就是看不起我们穷人，你们不是说军民一家吗?”邓小平看一时难以说服他，又见他满脸惭愧之情，便说：“我们可以收下你的东西，但必须付钱。”他叫警卫员拿1块银圆给漆老头。漆老头说：“长官，你吓死我了！这点东西最多值几十文钱，你却给我这么多钱，我怎么也不能收啊?”邓小平说：“军民一家，就算是我们互赠的礼物吧。”

二、绝不能白收大娘的鸡蛋

1947年秋，刘邓大军的司令部一度驻扎在金寨县沙河下楼房。住在邓小平隔壁的吴大娘看到邓小平天天和大家一样吃着稀饭和青菜，心里很过意不去，于是，便把准备留给女儿坐月子吃的一篮鸡蛋煮熟，叫警卫员拿过去给邓小平吃。邓小平说：“这怎么行?”说罢，便叫警卫员送1块银圆给吴大娘。

吴大娘很生气地对警卫员说：“我要是急着用钱的话，鸡蛋不早就卖了?”她坚决不收。邓小平说：“那就把鸡蛋再送给吴大娘。”吴大娘更生气了！她对警卫员说：“跟你们首长说，我儿子也是红军，你们住在这里，就是住在自己家里，难道吃几个鸡蛋还要给钱? 你把鸡蛋拿回去，哪个首长说不要，就叫他自己给我送来，我跟他说说理!”警卫员只得把鸡蛋又拿了回来。邓小平提着那篮鸡蛋来到吴大娘房里，对吴大娘说：“大娘，你关心我们，我们领情了。但是，革命军人吃老百姓的东西是要给钱的，这是纪律。听说你儿子也是红军，他吃了老百姓的东西也一样要付钱呀!”吴大娘说：“你们的政策我懂，但是，这和别人家的东西不一样。你们住在红军家里，吃自家的东西，不算违反纪律!”说着，硬是把鸡蛋提到邓小平的房里，转身就走了。

这时刘伯承刚好进来了，听邓小平说了吴大娘送鸡蛋不收钱的事，也很为难，他想了想：“还是老办法，我们临走时，把钱留在她家神台上!”邓小平说：“好!”

三、要珍惜群众的“金丝毛毯”

刘伯承对大别山人民十分关心和体贴。一次，一个饲养员到一个村庄去买稻草，村庄没有人，刘伯承就叫饲养员把钱放在群众家的神台上。这个饲养员是个北方人，不会捆那些七长八短的稻草，背起来，一路上不断地掉，刘伯承就跟在后面拾。他对饲养员说：“稻草也是农民辛辛苦苦种出来的，用处可大了。你们北方人不知道，山里人住房要靠它盖，耕牛要靠它喂，床上要靠它铺。农民用稻草铺床，都叫作‘金丝毛毯’，说明农民是很珍惜稻草的，丢了多可惜呀!”刘伯承的一席话，深深地感动了饲养员，他也跟着刘伯承一起将根根掉落在地上的稻草拾起来，重新捆好，并且深情地说："我一定要记住司令员的话，爱惜稻草，不随便丢撒。"

四、一捧红枣当顿饭

由于人民解放军刚刚转入外线作战，又是千里行军，因此，部队给养十分困难，经常是几天不见油盐，有时连吃饭也成了问题。

一天，刘伯承、邓小平和其他野司首长进入大别山中心地区金家寨的洪家湾，司令部断了粮，到下午 1 点，还没吃到中午饭，管后勤的同志正在为难时，一个警卫员捧着一捧大红枣送给刘伯承和邓小平。刘伯承问红枣是哪里搞来的？警卫员说是过黄河时，从家里带来的，刘伯承、邓小平叫大家吃，大家叫首长吃。刘伯承捏了个红枣放在嘴里，笑着说："河北父老的心意就像这枣子，既红又甜。"邓小平说："红枣是个好果子，又甜、又补、又管饿。"说得大家都笑了起来。

就这样，几颗枣子，就算是刘伯承、邓小平和其他野司首长的一顿中午饭了。

五、一包冰糖甜人心

刘伯承在大别山来回转战，身体越来越弱，同志们心里都很难过，也想不出好办法。

一天，又转到了金家寨，下面的同志送来一小包冰糖给刘伯承。刘伯承很严肃地问，冰糖是从哪里搞来的？警卫员说是下面同志送来的。刘伯承坚决不要，要警卫员退回去，警卫员难过地说："首长身体这么差，怎么领导我们坚持大别山斗争啊？这是下面同志的一片心意啊，我不好退。"刘伯承看警卫员很为难，就说："好吧，你不退，我来处理吧。"他把这包冰糖掰成小块，分给伤员、病号，司令部、政治部中的老弱病残人员，每人送一块，并招呼说："这是老区人民的心意。"同志们接到这块冰糖，还没吃，心里就甜了。

六、不吃一个西瓜，树立良好形象

1947 年 10 月 15 日，刘邓大军千里跃进大别山途经河南省淮阳县时，留下了一个在当地乃至全国广为流传的动人故事，这就是闻名遐迩的"西瓜兄弟"的故事。

在淮阳县李楼村，有姓李的兄弟两人，两人每年都种亩把地的好西瓜。因为方圆一二十里地内，只有这兄弟俩种西瓜，因此，大家便叫他们“西瓜兄弟”。李老大的地在村东大路边上，李老二的地在村西南小路边上。这年虽然雨水多，可是他们的瓜地位置高，西瓜还是长得很好。

瓜刚熟的时候，村东走过来1队国民党军的保安团，这些“饿狼”一看见李老大的瓜，立即你抢我夺起来，不一会儿，1亩多地的西瓜就1个也不剩了，地里只留下1片踩烂的瓜藤瓜叶与吃剩的瓜皮瓜子。

在这些保安团经过的20多天后，村里忽然来了解放军，巧的是，这回解放军要从村西南李老二的瓜地边走过。“这下，我的瓜完了！”李老二想：“我这命不要啦，我就躲在瓜地里，看他解放军摘我的瓜吧。”李老二灰心丧气地往西瓜棚底下一坐，看着解放军过来。“这西瓜长得好漂亮呀！”领头的一个兵说。“这瓜怕有三十斤。”“吃上两个才解渴呢。”路过的兵你一句、我一句的赞叹不止。

听见解放军说西瓜好，李老二的心就像刀扎一样痛。但奇怪的是，这些人说说就完啦，连脚都不停，一股劲地往前走。李老二把头偏西边看，看不见队伍的头，也看不见队伍的尾，他自言自语地说：“这解放军就是怪呀！”说着就站起来，提着瓜刀，跑到地里抱起一个大西瓜，往路边一放，“刺刺”地切开了。“吃西瓜，弟兄们！”李老二向解放军叫，但却没有人答应他。“走路渴啦，来吃块瓜！”李老二又向另外一些士兵叫着，但回答都是：“谢谢你，老乡！俺不吃。”这一下，李老二可急了，大声嚷起来：“看你们解放军，西瓜切开了怎么不吃呀？”这时，有个十五六岁的小司号员问他：“老乡！这西瓜多少钱一个？”“不要钱，随便吃吧！”李老二边说，边拿起瓜往小司号员跟前送，小司号员连连说：“俺不吃，俺不吃！”脚不停地就朝前走了。李老二捧着瓜，直愣愣的在西瓜地边站着，队伍还是肩并肩地往前走，前不见头，后不见尾。

（作者：胡遵远，原载《中国老年》2017年第15期。）

刘邓大军浓郁的金寨情结

刘邓大军在大别山区，特别是在金寨的动人故事有很多，至今依然广为传颂。

一、一个红色县：改“立煌”为“金寨”

说起金寨县的得名，与刘邓大军千里挺进大别山直接有关。

金寨县前身是立煌县，为国民党所设置。当时，按照党的八七会议精神，中国共产党领导金寨地区人民成功进行了立夏节起义和六霍起义。1930 年，党中央将大别山地区根据地整合为鄂豫皖革命根据地。1932 年 10 月，红四方面军第四次反“围剿”失利以后，主动撤出苏区。国民党部队占领了大别山重镇金家寨。鄂豫皖 3 省“剿匪”总司令部发出命令：“于金家寨添设新县，即以陆军第十四军军长卫立煌之名，定名立煌县，以金家寨为县治所在地。”

1947 年秋，刘邓大军千里挺进大别山，以摧枯拉朽之势，连续解放了 20 多座县城。9 月，解放了皖西重镇金家寨，建立了人民民主政府，随军南下干部白涛为县长，张延积为县委书记。根据县委十次会议决定，经地委和邓小平、刘伯承等审定，将“立煌”改为“金寨”。从此，金寨县载入了光辉史册。

二、一根打狗棍：一起打敌人

刘邓大军挺进大别山，好比在国民党反动派统治中心南京与武汉之间插了一把利剑。

刘伯承是首长中年龄最大的一位，体质差，眼睛又高度近视，加之千里跋涉，行路有些困难。进入大别山深山区，山陡、林密、路险，很多地方还不能骑马。邓小平见刘伯承走路很吃力，就叫警卫班绑了一副担架让他坐。刘伯承说：“我走路难，你们走路就不难？”他坚决不坐担架。邓小平只好叫警卫员小彭砍了一根竹子让他拄着。由于竹子砍得比人还高，邓小平风趣地对警卫员小彭说：

“你把竹子砍短些，你看他拄这么长的棍子多像个要饭的!”刘伯承听了诙谐地说：“要饭的棍子就是要长些，这样才不受狗之欺。我要拿着大别山的这根打狗棍，把中国头号帝国主义走狗蒋介石打倒!”说得大家捧腹大笑。

三、两副对联：感动和尚

有一次，刘邓首长来到金寨县沙河乡下楼房村名叫“海螺寺”的关帝庙。邓小平说：“山不在高，有仙则名，这还是一座名山哩!”这时，里面走出来一个穿着破旧的老和尚，看到这么多军人，有些恐惧。老和尚恭敬地说：“欢迎长官和贵军到寺庙休息喝茶。”老和尚特意冲了一壶茶，拿出一小碟玉米饼请刘伯承、邓小平吃。邓小平询问了老和尚的身世，又向他讲了一些共产党的政策和当前形势。老和尚连连称赞，拿出笔墨纸砚请题字。邓小平挥笔写了“庙小乾坤大，山高日月长”十个大字，落款是“红军战士”。刘伯承看看关羽塑像，挥笔写了“忠为其本，义字当先”，落款是“拜谒关羽大将军神像敬题老红军战士”。

老和尚对刘伯承、邓小平的书法赞叹不已，说：“过去认为红军都是大老粗，没文化，二位文才和墨宝要是在科举时代，一定会金榜题名，我要好好装裱珍藏。”他还提出一只小木箱，翻出一张国民党报纸说：“这上面讲共产党杀人放火，共产共妻，刘邓10万大军被国军击溃，余部逃进大别山。全是胡扯。前日贵军一位长官看我咳嗽，还叫医生给我看病。自古以来，哪有这样好的部队?”临走时，老和尚送了好一阵，首长从警卫员挎包里掏出两块银圆给他。老和尚推辞再三。邓小平说：“一件蓝衫之助，略表心意，长老一定要收下。”刘伯承对警卫员说：“你要知道，叫宣传鬼神的人宣传我们人民解放军的好处，那意义就更大了!”

（作者：李业坤，原载《铁军》2017年第12期。）

论刘邓大军千里挺进大别山的伟大精神

1947年6月，根据党中央的战略部署，刘伯承、邓小平率晋冀鲁豫野战军主力第一、二、三、六四个纵队约12万人，抢渡黄河，跨越陇海路、黄泛区，险夺沙河、涡河、洪河，巧渡汝河、涡河、淮河，在敌人围追堵截中开辟出一条血路，千里直插大别山。刘邓大军在以金寨为核心的大别山区站稳脚跟，重建了中原解放区，建立了大别山革命根据地，揭开了人民解放战争由战略相持进入战略反攻的序幕，标志着解放战争的历史性转折，形成了以“听党指挥、勇担大责、艰苦奋斗，实事求是”为基本内涵的刘邓大军千里挺进大别山的伟大精神。

追忆这段光荣历史，一方面是为了缅怀先辈们的光辉业绩，另一方面是不忘初心，继承和发扬先辈们创造的千里挺进大别山的伟大精神，把先辈们开创的伟大事业和中华民族伟大复兴共同推向一个新的阶段。

一、刘邓大军千里挺进大别山概况

1947年6月，人民解放战争进入到第二年，中共中央、中央军委作出了以人民解放军主力转向外线作战，将战争引入国民党统治区的重大战略决策。毛泽东在《解放战争第二年的战略方针》中明确提出：“我军第二年作战的基本任务是：举行全国性的反攻，即以主力打到外线去，将战争引向国民党区域，在外线大量歼敌，彻底破坏国民党将战争继续引向解放区，进一步破坏和消耗解放区的人力、物力，使我们不能持久的反革命战略方针。”

当时国民党战场的战争态势是，对山东解放区和陕甘宁边区的重点进攻遭到重创，但重兵仍深陷于东线的山东和西线的陕北两个战场，而它的中央战线则兵力空虚，整体呈两头粗中间细的哑铃形阵势。针对国民党军的兵力部署和战略态势，中共中央和中央军委实施“三军配合，两翼牵制”的战略部署，实行战略进攻，千里挺进大别山，进入中原地区，揭开了人民解放军战略进攻的序幕。以刘伯承、邓小平率领的晋冀鲁豫野战军主力率先转入外线，实施中央突破，强渡黄河，挺进大别山；陈赓、谢富治率领的晋冀鲁豫野战军一部和陈毅、粟裕率领的华东野战军主力随后分别向豫陕鄂、豫皖苏挺进，三军呈“品”字形阵势，在中原地区配合作战，迫敌回顾，策应内线作战，从根本上改变敌我攻防态势：处于内线的陕北、山东人民解放军则在两翼进行牵制，拖住重点进攻之敌，策应三军经略中原。形成中央突破，三军配合，两翼牵制，内外线协同作战的战略进攻体系。

为加强对中原地区党政军工作的统一领导，1947 年 5 月 16 日，中共中央批准成立由邓小平、刘伯承、李先念、张际春、郑位三、李雪峰、刘子久、陈少敏等组成新的中共中央中原局，由邓小平任书记，并任命李先念兼任晋冀鲁豫野战军副司令员。随后，中央军委决定，以晋冀鲁豫野战军司令员刘伯承、政委邓小平率领晋冀鲁豫野战军第一、二、三、六纵队 12 万余人组成南征野战军（亦称刘邓大军），执行外线作战，向中原突击的战略任务。

经过周密安排后，6 月 30 日夜，刘邓大军在鲁西南地区山东阳谷以东、张秋集至菏泽以北临濮集间长达 150 公里的黄河正面，从 8 个地段同时发起强渡，一举突破国民党号称“可当 40 万大军”的黄河防线，随即发动鲁西南战役，经过 28 天的连续作战，连克鄄城、曹县、郓城、定陶、嘉祥 5 座县城，歼灭国民党军 4 个整编师师部、9 个半旅共计 5.6 万人，调动了国民党从山东、陕北和中原抽调的 7 个整编师 17 个半旅驰援鲁西南，打乱了其战略部署，有力地配合了山东和陕北解放军粉碎国民党军的重点进攻，并为挺进大别山打开了通道。

7 月 23 日，毛泽东致电刘邓：“下决心不要后方，以半个月行程，直出大别山。”29 日，毛泽东起草了标有 3 个“A”的加急绝密电报，“现陕北情况甚为困难，如陈赓谢富治及刘伯承邓小平不能在两个月内以自己有效行动调动胡宗南军一部……陕北不能支持”。刘伯承、邓小平看到 3 个“A”加密电报，深感中央军委和毛泽东寄予的重望，马上复电中央：完全服从中央决定!

1947 年 8 月 7 日黄昏，刘邓大军兵分三路，挥师向南，悄悄开始了具有历史意义的千里挺进大别山的战略行动。11 日越过陇海铁路，挟“狭路相逢勇者胜”的决绝气势，通过宽达 80—90 里的黄泛区，连续渡过涡河、颍河、沙河、洪河、汝河、淮河，突破了国民党数十万大军的前堵后追，于 8 月 27 日进入大别山北麓潢川、固始等地，胜利完成了千里跃进的任务。当天，以中共中央中原局名义向各部队指示：“义无反顾创建巩固大别山根据地，并与友邻兵团配合，全部控制中原。”从此，中国人民解放军由内线作战转为外线作战，由战略防御转入战略进攻，扭转了整个战争形势。

对于刘邓大军千里跃进到敌人的战略纵深地带，重建大别山根据地，其艰巨性中国共产党是有着清醒的认识的。毛泽东曾经预示有三种可能的前途：一是付出了代价站不住脚，退了回来；二是付出了代价站不稳脚，在周围打游击；三是付出了代价站稳了脚。他告诫刘邓，要作好充分的思想准备，从坏处着想，要准备付出较大伤亡减员的代价，努力争取最好的前途。

刘邓大军进入大别山后，经过了3个回合战略斗争，迅速战略展开、寻机歼敌、内外线配合。9月集中一部分兵力，开始采取避强击弱的战法，迅速组织实施战略展开。连续出击商城、光山地区守军，将国民党军机动兵力大部吸引到大别山北麓，保障了进入豫东南、皖西、鄂皖、鄂东地区的部队和建党、建政等工作。开展重建大别山革命根据地的斗争，将大别山区划分为豫东南、鄂皖、皖西、鄂东4个工作区，组建党的工作委员会，抽调部队和干部开展地方工作。至9月底，刘邓大军在鄂豫皖地区经过初步紧张的战略展开，打开了局面，依托山区安置了后方，解放县城23座，歼敌6000余人，在17个县建立了民主政权。从9月到11月，经过3个月艰苦的无后方作战和紧张的地方工作，完成了在大别山区的战略展开，共歼敌3万余人，建立了金寨、潜山、太湖、朱屋庙、望江、宿松、黄梅、广济、浠水等33个县的民主政权，完成了战略部署。

在此期间，原中原突围的主力部队奉命改编为晋冀鲁豫野战军第十二纵队，在副司令员李先念率领下于8月5日从山西晋城出发，高呼“打回老家去，重返鄂豫边区”的口号，一路转战进攻，于11月初到达大别山区，与刘邓大军会合。由王宏坤率领的晋冀鲁豫野战军第十纵队亦于11月下旬进入大别山。

为了皖西地区实行战略展开，刘伯承、邓小平即电示：“三纵应迅速攻占立煌。”第三纵队即在固始召开旅以上干部会议，决定兵分两路：第七旅、第九旅两个旅由纵队司令员陈锡联、副司令员曾绍山（金寨人）率领直插六安、舒城、桐城；第八旅由纵队副司令员郑国仲率领，经叶家集直插金家寨、霍山、岳西。

8月31日，三纵八旅在副司令员郑国仲和旅长马忠全、政委卢南樵率领下，由固始、叶家集、清风岭、胡店子、狮子口，于31日午后抵达大别山金家寨的史河北岸。金家寨城内驻有安徽省保安第四总队和立煌县自卫大队400多人及四十六师五六四团（欠1个营）守备。城西黑龙潭至城东南张家畈、包公祠一带山上，均筑有碉堡群和壕沟等坚固防御设施。为了打好金家寨之战，三纵八旅召开了团以上干部会议，进行再次部署。会议期间，刘伯承、邓小平电报指示八旅要“勇猛顽强，首战必胜，力求全歼，坚决打好这一仗”。当天下午，为查明城内敌人守备情况，保障主力渡过史河，八旅先以二十二团第三连作试探性进攻，三连隐蔽地渡过了史河，迅速占领有利地形后，猛烈开火，占领了敌人部分阵地。当晚守敌全部钻入碉堡，固守顽抗。9月1日拂晓，八旅向城内发起全面攻击，二十四团将敌包公祠以西高地碉堡大部占领，并继续向西发展：二十二团攻占了樱桃湾以西高地的碉堡后，继续向东南发展。战至下午1时，守敌大部被歼，残敌被压缩在包公祠及其部分碉堡内。9月2日上午8时，八旅再度总攻，以山炮向敌碉堡抵近射击，将敌碉堡全部摧毁，守敌四处溃逃。敌五六四团团长陈铁汉率部分残敌，据壕沟死守，1小时后也全部被歼。上午10时，战斗全部结束，歼灭敌四十六师一八八旅游五六四团及立煌保安队一部，共毙伤俘敌军1000多人，缴获步枪400多支、轻重机枪50多挺、大小炮10多门。

金家寨解放后，9月3日，八旅解放立煌县重要市镇流波碹、麻埠。改“立煌”为“金寨”，金寨县从此载入中华民族的史册。当时人民政府以布布告：“查我金家寨，大别山中心，革命根据地，中外有威名。立煌本国贼，不应留臭名，改名金寨县，历史面目真……”

到9月29日，三纵在大别山人民的积极支援和皖西自卫军的配合下，不到1个月的时间，解放了金寨、六安、霍山、岳西、桐城、潜山、宿松、庐江、太湖等县城24座，在17个县建立了民主政权，胜利完成了大别山区的战略展开，创建巩固了大别山解放区。毛泽东认为，刘邓大军千里挺进大别山是伟大的事变，是伟大的转折点。标志着人民解放战争进入了战略进攻阶段。

当刘邓大军在大别山地区实施战略展开时，晋冀鲁豫野战军陈赓、谢富治兵团于8月23日在晋西南渡过黄河，挺进豫西，经过3个月的作战，歼敌5万多人，解放了豫西和豫陕边36座县城，建立了40多个县的民主政权。陈毅、粟裕率领的华东野战军在粉碎了国民党军对山东解放区的重点进攻后，于8月间挺进鲁西南地区，经过两个多月的作战，歼敌3万余人，解放和收复了20多座县城，发展了豫皖苏解放区。

刘邓大军在大别山重建根据地，直接威逼南京、武汉，使国民党大为不安。11月上旬，蒋介石在南京先后主持召开了大别山区作战检讨会议和湘鄂皖赣苏豫6省绥靖会议，决定成立“国防部九江指挥部”，由国防部部长白崇禧亲自担任指挥，于12月初集中了33个旅的兵力，发起对大别山区的所谓“总力战”，其战略企图是首先彻底摧毁大别山根据地，然后迫使解放军退出中原。中共中央充分意识到大别山根据地能否坚持与巩固，是中原解放区能否最后确立与巩固的关键，因此，要求刘邓、陈粟、陈谢三路大军配合作战，直至粉碎敌人对大别山之进攻为止。

二、刘邓大军千里挺进大别山的重大意义

刘邓大军千里挺进大别山，在中国人民解放战争史乃至整个新民主主义革命

史上均具有极其重要的历史地位。但是，近年来，在历史虚无主义和西方势力的诱使下，对刘邓大军千里挺进大别山的重大意义有很多误读，甚至歪曲。比如，在铁血网上有人说，“刘邓大军千里挺进大别山是特殊时期的不正确决定”。这些都是绝对错误的观点，扭曲了历史的本来面目。

（一）刘邓大军千里挺进大别山的伟大壮举，从根本上改变了解放战争的战略相持态势，揭开了全国性战略进攻的序幕

解放战争进入相持阶段，国民党反动政府打的如意算盘是，消耗解放区的人力、物力和财力，使其资源枯竭。即使解放区取得军事上的若干胜利，也不能持久。因此在全面进攻失败后，又对山东和陕北解放区进行重点进攻，妄图拖垮解放区。而党中央敏锐地发现，敌人集中兵力进攻山东和陕北后，晋冀鲁豫战场兵力减少。形成了一个两头大中间小的哑铃式的战略态势，被指望能代替“四十万大军”的黄河天险、中原战略纵深和江南大后方兵力空虚。由于大别山战略地位重要，直接威胁国民党的统治中心南京和战略要地武汉。因此毛泽东早在1947年初就指示刘邓，准备向中原出动，转变为外线作战。迫使国民党不得不从山东、陕北两个重点战场抽调主力回援，从而一举扭转了全国战局。这不仅是人民解放战争的一个历史转折点，也是中国共产党领导的新民主主义革命的历史转折点，预示着中国革命的高潮已经到来。毛泽东在1947年12月召开的中共中央会议上所作的《目前的形势和我们的任务》的报告中高度评价了这一战略行动的意义，并指出：“中国人民解放军已经在中国这块土地上扭转了美帝国主义及其走狗蒋介石匪帮的反革命车轮，使之走向覆灭的道路，推进了自己的革命车轮，使之走向胜利的道路。这是一个历史的转折点。这是蒋介石的二十年反革命统治由发展到消灭的转折点。这是一百多年以来帝国主义在中国的统治由发展到消灭的转折点。这是个伟大的事变……这个事变一经发生，他就将必然地走向全国的胜利。”解放战争的三大战役都是发生在刘邓千里挺进大别山后1年多一点的时间里。

刘邓大军千里挺进大别山给人民解放军带来巨大的军事效应：挺进大别山直接发生时间是1947年8月7日至27日，三大战役中的辽沈战役开始于1948年9月12日，淮海战役开始于1948年11月6日，平津战役开始于1948年11月29日。渡江作战不久也成功了。刘邓大军千里挺进大别山客观上为三大战役、渡江作战创造了必要条件，某种意义上来说，淮海战役的巨大成功正是千里挺进大别山最直接获益的军事体现。正是由于千里挺进大别山的妙笔壮举，破解了国民党反动派的囚笼战略，让其铁桶计划破产。

（二）刘邓大军千里挺进大别山的伟大壮举，有力地支持了全国的解放战争

刘邓大军挺进大别山对国民党军起到了极大的掣肘作用。这就为中国共产党部署巩固华北、争取东北的全局战略，为全国各解放区整军备战、迎击国民党军队的进攻争取了宝贵的准备时间。1947 年 5 月，中共中央在致中原部队的慰问电中说："我中原各部在极端困难条件之下，执行中央战略意图，坚持游击战争，曾经牵制了蒋介石正规军 30 个旅以上，使我华北、华中主力渡过蒋介石进攻的最困难时期，起了极大的战略作用。"随后，根据中央和毛泽东的指挥，刘邓、陈谢、陈粟三路大军，均部署到位，在北黄河、中淮河、南长江、西汉水之间的中原地区，呈"品"字形状、互为犄角的有利战略态势，有力地支持了全国的解放战争。

（三）刘邓大军千里挺进大别山的伟大壮举，是毛泽东军事思想的伟大实践

毛泽东军事思想强调：革命战争是群众的事业。战争伟力之最深厚的根源存在于民众之中，兵民是胜利之本，真正有力量的是人民而不是反动派。对广大军民的政治动员是夺取战争胜利最基本的条件。刘邓大军千里挺进大别山打的就是一场人民战争。刘邓大军帮助群众找牛、纠正土改政策等，都是为了老百姓。正如毛泽东所指出的那样，革命战争是为人民利益而战的战争，要实行代表绝大多数人民利益的奋斗纲领和基本政策。战争中要兼顾人民群众的长远利益和眼前利益，重视发展生产，尽可能地减轻人民群众的负担，尽力改善群众生活，以调动和保持人民群众支持长期革命战争的积极性。1947 年 8 月 7 日，刘伯承、邓小平发出命令：勇往直前，不要后方，不向后看，千里挺进大别山！这是一次路途诸多险阻的进军，是一次全靠意志和勇敢才能取胜的进军。刘邓大军自断后路，千里挺进大别山，像一把利剑刺向敌人的心脏地区，这的确是步险棋。刘邓大军注重把武装斗争同其他非武装斗争形式结合起来，把武装斗争与土地革命结合起来，建立革命政权，广泛组织和武装群众，巩固根据地建设。

刘邓大军千里挺进大别山在战略上体现了毛泽东军事思想一系列观点。毛泽东在指导中国革命战争的长期实践中，创立了一整套具有中国特色的人民战争的战略战术，一切从敌我双方的实际情况出发，你打你的，我打我的，有什么枪打什么仗，对什么敌人打什么仗，在什么时间地点打什么时间地点的仗；灵活机动，不拘一格，扬长避短，力争主动，利用矛盾，各个击破；进攻时反对冒险主义，防御时反对保守主义，退却时反对逃跑主义，有效地达到保存自己，消灭敌

人的战争目的。战略上藐视敌人，战术上重视敌人。保存自己，消灭敌人。积极防御，通过战役战斗上的歼灭战达到战略上不断消耗敌人，借以逐渐改变战争力量的总体对比，最终把战略防御推向战略进攻。采取恰当的作战形式，实行运动战、阵地战、游击战相结合。力求主动，力避被动，执行有利决战，避免不利决战，应慎重初战。发扬勇敢战斗、不怕牺牲、不怕疲劳、连续作战、勇于近战的优良作风，在军事打击的强大压力下开展有力的政治攻势，利用多种方式解决敌人。

总之，刘邓大军千里挺进大别山，既是毛泽东军事思想的伟大实践，也极大丰富了毛泽东军事思想的内涵。

三、刘邓大军千里挺进大别山精神的内涵

习近平总书记在全民族抗战爆发 77 周年纪念活动上强调，“历史是最好的教科书，也是最好的清醒剂”。著名社会学家费孝通说：“历史和传统就是我们文化延续下去的根和种子。”大别山精神就是“忠诚奉献、永跟党走”的伟大精神，刘邓大军千里挺进大别山的精神正是解放战争时期大别山精神具体形态的重要表述，也是中国共产党精神谱系的重要一环和中华民族精神不可或缺的组成部分。中国共产党人以百年的艰苦探索，把马克思主义基本原理同中国具体实际相结合，把共产主义的理想信念与中华民族优秀文化传统、当今中国实际相结合，形成了中国化马克思主义理论体系和相应的红色精神体系。刘邓大军千里挺进大别山精神作为红色精神的构成部分，其基本内涵就是“听党指挥、勇担大责、艰苦奋斗、实事求是”。

第一，听党指挥。就是坚决服从党中央制定的各项方针、政策。刘伯承曾说：“解放区的重要城市延安、临沂和张家口等还沦陷在敌人手中。当时，从表面上看，可以说是乌云依然弥漫天空，局势依然严重。”中国共产党原计划在 1948 年上半年有一个战略行动，就是让粟裕率领华野三个纵队进军江南，类似后来刘邓挺进大别山那样的行动，但是后来取消了。从历史上看，凡是没有后勤保障的远征大都付出巨大代价，太平天国的林凤祥如此、红军的长征和红西路军也是如此，只有红二十五军长征创造了奇迹。从兵力规模上看，刘邓大军由 4 个纵队组成，12 万余人；粟裕大军由 3 个纵队组成，也是 12 万余人。在抢渡黄河前夕，邓小平指示部队：“我们要坚决执行党中央、毛主席的战略方针，责无旁贷地打出去，把陕北和山东的敌人拖出来。我们打出去挑的担子愈重，对全局愈有利。”刘邓大军在胜利地渡过黄河之后，本应休整。但是当接到毛泽东的“陕北情况甚为困难”的加急电报后，立即决定提前结束休整，执行党中央“下定

决心，不要后方，直出大别山”的命令，不顾一切困难挺进大别山。1947 年 12 月下旬，邓小平两次来到金寨县视察。31 日上午，在金寨下楼房听取漆店区委书记兼工作队长的二纵民运部副部长江川汇报工作后，他强调：“要加强对贫雇农组织的领导，必须建立贫农团，贫农团是组织领导贫雇农进行革命斗争的核心。有了这个核心，才能充分发挥贫雇农组织的作用，巩固地联合中农，建设和巩固大别山根据地。”还对金寨县委书记张延积等人强调，“县委是全县领导核心，应有魄力统一组织各方面力量，搞好工作，绝不允许有各自为政现象。这是能否坚持大别山斗争的根本问题”。

第二，勇担大责。邓小平曾说：“我们好似一根扁担，挑着陕北和山东两个战场。我们要责无旁贷地打出去，把陕北和山东的敌人拖出来。我们打出去挑的担子愈重，对全局愈有利。”

1947 年，敌人在陕北战场投入 31 个旅共 20 万兵力，在山东战场投入 56 个旅共 40 万兵力。在敌我力量悬殊的情况下，党中央就决定实行战略转变，把战争引向解放区之外去，实行外线作战，打破国民党蒋介石把战场放在解放区，消耗根据地人力、物力的企图，实施战略反攻。战略反攻的首攻方向是地处南京、武汉之间的大别山区。1947 年 8 月 27 日进入大别山当天，以中共中央中原局名义向各部队指示，“勇挑重担，顾全大局，全心全意，义无反顾创建巩固大别山根据地”。刘邓大军千里挺进大别山的伟大精神，就是为了全局的利益，不惜牺牲局部的利益，关键时候站出来勇挑重担。在敌强我弱情况下，困难是可以想象的。但为了全局利益，刘邓大军义无反顾地千里跃进。邓小平曾在给二旅连以上干部讲话时指出：“我们在大别山困难多，是在啃骨头。但在其他战场上，我们的兄弟部队开始吃‘肉’了。我们背上的敌人越多，我们啃的‘骨头’越硬，兄弟部队在各大战场上消灭的敌人就越多，胜利就越大。”

为了支援大别山的斗争，减轻刘邓大军压力，党中央命令陈粟大军尽快南下，吸引敌人出大别山。邓小平知道后，立即致电党中央，建议中央不要催他们，让他们好好休整，积蓄力量，并说：“只要他们休整好了，出来打几个胜仗，大别山的形势就缓和了。即使二野再减员一些也不要紧，我们可以承受这个困难。”邓小平在金寨指出，“我们艰苦些，在大别山多背敌人几个旅，二陈和刘司令员在外线就能多歼灭一些敌人”。刘邓在大别山分手之后，邓小平主动留在大别山地区，率千余人队伍在大别山的深山野岭之间与 10 万敌人周旋，其艰难和危险是可想而知的。

刘邓大军勇担大责的另一个表现，就是时刻心系党中央的安危，即使在艰难危险时刻也是这样。有一次，邓小平破例和部下喝酒，高兴地说，“今天收到了党中央发来的电报，毛主席和中央机关安然无恙，我们喝一杯庆祝酒”。这种顾全大局、勇挑重担的伟大精神，受到了党中央的表扬，也得到了兄弟部队的一致好评。

刘邓大军在挺进大别山的斗争中紧密地与人民站在一起，全心全意为人民服务，十分注意军民之间的团结，时刻关心人民的利益，密切联系群众。刘邓规定：任何时候都不能忽视团结90%以上的人。这就是要求关心群众的利益，严格执行纪律，绝不能侵犯群众的利益。刚进入大别山时，部队出现了一些违反纪律、侵犯群众利益的情况。对此，刘邓高度重视，立即召开了几次会议，制定了三条纪律：枪打老百姓者枪毙，抢拿民财者枪毙，强奸妇女者枪毙。公审枪毙了违反规矩的警卫连副连长赵桂良。同时，向全野战军颁发了整改纪律的命令，迅速克服了松懈情绪和违纪现象。刘邓还带头执行群众纪律，时时处处关心群众的利益，为部队作出了表率。帮助金寨沙河地区老漆找牛等事迹传为佳话。

在金寨转战期间，刘邓大军严格执行纪律，赢得了广大人民群众的有力支持和拥护。群众积极支援部队作战、送情报、当向导、运物资、捐粮捐物、救护伤员。由于金寨境内形势比较稳定，二纵的很多后勤机关都设在这里。时近严冬，进入大别山的解放军都是单衣破衫，急需添置棉衣。金寨人民群众一面捐助，一面积极帮助到麻埠、金家寨、流波疃、叶家集等地购买土布、棉花，制作棉衣，很快解决了部队冬装的困难。驻在双河的 2 纵教导团，生活十分困难，人民群众踊跃献粮捐款，帮助做棉衣、做鞋。仅铁冲乡高畈村群众就捐献大米 7007 斤，稻谷 1512 斤，木柴 2490 斤，棉衣 16 件，鞋子 49 双。南溪区丁埠村的贫农团，发动群众 150 多人，为驻军送去大米 2000 斤，蔬菜 3000 斤，木柴 4000 多斤（解放军当时打有收条或借条，解放后金寨县人民政府全部付还）。在南溪、泗道河、汤家汇一带有二纵的野战医院，住有南下战斗负伤的 600 多伤员，全部安置在泗道河、汤家汇、竹畈、双石一带的群众家里，加上担架队、运输队、警卫连、看护排和医生共 1300 多人；在关王庙、七里冲建有枪械修理所；在吴家店太平山的华家湾、汪家湾、铁棚岗、周家湾、潘家湾等处设有被服厂，为部队生产棉衣棉被。

为了使伤病员早日恢复健康，人民群众自己忍饥挨饿，把粮食给伤病员吃。二纵教导团的班长王友芳，因战斗颈部受重伤，被安置在双石乡董家湾傅家荣老大娘家里养伤，傅老大娘和儿子以及董家湾 20 多户 70 多名男女老幼，天天为他转移躲藏地点，一日三餐喂水喂饭，像亲人一样照顾，帮助转移掩护。全国解放后，王友芳为了报答老根据地人民恩情，多次写信感谢董家湾的人民群众和傅家荣老大娘一家，称傅家荣老大娘为母亲。这些动人事例，在金寨各地不胜枚举。

第三，艰苦奋斗。刘邓大军千里挺进大别山，要建立起根据地，面临着极其残酷的环境。一方面，大别山是红四方面军的发源地和鄂豫皖根据地。刘邓大军的老底子，就是当年能打硬仗的红四方面军。老红军、老部队回家乡了，谁不想打好仗、做好群众工作、站稳脚跟呢？可大别山在国民党统治下已贫困不堪，加之历史上有人民军队的“四出”大别山：红四方面军西征川陕、红二十五军长征到陕北、新四军四支队东进、中原突围。国民党反动派烧杀抢掠，加上日本侵略者为非作歹，造成该地很多地区是无人区。年长的人都很懂革命道理，当刘邓大军开始给群众做工作，讲到分配土地时，很多群众说：“不用你分，我们1927年就分好了。”“在我们大别山，你们有过四次走出，没有一次不是搞到‘箩里精光’（罗山、礼山、经扶、光山），最后还要到‘剥皮’（泼陂河）才走的。鬼才相信你们旱鸭子（北方人）不走。”另一方面，从1946年6月全面内战爆发后，一年时间里，战争基本上是在解放区内打的。对于解放军来说，当时的形势是敌强我弱，不得不实行主动的内线作战。内线作战的好处是可以依托老根据地人民群众的支持和掩护，解放军对根据地的地形熟悉，便于诱敌深入后能在运动中伺机歼灭敌人；同时人力补充、粮食供应更容易，伤病员也能得到较好地安置。一年中，共消灭国民党军97个半旅（含五大主力之一的整编第七十四师），极大地消耗了国民党军的实力。同时，解放军在连续作战中得到了锻炼，缴获了敌人的很多武器装备，积累了丰富的作战经验，实力有了很大提升，并完成了从分散游击作战到集中主力实施大兵团作战的转变。这些都为解放军从战略防御转入战略进攻准备了有利条件。但是长期的内线作战也打烂了解放区，造成了对解放区经济的严重破坏。陈再道将军回忆：“前几个月在冀鲁豫地区拉锯式的战斗，打过来，打过去，有些地方，老百姓的耕牛、猪、羊、鸡、鸭几乎全打光了。地里种不上粮食，部队没饭吃，怎么能打仗……野战军、地方军加起来40多万人，长期下去实在养不起。我们早一点打出去，就可以早一点减轻解放区人民的负担。战争，是军事、政治、经济的总体战。再强的军队，没饭吃是打不了仗的。”

1945年，党中央决定开辟东北根据地时，有18万大军，还带有12万名干部进入东北。如果按照这个比例，刘邓大军至少要带上8万干部同行，才有建立根据地的可能，而事实上刘邓大军仅带数千干部南下。1947年12月31日上午，邓小平在金寨下楼房强调：“要严格遵守群众纪律，艰苦奋斗，与群众同甘共苦，打成一片。”刘邓大军能战胜困难的重要法宝是能够正视困难。大军抢渡黄河之后，从鲁西到大别山区有千里之遥。一路上，既有黄泛区、沙河、淮河等天然的关寨障碍，又有数十万敌军的前堵后追，充满艰难险阻。刘伯承、邓小平向部队发出号召：“走到大别山就是胜利。”借以鼓励广大官兵同各种困难作斗争。在渡黄河遇到强敌阻击时，刘伯承、邓小平亲临前线激励将士。邓小平指出：“我们要不惜一切代价，坚决打过去！”刘伯承也指出：“狭路相逢勇者胜，从这里杀出一条血路，冲过去！”刘伯承、邓小平充满压倒一切困难的气势的话语深深地鼓舞了官兵。他们冒着敌人的炮火，终于杀出一条血路、突破了敌人的防线。正是靠着一不怕死、二不怕难的精神鼓舞，刘邓大军胜利地到达大别山。挺进大别山难，坚持大别山斗争更难，在大别山站稳脚跟就难上加难。刘邓大军深入敌人腹地，无后方物资接济，干部战士又多是北方人，不习惯山地作战，不服南方水土，缺乏山地、水田地带作战经验，穿不惯草鞋，语言沟通难，加上敌军重重围剿，更是险象环生。邓小平号召部队要不怕吃苦，胸怀全局，敢于斗争，敢于胜利，不能被艰苦的环境所吓倒，要以乐观的态度对待困难。张延积《开辟大别山区的及时雨》记载，邓小平在金寨指出，“中国人民解放战争已经达到一个新的转折点。我们已由战略防御转入战略进攻了，只要我们努力奋斗，黑暗即将过去，曙光即在前面，革命的胜利会很快到来”。讲话让大家在艰难时期看到了胜利的曙光。广大官兵更是以饱满的革命热情和战胜一切困难的勇气去面对一切阻力，为刘邓大军的胜利奠定了思想基础。

要艰苦奋斗、不怕牺牲。为了挺进大别山、坚持斗争，刘邓大军付出了损失过半的代价。这正展示了刘邓大军不怕牺牲的精神。部队没有棉衣，刘伯承、邓小平带头示范，命令全军自己动手用土布缝制棉衣穿；没有鞋子，就自己动手打草鞋：没有药品，医务人员就用盐水为伤员消毒。在最困难的时候，有的部队20多天吃不到油和盐，有的部队甚至断粮，用野菜充饥。

刘邓大军挺进大别山前是12万人，一路打了硬仗、险仗、恶仗，到大别山后仍继续战斗，部队锐减到不足7万人，伤亡较大。在坚持大别山斗争期间，刘邓大军在陈粟和陈谢两路大军配合下，共歼敌12万余人。

1947年7月刘邓大军（晋冀鲁豫野战军）出征时情况：一纵32357人，二纵31000人，三纵26468人，六纵26322人，野战军直属队6370人，总计南下122517人。1948年3月初主力转出大别山时，除留下一批军区部队和地方工作人员约1万人外，剩余兵力约6万人：一纵15363人，二纵11627人，三纵15384人，六纵14280人，野战军直属队3000人。

从12万减少到不足7万人，足以印证刘邓大军付出的巨大艰辛和牺牲。他们用鲜血染红了大别山沟沟岭岭，染红了中原大地。

第四，实事求是。刘邓大军千里挺进大别山，首先，坚持从实际出发，注重克服“左”和右两种错误思想倾向。在进入之初，有些同志存在模糊认识，产生了右倾情绪和违法乱纪现象。刘伯承、邓小平对此进行了严厉批评，强调了重建大别山根据地的重大意义，要求大家一定要树立以大别山为家的思想。针对部队出现了总想打歼灭战的急于求战的浮躁情绪，邓小平批评道，大别山斗争胜利不决定于消灭多少敌人，而决定于能否实现党中央、毛泽东的战略决策，付出了代价，站得住、站得稳就是胜利。在金寨下楼房，邓小平对金寨县委领导说：

“倘若今后战略需要，再抽些主力部队去外线作战，你们能不能挺住?”金寨县委书记张延积肯定地回答：“困难会多些，但能坚持。”邓小平赞赏道，“承认困难，不怕困难，战胜困难，这就是共产党人的品格。有你们这几句话，我的心里更踏实了!”

其次，坚持从实际出发，制定正确的政策。刘伯承曾强调：政策是有一定极限的，不到限是右，超限是“左”，过“左”和过右都会损害党的利益。为了打破敌人对大别山的围剿，刘邓采取内线坚持和分兵向外的行动方针，内外结合，寻机歼敌。邓小平率千余人坚持大别山斗争，继续牵制敌军，刘伯承率部分队伍转出大别山去淮北临泉等地发展。邓小平在坚持大别山斗争时，从实际出发，根据敌强我弱的形势和大别山中心区回旋余地小、不利于大部队作战的地形，制定了分散与集中相结合的军事方针。在这一方针指导下，坚持大别山斗争的部队取得了一系列的胜利，打了一个又一个漂亮仗，获得了内线坚持的重大胜利。邓小平在总结新区经验时曾说过，“关于作战，要看当时当地的敌情而定”。

最后，从实际出发还体现在土改政策的执行上。刘伯承、邓小平在总结大别山地区土改中“左”和右的经验教训的基础上，进行了实事求是的纠正。1947年底，邓小平、李先念等到金寨、麻城检查工作时，发现一些地方在浮财中，贫农几乎没有分到什么东西。立即通报各地，指示各区严重注意。2月8日和3月8日，邓小平专门向中央写出两份书面报告：“在新区树立两个观念非常必要。一是根据地之确立与土改之完成要经过相当长的过程，绝非一年两载所能达到。二是在斗争策略上，应分阶段分地区的逐步深入，开始应缩小打击面，对于农民有利，否则必犯急性病和策略上的错误。我们南进后，由于对形势过于乐观，对困难估计不足，企图迅速完成土改，确立根据地，故5个月的成绩尚微，确有急性毛病。”并详细列举了进入大别山后犯“左”倾急性病的表现：“不分阶段，不分地区，对大中小地主及富农一齐下手，树敌太多；强调贫雇路线，没有完全按中央以贫雇农为骨干、巩固地联合中农的路线；在工商政策上有‘左’的倾向；没有区分巩固区与游击区的不同情况，分别采取相应的政策；武装力量过于分散，不能有效地保护工作人员的安全；干部缺乏策略思想，没有团结90%以上的人，有些地方甚至乱杀人。”规定了“要团结90%以上的人：在巩固的地区集中力量向外发展，在游击区采取武工队的形式打击敌人；禁止乱杀人；注意工商政策”。刘邓大军坚持实事求是，一切从实际出发，正确提出划分游击区和巩固区以及“分区土改”的政策策略，实行减租减息等，探索出“大别山经验”，在半年之内站稳了脚跟。对此，毛泽东亲自复电：“小平所述大别山经验极为宝贵，望各地各军采纳应用。”

刘邓大军千里挺进大别山永远镌刻在历史丰碑上。其千里挺进大别山精神对我们实现“两个一百年”奋斗目标和铸就伟大的人民军队具有重要的现实价值：学习践行刘邓大军千里挺进大别山的听党指挥、胸怀全局、敢于担责、艰苦奋斗、从实际出发的伟大精神，对我们当前强化政治意识、大局意识、核心意识、看齐意识，严守政治纪律和政治规矩等具有深远意义；学习践行刘邓大军千里挺进大别山的从实际出发、解放思想、不唯本本、重视实践的伟大精神，对于我们坚定共产主义信念和中华民族伟大复兴的梦想，勇于探索，敢于创新，具有重要的指导意义；学习践行刘邓大军千里挺进大别山的密切联系群众、做亲民爱民典范的伟大精神，对于我们牢记为人民服务宗旨，把群众利益放在首位，坚持人民至上，认真解决人民群众最关心、最现实的利益问题，努力作出经得起人民和历史检验的业绩，具有重大的现实意义。

（作者：李业坤，原载《实践论坛》2017 年第 2 期。）

浅议金寨对刘邓大军挺进大别山的历史贡献

刘邓大军挺进大别山是中国人民解放军由战略防御转向战略进攻的一次重要决策。在刘邓大军挺进大别山的伟大壮举中，有一大批金寨籍指战员直接参与，也有一大批指战员率部在外线决战，有力策应了战略的实施。在刘邓大军挺进大别山战斗中，金寨籍指战员历经艰难，英勇善战，取得一个又一个胜利。在刘邓大军挺进大别山后，他们又积极开展地方政权建设。同时，金寨人民积极支援人民军队，给予大量物资保障，做好伤员安置工作，为中国革命作出了重要贡献。

1946 年，我党领导的解放区曾大片地被国民党军占领，人民解放军的战略回旋余地也大为缩小，解放区的经济更是十分困难，人力、物力不足与战争需求的矛盾一度非常突出。为了扭转全国战局，同时也为了使解放战争能继续进行，中共中央军委和毛泽东适时作出了人民解放军转入战略进攻，将战争引向国民党统治区的战略抉择，并部署刘伯承、邓小平率领的晋冀鲁豫野战军和陈毅、粟裕率领的华东野战军以及陈赓、谢富治野战兵团大举出击中原。这一战略举措迫使国民党由战略进攻转入战略防御，从而扭转了全国的战局。在这一伟大转折中，刘邓大军挺进大别山更起到了战略进攻的先锋作用。刘邓大军挺进大别山，揭开了解放战争战略进攻的序幕，创造了战争史上的伟大奇迹。该部约 12.4 万名指战员为人民解放战争建立的卓越功勋将永垂青史。在这场伟大的战斗中，金寨籍指战员和金寨人民也作出了历史性贡献。

一、一大批金寨籍指战员直接参与了刘邓大军挺进大别山

1947 年 5 月，中共中央和中央军委根据整个战局的发展情况，作出了 3 支野战军采取中央突破战术，转入战略进攻的新部署。总体部署为：一是刘伯承、邓小平指挥晋冀鲁豫野战军主力一纵、二纵、三纵、六纵共 4 个纵队，自豫北地区

强渡黄河，在鲁西南寻歼敌军，然后向豫皖苏地区和大别山地区进击，在长江以北的鄂豫皖地区实施战略展开。二是陈赓、谢富治指挥晋冀鲁豫野战军第四纵队、西北民主联军第三十八军自晋南强渡黄河出豫西，在豫陕边地区实施战略展开，策应西北野战军与胡宗南部作战，协助刘邓大军经略中原。三是陈毅、粟裕指挥华东野战军一纵、三纵、四纵、六纵、八纵、十纵计 6 个纵队及特纵组成华东野战军西线（外线）兵团，并指挥晋冀鲁豫野战军第十一纵队，以豫苏边区实施战略展开，配合刘邓大军南进。

（一）直接指挥部队挺进并战斗在大别山的金寨籍高级指战员

刘邓大军挺进大别山的 4 个纵队共 13 个旅，计 40 个团，有金寨籍高级指战员 10 余人，主要有：三纵第一副司令员曾绍山、二纵六旅旅长周发田、晋冀鲁豫军区卫生部副政委马琮璜、鄂豫陕军区二十四支队支队长严家安、晋冀鲁豫野战军二纵四旅副旅长吴诚忠、二纵后勤指挥部政治委员陈伯禄、鄂西北军区野战旅参谋长胡鹏飞、一纵一旅一团政委戚先初、后勤卫生部政治部主任肖大煊、二纵四旅副旅长兼十一团团长罗崇福、二纵六旅卫生处长熊登钦、二纵炮兵营副营长张泰升、六纵十六旅四十八团团长唐明春、六纵五十三团团长蔡启荣、六纵十七旅五十一团一营营长陈新昭、鄂豫军区供给部政委林木森等。新中国成立后，1955 年授衔时，刘邓大军中有元帅 1 人、上将 6 人、中将 9 人、少将 36 人，其中金寨籍将领就有中将 1 人、少将 5 人。1961 年和 1964 年又有 2 名金寨籍大校晋升为少将。

（二）外线作战有力配合刘邓大军挺进大别山

为了配合刘邓大军挺进大别山，中央军委组织了陈谢、陈粟 2 个兵团在外线作战，牵引国民党大部分军队。陈谢兵团挺进豫西，到 1947 年 11 月底，经 3 个月作战，歼敌 5 万余人，在豫西地区建立了 29 个县的政权和 8 个军分区，在伏牛山地区站稳了脚。陈粟大军于 1947 年 9 月下旬挺进豫皖苏，1 个月内解放县城 24 座，重建了豫皖苏根据地。在这 2 个兵团中，金寨籍开国将军中有 11 人参与外线指挥作战，他们分别是：晋冀鲁豫野战军四纵十二旅政委李耀、西北民主联军第三十八军副军长陈先瑞、华东野战军六纵副司令员皮定均、三纵第七师参谋长李家益、华东野战军六纵十六师政委宋文、八纵二十三师师长的陈宏、晋冀鲁豫野战军十一纵三十三旅旅长赵遵康、晋冀鲁豫军区豫北指挥部司令员陶国清、华东野战军特种兵纵队供给部部长董洪国、华东野战军六纵政治部组织部部长程明、冀鲁豫四分区副政委兼政治部主任曾宪池。外线配合刘邓大军挺进大别山的金寨籍高级指挥员中，新中国成立后，授予中将军衔的有 3 人、少将军衔的有 8 人。

从以上叙述可以看出，金寨籍开国将军中有 19 位直接参与、外线配合刘邓大军挺进大别山，他们的贡献永载史册。

二、金寨籍指战员为大别山根据地重建作出了重要贡献

实现重建大别山根据地是刘邓大军挺进大别山的重要任务。刘邓大军进入大别山后，迅速分兵向预定地区实施战略展开，一鼓作气解放了鄂豫皖边区的 33 座县城，并立即组织政权建设。在政权建设过程中，金寨籍指战员作出了巨大贡献。1947 年 11 月 15 日，刘邓大军在岳西汤池畈成立中共皖西区委、行署、皖西军区，金寨籍指挥员曾绍山任军区司令员，领导皖西军民开展政权建设。皖西军区成立不久，国民党便集结重兵实施全面围攻，曾绍山指挥部队采取避强击弱方式与其战斗，取得一系列胜利。1948 年 3 月，三纵主力北渡淮河转出大别山，皖西军区在只留下 3 个团的情况下坚持战斗。曾绍山决定将兵力分散以营为单位活动，用灵活机动的小分队与国民党军周旋，指导县、区、乡各级游击武装坚持斗争。他一直领导坚持战斗到 1948 年年底。二纵六旅旅长周发田进入大别山后，负责建立了新县、商城、光山、红安、麻城等地方政权，开辟了黄梅、宿松两块根据地。1947 年 10 月，严家安调任鄂豫军区第一军分区参谋长，负责金寨、商城、霍邱、固始 4 个县的武装和政权建设。严家安协助军分区领导全力开展重建大别山根据地，深入发展群众，建立各级民主政权，打击地方反动势力，消灭地方反动武装，迅速打开了局面，为重建大别山根据地作出了不懈的努力和艰辛的奋斗。1948 年，刘邓大军转出大别山后，他坚守大别山，领导一分区军民，开展游击战争，做到分兵作战与集中兵力作战，牵制了国民党大量兵力，取得了反“清剿”斗争的胜利。时任鄂豫军区供给部政委林木森、二纵炮兵营副营长张泰升随刘邓大军进入大别山后，为了金寨政权建设，考虑到林木森、张泰升是金寨人，利于开展地方工作，便将他们从部队调入地方协助政权建设。林木森担任金商支队副政委、金寨县县长，张泰升任金商支队参谋长。他们一直坚持在金寨、商城地区，建立县区乡政权，开展土地改革，清剿土匪，保卫新生政权。

三、金寨人民为刘邓大军挺进大别山提供了有力后勤保障

（一）后勤保障

刘邓大军南下进入大别山 12 万多人，他们实施无后方保障作战，吃的粮食、穿的棉衣都是靠大别山群众筹措，一切费用都是靠大别山人民供给。当时，最为

迫切的问题是，时近严冬，进入大别山的解放军都是身着单衣，急需添置棉衣。金寨人民一面捐助，一面积极帮助购买土布、棉花，制作棉衣，很快解决了部队冬装。驻在双河一带的二纵教导团生活十分困难，当地群众踊跃献粮捐款，帮助做棉衣、做鞋，仅铁冲乡高畈村群众，就捐献大米 7007 斤、稻谷 1512 斤、木柴 2490 斤、棉衣 16 件、鞋子 49 双。南溪丁埠的贫民团发动群众 150 多人，为驻军送去大米 2000 斤、蔬菜 3000 斤、木柴 4000 多斤。

（二）伤员救治

刘邓大军设在金寨境内南溪的二纵野战医院，一无病房，二无粮食，600 多名伤病员，全部安置在泗道河、汤家汇、竹畈、双石一带的群众家里。为了使伤病员早日恢复健康，人民群众自己忍饥挨饿，把粮食省给伤病员吃。为躲避敌人的搜捕，群众千方百计地进行掩护，白天将伤病员背到深山岩洞里隐蔽，晚上接回家里休息，喂汤熬药，日夜护理。二纵教导团的一名班长王友芳，因战斗颈部受重伤，被安置在双石乡董家湾傅家荣老大娘家里养伤，傅老大娘和儿子董国章，天天为他转移躲藏地点，一日三餐喂水喂饭，像亲人一样调养。董家湾男女老幼也视王友芳为亲人，经常给王友芳送吃送喝，帮助转移掩护。经过近 4 个月的精心护理，王友芳的伤口痊愈，重新回到了部队。当地群众还积极协助部队作战，为部队送情报，当向导，保护军用物资。在革命同志被敌杀害或在战斗中牺牲时，当地群众冒着生命危险，予以安葬。太平山战斗中，南下干部和解放军牺牲 20 多人，当地群众不仅掩埋了烈士的尸体，还在坟前立碑纪念。金东县委书记白涛被敌杀害后，暴尸街头，敌人不准群众收尸，当地老贫农吕绍先夫妇深夜将白涛烈士尸体抬走掩埋。这些事例，在金寨各地不胜枚举。

（三）人力支援

根据随刘邓大军进入金寨县，后任金寨县委书记的张延积回忆：刘邓大军的到达以及大别山的解放，给老苏区人民极大的鼓舞。当时群众晓得我刘邓大军前身就是红四方面军、红二十五军后，更加亲切……许多人主动介绍当地情况，当向导带领部队清剿残匪，不少青壮年要求参军或出来工作。1948 年刘邓大军在大别山第一年冬春征兵中，金寨县就有 500 多人入伍。1948 年 3 月 6 日，邓小平在直属机关干部大会上对大别山斗争作简要总结。他说：“大别山的斗争已前进了一步，前进到当地的人民和部队已经能够坚持大别山的斗争了，前进到主力已经可以逐步抽出集结机动作战。前一个时期这样做是不可能的。”

（作者：张仁衮，原载《刘邓大军挺进大别山及皮旅突围在皖西》第 175—181 页。）

刘邓大军第三纵队与皖西人民的深厚情缘

1946年6月至1947年6月，解放战争第一年取得的伟大胜利，使全国形势发生了重大变化。一年来，解放区军民，在党中央的正确战略方针指引下，歼灭了敌人97个半旅，连同地方部队共112万人，成功粉碎了敌人的全面进攻，有力地回击了敌人的重点进攻，奠定了我军战略进攻的坚实基础。据此，党中央、毛泽东审时度势、科学决策，明确提出第二年作战的基本任务是：立即由战略防御转入战略进攻，把战争引向国民党统治区，将中国革命推向新高潮，争取在全国范围内取得全面胜利。并且制定了两翼牵制、中央突破、三军配合的战略计划。以晋冀鲁豫野战军（即刘邓大军）为主力，于7月以前，在鲁西南强渡黄河，跃进大别山；以晋冀鲁豫野战军一部，在晋南突破黄河，挺进豫鄂陕；以华东野战军为主力，在打破敌人重点进攻后，挺进豫皖苏。三军在中原布成“品”字阵势，互为犄角、密切协同，发动群众、歼灭敌人，建立中原根据地。

根据上述任务，晋冀鲁豫野战军第三纵队在刘伯承、邓小平的直接领导下，在豫北作战之后，于安阳以西地区休整一个多月，学习了野战军司令部颁发的“敌前渡河的战术指示”，围绕大反攻进行了思想与组织等方面的准备工作。

一、打赢歼灭战、前哨战——羊山之战，开辟“南下”通道

1947年6月30日晚，在黄河北岸，随着一声号令，刘邓大军按照中共中央和毛泽东的战略构想及部署，出敌不意、攻其不备，一举突破了国民党军自以为可抵挡40万大军的“黄河防线”，进入鲁西南，揭开了人民解放军千里挺进大别山的序幕。见此，蒋介石大呼“不好”，觉察出解放军有自鲁西南“南犯”的战略意图，急忙调王敬久率第二兵团整编三十二师、六十六师、七十师（均为军的编制）等重兵云集鲁西南，欲消灭刘邓大军或迫使他们退回黄河以北。

刘伯承和邓小平心中明白，如果不在此将这些围堵之敌消灭，“南下”（挺进大别山）将成为一句空话，于是发起鲁西南战役。自7月2日起，刘邓大军先后进行了郓城之战、菏泽之战、定陶之战、巨野独山集、六营集之战等战斗，并取得节节胜利。至7月中旬，王敬久的整编三十二师和整编七十师已被全歼，唯有最精锐的整编六十六师还未“伤筋动骨”。

整编六十六师师长宋瑞珂，是山东青岛人。该师系蒋介石的黄埔嫡系精锐部队，配备一流的武器装备，和张灵甫的整编七十四师比起来，除编制配额略少外，装备和战斗力一点也不逊色。在鲁西南战场，宋瑞珂同刘邓大军屡屡“过招”，虽没有占到多少便宜，但也没有受到多大损失。他眼见刘邓大军越战越勇，“兄弟”部队接连被“报销”，他也清楚自己是孤掌难鸣，于是就退守羊山。随后，刘邓大军对羊山形成了合围。

羊山是山东金乡城西北30里处的一座海拔约400多米的小山，山脚下是羊山集，有居民千余户。羊山有3个突出山峰，远处望去，犹如一只绵羊卧在那里，羊山由此而得名。居民称东峰为“羊头”，中峰为“羊身”，西峰为“羊尾”，羊身高于羊头和羊尾，能瞰制整个羊山和羊山集。

鲁西南地处平原，险要之地不多，羊山却是个例外。羊山自有战争开始，便是屯兵据守之地。羊山的周围至今还完好地保留着明末时期的寨墙，寨墙外面，东、南、西三面有丈余深的水壕，这是侵华日军、汉奸队盘踞时留下的。整编六十六师开进羊山集后，又在寨墙、水壕之间加筑了一道坚固的鹿寨。宋瑞珂是个有战术眼光的人，他巧妙地利用羊山的羊身、羊头制高点，与山下集镇的民房构成核心阵地，隐蔽工事一层又一层，像个铁筒，易守难攻。

7月13日，刘邓大军第三纵队进抵羊山附近开始攻击，首先消灭敌人外围据点。当部队爆破敌鹿寨向村内突击时，遭到山上敌人火力压制，八旅、九旅攻击没有成功。

14日夜，一纵、六纵在六营地区全歼敌三十二师和七十师、二纵歼灭谢家集之敌的胜利消息，极大地鼓舞了三纵将士的斗志。羊山之敌在三十二师、七十师被歼后，极为恐慌，于16日中午，以一个团的兵力，向南作试探性突围，被三纵九旅歼其一部，余敌逃回羊山。

15日，二纵参加了羊山作战，由西面对敌实施攻击。三纵随即调整部署，于17日、20日两次与之协同作战。但均因对地形、敌情摸的不清，加之部分干部有急躁情绪，组织工作粗糙，几次攻击，都未奏效。

此时，金乡援敌五十八师及一九九旅进至万福河南岸，被军区独立旅所阻，7天未前进一步。19日蒋介石亲自飞临开封督战，一面从西安、洛阳、山东调兵遣将，驰援鲁西南；一面严令王敬久率五十八师及一九九旅由金乡北援，解羊山之围。刘伯承、邓小平决定留下一部继续围困羊山之敌，其余兵力先集中起来、在运动中歼灭援敌，尔后再打羊山。很快，二纵四旅及军区独立旅就占领袁庄以西地区，三纵九旅二十五团于刘庄、韩楼正面阻敌，二十七团从左翼杨庄、徐楼地区迂回敌后。七旅进至张庄、陈庄待机，准备适时投入战斗。20 日 6 时，敌一九九旅在飞机、坦克、炮火掩护下渡过万福河，其前卫五九九团 16 时接近韩楼以南。二十五团适时组织反击，歼敌一部，并击毙敌五九六团团长王鸿昭。时降大雨，道路泥泞，敌坦克行驶困难，其炮兵亦不易占领阵地，协同困难，前卫孤立。三纵九旅童国贵旅长抓住这一有利战机，组织二十五团主力从敌两侧进攻，二十六团、二十七团迂回敌后，歼敌五九六团大部。七旅主力多路出击，将敌一九九旅主力分割包围在杨楼以北地区。此时，二纵部队亦从西侧出击，经彻夜激战，全歼敌一九九旅。三纵俘敌旅长王仕翘及以下 2000 余人。23 日至 24 日，敌五十八师又数次增援，均被三纵所阻，龟缩于金乡。

23 日，毛泽东指示晋冀鲁豫野战军，对羊山集之敌，“判断确有迅速攻歼把握，则攻歼之。否则，立即集中全军休整 10 天左右，除扫清过路小敌及民团外，不打陇海，不打新黄河以东，亦不打平汉路，下决心不要后方，以半月行程，直出大别山”。刘伯承、邓小平认真分析当时敌情，认为各路援敌尚在调动中，且金乡之敌再无力北援，羊山集敌人已遭到削弱，我军可以集中全部主力，速歼敌人完全有把握。随即重新调整部署，二纵一部由西向东攻击，三纵七旅和六纵十六旅由北向南攻击，八旅由东向西攻击，并调野司榴弹炮营、一纵炮团加强火力，重点夺取制高点。后在羊山以东地区，由一纵接替军区独立旅的阻击任务。24 日，三纵首长陈锡联、曾绍山、郑国仲、阎红彦等同志分赴各旅，召集干部进行动员，研究攻击受挫原因，和干部一起到前沿观察地形、敌情，并和战士座谈，分析研究打法。最后认为，攻下制高点“羊身”是整个战斗的关键。遂以七旅（附一纵山炮团）和六纵十六旅为主攻部队，首先由北攻占“羊身”，尔后两旅分别向东向西攻击羊山集；八旅二十四团协同二十团攻“羊头”，主力在羊山集以东以南布阵，捕捉突围之敌；九旅阻止增援之敌并在姜庄、后刘庄相机攻村。

27 日 18 时，发起总攻，担任主攻的三纵七旅十九团三营在营长南峰岚率领下，以迅猛动作，从正面一举突破敌阵地，攻上“羊身”主峰。19 时，与从羊尾攻上主峰的十六旅一起，将敌人压到南侧半山坡凹部。三纵八旅、九旅也在羊山集以东、以南突破敌阵地，向村内发展。战至 28 日 12 时，三纵共毙、伤敌 4000 人，俘敌 7000 余人，缴获榴弹炮 9 门、汽车 30 余辆，鲁西南战役胜利结束。

在这场战斗中，三队杀敌英雄史玉伦和十九团三营营长南峰岚光荣牺牲。此役历时28天，晋冀鲁豫野战军在战略进攻的主要方向上，歼敌9个半旅、4个师部，共6万余人，揭开了我军战略进攻的序幕，迫使敌人先后从西北、山东和中原等地调动9个整编师22个半旅向鲁西南驰援，打乱了敌人的战略部署，为千里挺进大别山打开了通道。

二、破重围、战天险，千里挺进大别山

以羊山之战为精彩结局的鲁西南战役结束后，晋冀鲁豫野战军主力和华野外线兵团5个纵队，集结于巨野、郓城地区，形成强大的进攻态势。刘伯承、邓小平决心利用这一有利时机，让部队休整半个月，计划于8月15日南进大别山。

但是，这时调进鲁西南的国民党13个师共30个旅，正在分五路向巨野、郓城地区分进合击，企图迫使我军背水连续作战。还阴谋破坏黄河大堤，把我军和河南岸数百万人民淹没在鲁西南。加之当时连日阴雨，河水猛涨，南岸的老堤由于敌人破坏，未加修复，时刻都有决堤的危险。新的情况不利于我军久停。刘伯承、邓小平审时度势、当机立断，决心提前于8月7日经巨野、定陶之间跳出敌人的合围圈南进，并要求广大将士勇往直前、不向后看，坚决勇敢地完成这一光荣艰巨的战略任务。中央军委、毛泽东迅速批准了这一计划。当时，毛泽东对晋冀鲁豫野战军主力南进大别山，估计了三个前途：一是付了代价站不住脚，准备回来；二是付了代价站不稳脚，在周围坚持斗争；三是付了代价，站稳了脚。要求晋冀鲁豫野战军从最困难的角度着想，坚决勇敢地战胜一切困难，争取最好的前途。

为了保持大军行动的出其不意，决定部队主力分三路南进，即以一纵并指挥中原独立旅为西路，沿曹县、宁陵、柘城、项城一线以西南进；三纵为东路，沿成武、虞城、夏邑、界首一线以东南进；中原局、野战军指挥部和二纵、六纵为中路，沿单县、虞城、亳州、界首、临泉一线以西南进；千余名地方干部分随各纵队行进，以便于迅速开展地方工作。为配合和掩护野战军主力南进，刘伯承、邓小平还确定：北面以十一纵和冀鲁豫军区部队在黄河渡口佯动，造成我军北渡的假象，吸引敌人继续合围；东面以暂归晋冀鲁豫野战军指挥的华野外线兵团5个纵队的少数兵力钳制敌人，主力积极寻机打击敌人，掩护主力南进；在西面以豫皖苏军区部队破击平汉路、断敌交通，中原独立旅参加破路后，绕道平汉路西侧南进、分散迷惑敌人。

当时，刘邓大军群情激昂、信心十足，有完成各项任务、克服任何困难的思想基础，但在实际工作上，却也存在不少问题，如部队连续作战1个月没有休整，新战士来不及教育训练，对进军大别山还没有充分的准备。敌重兵压境，从

鲁西南到大别山，远隔千里，横在前进道路上的有陇海路、黄泛区、沙河、涡河、汝河、淮河等许多天然障碍。加之正值雨季，三纵又行进在东路，河宽水深，大多数河流不能徒涉，运动困难。且东临津浦路，如敌人察觉我军的战略企图，沿铁路向南，堵截我军去路，将造成更大的困难。克服障碍，使部队迅速挺进大别山，是亟待解决的重大问题。刘伯承、邓小平果断决定采取三路前进的队形，这虽然为我军创造了快速进军的前提，但仅靠两条腿行动，是比不上敌人的车轮子的。因此做好战备和组织好行军，就更显得重要了。三纵反复琢磨，既要前进快，又要保持部队的体力和持续的韧性，于是就采取了各旅交替前进的办法。首先以七旅为先遣队，掩护纵队通过陇海路，抢占新黄河（即沙河）渡口，架设浮桥，保障主力通过沙河。尔后由九旅担任先遣任务，过沙河迅速前出，抢占淮河渡口，攻占固始。随后，八旅向皖西展开，要求各级干部深入下去，边前进、边动员、边整补，开展思想、体力互助，切实做好巩固部队工作。

8 月 7 日，三纵与兄弟纵队一起，开始了千里跃进的壮举。

黄昏时部队出发，连续 4 个夜行军，跳出了敌重兵集团的合围圈。三纵的先遣部队七旅二十一团于 11 日夜攻占陇海路上的马牧集车站，歼守敌一部并对东西铁路进行破坏，炸毁桥梁；纵队主力于 12 日胜利越过陇海路。同时野战军各纵队也跨过陇海路，向敌人辽阔空虚的战略纵深疾进。这一突然的战略行动，将敌人主力甩在陇海路北，彻底粉碎了蒋介石企图在鲁西南合击我军的计划。开始，敌人判断刘邓大军是要北渡黄河，结果合围扑空；继而又误认为刘邓大军北渡不成而南逃。因此，仅令驻蚌埠的四十六师一部西进太和，结合地方民团在沙河布防，企图堵截我军；以主力罗广文兵团、张淦兵团等部共 12 个旅分路阻击我军南进；并以 4 个旅在平汉路侧击，妄图把我军一举歼灭在黄泛区。结果是我军先敌两天，进入黄泛区又一次把敌人远远地抛在后边。

8 月 14 日，刘伯承、邓小平指示：“趁敌分散，对我企用尚未判明之前，趁隙以三日急行军向太和、阜阳、界首一线前进，抢渡新黄河（即沙河）。”据此，三纵令先遣队直趋沙河。纵队主力过涡河后，即进入黄泛区。早在 1938 年，为阻拦日军进攻，蒋介石就在河南中牟县花园口破坏河堤，使黄河决口，数百万人民生命财产受到严重损失。1947 年蒋介石为防御我军进攻，又引黄河水归故道，造成当时的黄泛区。它宽 30 至 40 里，遍地积水、淤泥，没有道路，没有人烟，行军、食宿都很困难。全体指战员以惊人的毅力战胜重重困难，经过 4 天艰苦行军顺利通过了黄泛区。8 月 17 日，七旅十九团进至太和，与已占领太和城的敌四十六师先头部队（约一个团），展开激烈战斗，该团二营袭占沙河渡口——旧县集，并在旧县集渡口搭好浮桥。18 日纵队主力通过沙河。19 日，尾追三纵队之敌第三师、第五十八师与八旅后卫部队接触，遭我军顽强阻击，敌军未敢冒进。

刘邓大军渡过沙河后，蒋介石才大梦方醒，察觉到我军并非“南窜”，而是矛头直指大别山。于是急忙调动部队，沿平汉路南下堵击。三纵为抢占淮河渡口，8月21日，改九旅为先遣队，令其先行出发，抢占三河尖渡口。同时令纵队教导团和补充团抢占洪河口、祝皋集渡口，以保障主力通过。8月22日敌四十六师抢占了三河尖下游40里的南召集渡口并向三河尖运动。三纵九旅二十五团轻装疾进，于23日夜抢占了三河尖渡口。与此同时，教导团、补充团亦抢占了祝皋集渡口。他们架好了浮桥，保障纵队主力于8月25日全部顺利渡过淮河。

此时，又传来陈赓、谢富治兵团于8月23日夜在平陆、济源间渡过黄河的胜利消息，广大官兵信心倍增。为保障纵队主力顺利向南挺进，三纵九旅二十六团渡淮后立即出动，于8月26日拂晓，占领固始县城。至此，经过20天的连续急行军，刘邓大军战胜了敌人的围追堵截，克服了重重天然屏障，顺利进入了大别山，完成了千里跃进的战略任务。

三、展开战略开始在皖西实施

进入大别山后，刘伯承、邓小平明确指出，今后的任务是：全心全意地、义无反顾地创建巩固的大别山根据地。与友邻兵团配合，全部控制中原。具体部署是：以一纵、二纵阻止钳制尾随我军之敌，三纵、六纵占领南线诸城，打开创建根据地的局面。并明确指示第三纵队，“应迅速攻占立煌（今金寨县），并侦察六安、霍山、舒城、庐江、桐城、潜山、太湖诸城，准备占领之”。

8月29日，三纵确定由郑国仲副司令员率八旅由固始直取立煌，30日，纵队主力经叶家集向皖西六安、霍山挺进。八旅为了迷惑敌人，令先头部队改穿国民党军服装，于9月2日攻占立煌城，全歼守敌四十六师五六四团大部及保安队大部，俘敌1000余人。尔后，该旅迅速东进，分路出击，连克舒城、庐江、桐城、潜山等县城。九旅二十六团于9月2日袭占六安城，俘敌百余人。尔后，该旅即在六安城以东的十五里墩、徐家集地区阻击敌人并掩护丁部开展地方工作。七旅二十一团于8月31日全歼叶家集的敌四十六师五六四团二营及安徽省保安三团一部，俘敌480余人。该旅主力在六安以南地区，配合南下工作团开展地方工作。其十九团三营于9月3日袭占霍山，二十团于9月9日至20日逼近六（安）合（肥）公路椿树岗、官亭镇一带，进行游击活动，并在防虎山歼灭六安逃亡的国民党县政府及保靖大队一部，俘敌百余人。三纵以半月时间，解放了固始、立煌、六安、霍山、舒城、桐城、庐江、潜山、岳西等9个县城，消灭了守敌，摧毁了国民党县政权，建立了9个县的民主政府，初步打开了局面。刘邓大军所到之处，都受到了当地群众的热烈欢迎。

三纵在实施战略展开过程中，得到了皖西游击队的有力配合和大力支援。皖西人民自卫军下辖三个支队，共2400余人，活动在东启巢湖、无为，西至潜山、岳西，南自太湖，北达定远的广大地区。他们时刻盼望主力打回来。这支人民武装与三纵会合后，如虎添翼、声威大震。9月中旬，各支队先后与三纵各旅会师，并积极配合，于9、10月间，连续攻占潜山、岳西、安庆附近的石牌镇、太湖、望江、华阳镇以及庐江县府所在地盛家桥。他们还积极配合三纵建立地方政府，开展地方工作，为大军筹集粮秣、提供情报，不仅为主力展开创造了极为有利的条件，而且也成为建设皖西根据地的重要力量。

就在刘邓大军实施战略展开时，蒋介石急令国民党军的23个旅追过淮河，分路扑向大别山区，妄图乘我军立足未稳之际，寻歼刘邓大军或将其逐出大别山。9月上旬，北线敌四十六师进入六安、霍山地区，敌五十八师进到固始、商城地区。为打击敌人气焰、掩护部队展开，刘伯承、邓小平于9月间在商城以北、以西地区连续组织了以歼敌五十八师为主要目标的三次作战。然而，这三仗打得都不够理想，仅歼敌两个团，原因很多：在展开初期，由于我军刚刚由内线转到外线，由北方转到南方，各方面都发生了很大变化，许多同志一时难以适应这种情况，部队中出现了一些纪律松弛现象。为解决部队的思想问题，野战军于9月27日在光山以南王大湾召开了会议。会上在肯定成绩的同时，严肃批评了一些干部和部队存在的右倾情绪和违法乱纪行为。刘伯承、邓小平指出：增强斗志，反对右倾情绪，克服纪律松弛现象，是大举歼灭敌人、充分发动群众、建设大别山根据地、实现党的战略进攻方针的根本保证，要求各级干部要牢固树立以大别山为家的思想，严肃军纪，发扬勇敢顽强的战斗作风，率领部队克服暂时困难，担负起打仗、做群众工作、筹集给养三大任务。这次会议，对坚持大别山斗争，实现党中央的战略进攻方针，起到了重要作用。

四、创建皖西根据地

皖西地区位于大别山东南，面积近30000平方公里，有着光荣的革命历史。刘邓大军到达前，皖西人民自卫军在潜山、岳西一带，保存着较为完整的根据地，周围各县是游击队经常活动的地方。由于它与鄂豫连接，威逼南京、武汉，又南锁大江，历来为兵家必争之地。

在晋冀鲁豫野战军进入大别山之初，中原局即决定，在新区党政组织机构未建立之前，先成立豫东南、鄂东、鄂皖、皖西4个区工委，负责开展地方工作。8月30日，还明确划分了部队展开和各工委的工作区域，其中规定皖西区为第三纵队展开地区，辖桐城，庐江、舒城、霍山、六安、无为、寿县、霍邱8县，并决定书记由皖西人民自卫军政委桂林栖担任，于一川任副书记。部队进入皖西地区后，纵队领导分工：陈锡联、曾绍山、郑国仲负责指挥作战，阎红彦率领纵队教导团、补充团一部和纵队辎重部队，一面在霍山、岳西地区安置纵队后方，一面负责和皖西地方党联系，肃清土匪和顽固势力，发动群众，开辟根据地工作。

1947年10月10日，中国人民解放军发表宣言，提出了“打倒蒋介石，解放全中国”的口号。同一天，党中央公布了《中国土地法大纲》（以下简称《土地法大纲》），宣布废除封建性及半封建性剥削的土地制度，实行耕者有其田的土地制度。为了贯彻宣言和《土地法大纲》，中原局于10月12日发出《放手发动群众、创建大别山根据地的指示》。根据上述精神，三纵党委为加强皖西根据地建设，指示各级党委向军民宣传《土地法大纲》，立即发动群众开展分浮财、分田地的斗争。决定各旅的着重工作区域为：七旅着重负责桐城、安庆，八旅着重负责舒城、庐江，九旅着重负责六安、合肥；教导团和补充团着重负责三工委，纵队直属队着重负责潜山、太湖。各旅组织两个武工队，每队50人，由坚强的军政干部和翻身农民战士组成，作为潜（山）怀（宁）、潜山、舒城、庐江、六安、合肥县地方武装，归县委领导。主要任务是开展群众工作，进行土改，摧毁旧保甲制度，建立基层政权，发展和巩固游击队，建立根据地。到10月中旬，在已解放的12个县中，建立了固始、金寨、六安、霍山、舒城、桐城、潜山、岳西、庐江、太湖10个县的民主政府，为创建皖西根据地奠定了基础。

11月上旬，三纵在太湖、潜山一线休整时，刘伯承、邓小平来到太湖刘家畈视察，接见了皖西人民自卫军刘昌毅、桂林栖和三纵的领导，三纵政委彭涛也从后方赶来。刘伯承、邓小平一是看望坚持大别山斗争的皖西人民自卫军指战员，听取他们关于坚持大别山斗争情况的汇报；二是研究、部署成立皖西区党委、军区和行署等事宜。会上宣布刘昌毅来三纵任副司令员。11月15日，皖西区党委、行署、军区在岳西县汤池畈成立。曾绍山为军区司令员，彭涛为区党委书记兼军区政委，桂林栖为区党委副书记兼军区副政委，于一川为区党委副书记，罗士高为行署主任，何柱成为军区政治部主任，徐立行为军区副参谋长。下辖三个地委、专署、军分区。全区共17个县（包括新设的县在内）。

为了坚持皖西的斗争和武装力量的建设，三纵调出七旅二十团、八旅二十四团、九旅二十七团，共7000余人作为3个军分区的基干团；以皖西人民自卫军第一支队编为三十七团，归皖西军区建制。此外，由纵队、各旅抽调大批干部（仅八旅就抽调300余名）组成军区、军分区领导机关。后来由二十团、二十四团各调3个连为基础，组建6个县独立营。这些部队在区党委和军区领导下，在配合主力作战、反对敌人“合围”与“清剿”“驻剿”的严酷作战中，经受了严峻考验，战斗力大为提高，对剿匪安民、建设和巩固皖西根据地，发挥了重大作用，深受皖西人民的拥护。随着形势的发展，部队进一步扩大。以6个县独立营同皖西人民自卫军组成基干第一团、第二团，与三分区的二十七团编成皖西军区独立旅。又由纵队教导团、补充团、皖西人民自卫军各一部组建三分区基干团和两个县大队。由于区分了纵队与军区两套机构，纵队可以实施宽大机动，歼灭敌人；军区部队则可扩占地盘，发动群众，广泛开展游击战争，消灭反动地方武装和打小仗，进一步解决了分遣与集结的问题。

在皖西根据地建立的同时，鄂豫区也成立了区党委、军区和行署。这样，以鄂豫和皖西为核心的大别山根据地就基本形成了。晋冀鲁豫野战军在大别山深深地扎下了根，实现了毛泽东估计的三个前途中最好的一种前途。

五、实施反围剿，转出大别山

刘邓大军在大别山取得的重大胜利，使敌人极为惊慌。为了与我军争夺大别山这一战略要地，敌人从山东和豫皖苏战场调来5个师，加上原在大别山的9个师，共14个师33个旅，于11月27日开始对大别山展开全面围攻。

为了坚决粉碎敌人的围攻，野战军司令部制定了“内线坚持和分兵向外、内外配合、寻歼弱敌”的方针。根据这一方针，三纵进行了紧急动员和战前准备。随后，立即投入反对敌人围攻的战斗。

在经扶（现新县）城以北的行进途中，陈锡联到野战军前方指挥所，见到了邓小平政委和李先念副司令员。一见面，李先念就开玩笑地讲：“锡联同志，背得动吗（指背着敌人行动）?”邓政委接着说：“就是要多背一些，背重一些；釜底抽薪就不要怕烫手。调动敌人回援根本重地，这是个关系到全局的战略行动。我们多背些敌人，宁愿本身多忍受一个时期的艰苦，也要拖住敌人几十个旅于自己的周围，使山东、陕北的兄弟部队能腾出手来，大量消灭敌人。现在陈粟、陈谢的部队，为配合我们粉碎敌人的围攻，已开始向陇海、平汉路的敌人出击。我们准备告诉他们，要作长期打算，我们在大别山背重一些，他们可以放手歼敌，对全局极为有利。”

12月7日，三纵由麻城白果地区北上，拖着敌人几个师在麻城、新县、黄安（现称红安）、商城、潢川、固始等地区周旋，最后强渡史河，跨过六（安）叶（家集）公路，于24日到达英山以北地区。部队连续在冰天雪地里战斗行走18天，行程千余里，胜利完成了吸引多路强敌并将其拖疲拖困的艰巨任务。在此期间，三纵曾先后摆脱了敌第七师、二十八师、四十八师、五十八师、四十六师等的多次大合围。12月13日，当三纵全部进至新县正向商城以西转移时，敌五十八师在余家集与三纵九旅接触，后面敌第七师已越过麻城北上，步步逼近，构成合围态势。三纵九旅二十五团、二十六团连续击退敌五十八师多次进攻，激战终日，顺利地掩护了纵队主力的转移。为了把敌五十八师拖向西南，九旅单独向福田河方向运动。随后该旅即在麻城以北山区机动作战。16 日，七旅十九团在商（城）潢（川）公路上的江家集，与尾追之敌展开激烈战斗。战至黄昏，冒着大风雪，徒涉泼陂河，摆脱了敌人。第二日，当三纵连续行军到达商（城）固（始）公路之上的石桥时，上有敌机轰炸、扫射，前有敌军拦阻，后有追兵，侧翼敌人正在运动。在此紧急情况下，陈锡联和八旅、二十二团的领导同志共同研究决定：该团一营抢先渡过灌河，占领阵地；团主力就地展开，阻击敌人；纵队主力连夜冒雪破冰迅速徒涉过河。部队过河后，夜行百余里，终于摆脱了敌人。12 月 20 日，部队在黎集以南渡过史河后，原准备休息一两日，但刚进入宿营地，即获悉敌四十六师、四十八师、五十八师，正分别由六安、商城、固始向叶家集地区合击。为迅速跳出合围圈，部队立即向麻埠方向转移，并快速通过了六（安）叶（家集）公路。当我军主力通过不久，几路敌人即接踵而来。为迷惑和拖住敌人，三纵令七旅出皖西霍山、舒城，纵队直属机关率八旅经霍山以西进入英山以北地区。原留在麻城以北地区拖敌的九旅，经过连续行军作战，克服了重重困难，于 12 月 25 日，到达英山以南四姑墩地区。七旅在皖西辗转歼敌后，也于 1948 年 1 月 10 日转移至英山东北陶家河地区休整。

在此期间，皖西军区部队及广大地方干部，以英勇顽强的精神，积极投入到艰苦的反“围剿”斗争中。他们一面发动群众反抓丁、反抢粮、反掠夺，破坏敌人设置的“三网”和经济封锁政策；一面组织游击队，配合主力部队作战。12 月份，皖西军区部队积极出击，连续攻克宿松、岳西、潜山、太湖县城和望江以北的石牌镇，俘敌潜山县长以下 250 余人。较大的战斗还有：在六安姚李庙击退敌四十六师部队 3 次进攻，毙、伤敌 50 余人；在攻占桐城南部重要据点青草塥时，歼敌 400 余人，俘敌 200 余人；在六安东南的张家店歼敌保安队 300 余人。由于皖西区的游击活动战绩甚大，三纵获得了中原军区的通令表扬。

正值三纵在英山休整之际，敌人又调集第七师、二十八师、四十八师、五十八师、十一师、二十五师等部，向英山以东，罗田以北、商城以南的岳西腹地进犯，并派出大批特务与土顽结合，企图对我军主力进行“重点合围”。为粉碎敌人新的围攻，三纵于 1 月 28 日转向皖西。纵队副司令员郑国仲率八旅向桐城、舒城、霍山、六安地区机动；九旅向太湖、英山、罗田地区机动；七旅向罗田、商城边界地区机动。当敌人跟踪转到外线的主力准备合围时，三纵各旅便甩开集中的强大敌人，辗转机动，攻歼分散之敌。九旅 1 月 6 日在太湖以西李杜店战斗中，给敌二十五师一〇八旅重大杀伤。八旅 2 月 8 日在桐城挂车河伏击敌四十六师五六二团和四十八师五二七团，毙伤敌300余人。

在整个反“围剿”过程中，大别山区广大人民群众，给了三纵很大的支援，除供应军队粮食、柴草外，还协助部队作战，当向导、送情报。特别是在救护工作上，帮助部队抢救伤病员，把一些经治疗、包扎后的重伤病员，隐藏在自己的家中或山上，他们采药送饭、送衣送被。当国民党军“清剿”时，他们又想尽一切办法，积极保护伤病员，充分体现了军民的骨肉之情。

在晋冀鲁豫野战军主力内线坚持的同时，陈粟野战军和陈谢兵团在平汉、陇海线积极活动，破路840余里、歼敌20000余人、攻克县城23座，有力地配合了刘邓大军在大别山区的反“围剿”斗争。一纵在淮西展开后，与陈粟野战军、陈谢兵团胜利会师，进一步巩固和扩大了豫陕鄂和豫皖苏根据地，并使两区连成一片，为大量歼灭敌人开辟了广阔的战场。敌人在我军强大打击下，被迫先后从大别山调走13个旅，使其在大别山的全面围攻惨遭失败。敌人大量被歼，平汉、陇海铁路干线被切断，重要据点被包围，使其中原战场全面防御体系遭到粉碎，蒋介石被迫转为分区防御。从战略进攻开始，经过半年的作战，南下大军已在江淮河汉之间的广大地区站稳了脚跟，全国各个战场的进攻和反攻，也大量歼灭了敌人，形势有了进一步的好转，战争已经主要是在国民党统治区进行了。

1948年2月，中央军委为了使中原地区各野战军集中作战，打中等和大的歼灭战，决定晋冀鲁豫野战军主力转出大别山，进至淮河、汉水、陇海路、津浦路之间广大地区，寻机歼敌。三纵奉命于3月28日北渡淮河，尔后转入豫西地区。当时部队中有的同志认为，这是“前进一千里，后退五百里”。邓小平说：“这是从形式上看问题，不是从本质上看问题。”“大别山斗争已经前进了一步，前进到当地的人民和军队已经能够坚持大别山的斗争了，前进到主力已经可以逐步抽出来集中机动作战。”

1949年春天，在第二野战军刘伯承、邓小平直接指挥下，三纵又回到了大别山。这时的大别山，已经成为渡江作战的前进基地，为解放全中国，继续作贡献。

（作者：胡遵远，原载《实践论坛》2017年第3期。）

大别山剿匪

说起六安解放初期的政权建设，轰轰烈烈的剿匪行动是绕不开的。如果没有当年的大力剿匪，建立政权、稳定秩序、生产建设等都无法进行。而六安大别山区剿匪的精彩程度，绝不亚于电视剧《乌龙山剿匪记》中的情节。

一、专门贴钱的“赔本公司”

解放战争后期，国民党部队节节败退，已无反攻能力，便以溃散的保安团、武装特务为骨干，网罗土匪、散兵游勇等组成反动武装，妄图以大别山为依托，进行垂死挣扎。为了安定社会秩序，保护人民生命财产安全，皖西区党委将剿匪列为当时的3大任务之一。

然而，大别山区山高林密、河湖相连，土匪化整为零、分散隐蔽，与解放军周旋，用大部队围歼的办法很难奏效。加之剿匪初期，未能注意发动群众，匪情不清，致使行动一度出现了失误。有一次，部队进山围剿，战士找了一位老百姓做向导，可转来转去，花了几天工夫，不但一个土匪没有抓到，连向导也跑得没影了。“其实这个向导本身就是土匪。”聆听六安市委党史和地方志研究室副主任蒋二明的述说，我们脱口而出，一旁的人笑了起来，“的确是这样，事后解放军也了解到，这名向导就是国民党小保队队长”。

遵照“全力发动群众，开展政治攻势，结合军事清剿，彻底肃清匪患”的总方针，剿匪部队将秘密剿匪人员分散到各村，边清查隐藏的匪特，边做宣传和发动群众的工作。

“当时，为了联防工作，有家公司专门面对老百姓，做起了亏本生意。”六安市委党史和地方志研究室征编科科长苏明波的话得到了蒋二明的肯定，“那时候大家还比着谁赔的钱多呢”。这话让我们“一头雾水”。

原来，大别山区人民生活本来就十分艰苦，加上革命战争年代国民党的长期摧残，群众不仅缺衣少食，而且无油无盐，不少人都得了“粗脖子”病（甲状腺肿大）却无钱治疗。人民政府针对山区群众的生活状况，成立了公营商店和供销合作社，主要任务是把山区土特产品以比市价高一倍的价钱买进，转手运到上海，再从上海买海带、食盐、布匹等运回山区，以低价卖给群众，帮助群众克服困难。由于高价买低价卖，所以每个商业单位都赔钱。大家半开玩笑地把它叫作“赔本公司”。当时还规定哪一个“赔本公司”赔的钱多，哪一个公司完成的任务就好。与此同时，政府和军队还抽调医务人员，组织一些医疗队，在武装掩护下到山区村庄义务巡诊，治好了不少病人。

广大群众看到政府确实是在为人民办事，真正是人民的政府，于是纷纷行动起来，积极向剿匪部队密报匪情。群众充分发动起来后，匪特再无藏身之地，民兵和农会会员见散匪就捉，遇股匪即打，改变了剿匪工作单纯依靠正规武装力量的局面，使匪特陷入了轰轰烈烈的人民战争的汪洋大海之中。

二、山洞生擒匪“中将”司令

1949 年 5 月，大别山区的国民党主要武装力量已败逃，国民党“华中剿总”司令长官白崇禧为在大别山开辟所谓的“第二战场”，急派曾任国民党军九十二师师长的汪宪，率特务分子樊迅、马君慈等潜回大别山区，在金寨七邻乡白水河成立“豫鄂皖边区人民自卫军总司令部”，汪宪自任中将总司令，樊迅为副总司令兼参谋长。

据史料记载，为拉拢地方实力派，汪宪还任命曾任国民党六安专署保安副司令兼立煌县县长的袁成英为第二副总司令兼立煌挺进支队司令。汪宪匆忙整编残余保安团，纠集地主民团，收编股匪帮会，网罗散兵游勇，拼凑成 14 个支队，近 2 万匪徒，对外号称“十万铁兵”，国民党电台也吹嘘“大别山有 20 万游击队”。其中活动在皖西的就有 7 个支队，加上散匪达 8500 多人。汪宪大肆吹嘘“收复鄂豫皖边界各县指日可待”，向白崇禧邀功请赏。正败逃广州的国民党当局和白崇禧对这伙集军、特、匪为一体的乌合之众寄予厚望，除封官许愿外，还 4 次派飞机空投电台、物资及 30 多万发子弹，妄图利用大别山横亘 3 省的特殊地理环境，开辟“敌后战场”，以配合其梦想中的“大反攻”。

“擒贼先擒王。”9 月 5 日，随着边区剿匪总司令部一声号令，鄂豫皖 3 省剿匪部队兵分 3 路，就像 3 支利箭直指金寨境内的匪“自卫军”老巢，以摧枯拉朽之势打掉了匪指挥机关。顽匪一触即溃，一个个如丧家之犬四处奔逃。但狡猾的汪宪、樊迅、袁成英等匪首却趁乱分散潜逃，成为一大隐患。剿匪指挥部决心充分发动群众，穷追严查，务求将血债累累的匪首全部缉拿归案。在 20 多天的时间里，匪首纷纷落网。

9月的一天，在金寨西南帽顶山一带驻剿的二一三团一营三连，经过周密访查，顺藤摸瓜，抓到了与汪宪有直接联系的土匪汪建堂。听说汪宪就躲在帽顶山狮子洞，战士们顿时精神百倍，不顾疲劳直扑并包围了汪宪藏身的山洞。起先，汪宪一伙还朝外胡乱打枪，企图顽抗。被激怒的战士大喊："缴枪不杀，再不投降就要扔手榴弹了！""我们投降，我们投降！"洞内一阵纷乱，10个土匪先后举着手从洞里爬了出来。最后一个身材细长、脸色青白、头发蓬松的家伙就是几个月前还趾高气扬的土匪司令汪宪。汪宪被捕后，袁成英的马脚跟着败露，剿匪部队根据举报，将隐藏在冒顶山松林杂草中的袁成英团团围住，这个在皖西军政界混迹多年的"地头蛇"乖乖地做了解放军的俘虏。

两大匪首被擒的消息迅速传遍大别山区，山内山外一片欢腾。剿匪总指挥部也发出了胜利的捷报，指出，"汪、袁两匪此次被我活捉，实为我省人民除了两大害，并象征着大别山匪特基本上宣告死亡，残余散匪、次要匪首被彻底消灭的日子已近在眼前了"。这更极大地鼓舞了群众，他们怀着对匪霸的深仇大恨，积极参加农会和民兵组织，主动配合剿匪部队巡查搜山，剿匪战果不断扩大。

三、除夕活捉惯匪"岳葫芦"

汪宪、袁成英被擒后，惯匪岳岐山（绰号"岳葫芦"）带领部分匪徒潜逃，与剿匪部队和公安人员周旋达两年之久，四处流窜，危害极大。

"你们不知道，20世纪40年代，在皖西大别山区，老百姓听到'岳葫芦'三个字就像遇到凶神恶煞，就连三岁小孩也吓得不敢吭声。"蒋二明说道。据传，岳岐山因为体态黑粗、凶狠毒辣，加之他惯于看风使舵，先后投靠过国民党和日本人，左右逢源，反反复复，横行无羁，就像一个扳不倒的"葫芦"，所以人送绰号"岳葫芦"。

1949年1月，善于政治投机的岳岐山领300多个土匪，携带轻重机枪6挺，开进霍邱县城，声言要向解放军投诚。皖西军分区司令曾庆梅、地委副书记唐晓光指示独立一团从寿县开往霍邱县城，准备收编岳岐山。但岳岐山根本不把一团放在眼里，当一团政委朱怀明找岳岐山谈判受降事宜时，岳岐山总是漫不经心，敷衍应付。同时，他还派出心腹打入一团，暗地活动。在被通知参加军分区整训时，岳岐山慑于我军纪律，表面装出拥护我军政策、执行纪律的样子，但始终对解放军怀有戒心，伺机做叛逃的准备。

几天后的一个清晨，岳岐山和独立三团副团长拉着三个连渡过淠河，叛变逃跑了。在渡河点，虽然河面上船只不少，但岳岐山怕惊动分区部队，没有动用船只，而是在低温下泅水渡过淠河，往西逃窜，进入山区。而这个时候解放军正忙于渡江战役前的准备工作，地方政府也正全力组织和发动群众做好支前工作，无暇对大别山区土顽进行清剿。岳岐山逃出后，乘机扩充队伍，伙同军统特务，做了大量策反工作，给新生的区、乡政权造成重大损失。他们一方面到处收罗各地散匪，另一方面积极投靠白崇禧派来的“豫鄂皖人民自卫军”总司令汪宪，岳岐山还被任命为“淮河挺进支队”司令。岳岐山的队伍一度扩充到 6 个中队，1300 多人。

1949 年 9 月，鄂、豫、皖 3 省开始了大规模的剿匪行动。岳岐山的部队先是在金寨被六安军分区七团打击两次，予以重创；后又在霍邱、固始多次被截击，只剩 100 多人，流窜到霍邱丘陵地带，并以叶集镇为中心，勾结其他残匪，在南部山区一带，毁坏公路，抢劫粮食，杀害基层干部和无辜群众。剿匪指挥部决定，集中霍邱县大队 4 个中队，分区派一个连的兵力配合，在叶集拔掉岳匪这颗“钉子”。

解放军剿匪部队通过内线了解到，当时有一股残匪张连合部要从金寨二道河赶来与岳岐山匪部会合。“根据这一情况，我们决定由县大队冒充张连合的队伍，闯过岗哨，突袭叶集镇，打岳岐山一个措手不及。但还是让狡猾的岳岐山又一次逃脱了。”蒋二明说。

这样到了 1950 年夏秋时节，岳岐山身边的亲信和爪牙，有的被捕获，有的被击毙，岳岐山经常只身一人东躲西藏，成了真正的光杆司令。但是，岳岐山为匪多年，阴险狡诈，反侦察、反追捕的意识和能力特别强。一年多来，岳岐山先后流窜到六安、淮南、蚌埠、滁县、南京、武汉等地，伺机组织反革命行动，煽动区、乡留用人员搞武装叛乱，杀害基层干部和无辜群众。为了擒拿这个顽匪，县、地区、省以至华东局都向全国发出了通缉令，公安部门还派出大批侦察人员，利用可靠的特情，布下天罗地网，待机抓捕岳岐山。

1951 年春节即将来临之际，剿匪部队终于等到了岳岐山的消息：他的隐藏地点可能在寿县许家圩子王亚生家附近的碉楼里。这一情报让追捕多日的部队和公安干警兴奋不已，部队很快制订缉捕计划，决定趁除夕，包围岳岐山可能藏匿的两个圩子，活捉岳岐山。

这天，噼噼啪啪的鞭炮声迎来了除夕。岳岐山松了一口气：他认为共产党人也是人，不可能年都不过，出来追捕他，更何况现在藏身的地方他们怎么能想到呢。但让他没有想到的是，解放军早已封锁了许家圩所有出口处，将圩子团团包围，慢慢缩小包围圈。抓捕行动开始后，岳岐山凭借碉楼和精湛的枪法进行顽抗，致使我多名指战员负伤。

双方相持不下。眼看天色将晚，部队和公安人员不再等待。营长下令架起重机枪，集中火力，齐射碉楼。在猛烈攻击下，碉楼被打成蜂窝一般，尘土飞扬，随时都有倒塌的危险。岳岐山别无选择，这才乖乖地把枪扔下来，举着双手，跪在地上束手就擒……

至此，以六安地区为中心的剿匪斗争取得了完全胜利。1951 年 4 月 29 日，地方人民政府在六安城南门外召开了万人参加的公审大会，对血债累累的顽匪岳岐山等一批罪犯执行枪决。

剿匪胜利后的大别山，一派清新。新生的人民政权得到巩固和发展，生产得到迅速恢复，人民安居乐业，一个新的时代展现在大别山人民的面前。经过 70 多年的发展，如今的六安，经济和社会事业都取得了历史性成就，发生了历史性变化，在实现中华民族伟大复兴的道路上阔步前进。

（作者：胡遵远、洪欣、程堂义，《皖西日报》2019 年 10 月 30 日。）

后　记

2016 年 4 月 24 日，习近平总书记亲自到金寨调研指导时，不仅对老区人民为中国革命和建设作出的巨大牺牲与贡献给予了充分肯定和高度赞扬，而且对红色文化资源的开发利用、红色基因的传承弘扬工作作出了重要指示。

为深入贯彻落实习近平总书记的重要讲话精神、扎实做好红色基因传承工作，我们特地编辑出版了这部《将军县的红色故事》。

本书的编写出版得到了金寨县委、县政府、县人大、县政协及其几个班子领导同志和金寨籍老红军、老将军亲属子女的高度重视，得到了省、市有关领导和专家的精心指导。在此，向所有关心、指导、支持本书撰稿和出版的领导和同志表示最衷心的感谢!

受时间和资料的限制，加之本人水平有限，书中难免还有一些疏漏和不妥，恳请广大读者批评指正。

编　者

2022 年 3 月